다 시 찾 은 빠 리 수 첩

다 시   찾 은   빠 리   수 첩

박이문

도서 출판 **당대**

1997

다시 찾은 빠리수첩

ⓒ 박이문, 1997

지은이 / 박이문
펴낸이 / 김종삼
펴낸곳 / 도서출판 당대

첫판펴낸날 / 1997년 2월 15일
2쇄펴낸날 / 1997년 7월 20일

등록 / 1995년 4월 21일(제10-1149호)
주소 / 서울 마포구 서교동 362-11번지 4층 ⑰120-210
전화 / 323-1316(대표), 323-1315
팩스 / 323-1317
전자주소 / 천리안·하이텔·나우누리 ID·dangdae

기획주간·문부식 / 편집·류종렬, 문혜순 / 영업관리·김용기, 정순구, 김숙이
표지, 본문디자인·이주연 / 전산편집·짜임새 / 인쇄·백왕인쇄
제본·정민제책 / 코팅·대영라미네이팅

• 지은이와의 협약으로 인지는 생략합니다.

값, 7,000원
ISBN 89-8163-018-6 03810

다시 찾은 빠리수첩

다시 찾은 빠리수첩

일러두기

1. 외국어 및 외래어는 글이 씌어진 시·공간적 상황에 대한 이해를 돕기 위하여 최대한 원음에 가까운 발음표기를 원칙으로 하였다.
2. 외국어 및 외래어 인명·용어 표기도 마찬가지로 원음에 가까운 발음표기를 하였다.
3. 이 책에 실린 글은 원래 『사상계』에 수록된 것을 정본으로 하되 현대적 표기를 고려해 수정하였다.

과장된 평가로 들뜨게 하여
이미 나이 든 나를 빠리로 유혹하고,
논문 지도교수와 그곳 작가들을 소개해주고,
고통스럽지만 보람있는
지적 방랑의 길로 이끌어주셨던
교수 겸 문학평론가
故 R. M. Albérès 선생님을 생각하면서

대화를 잃은 세대

박이문

계절은 낡은 예절이다
갸륵한 질서 위에 해나 달은
아침과 같은 가슴에 골동품처럼 걸려 있다

내가 벙어리처럼 말이 없는 것은
정신병에 걸린 탓이 아니요
무수히 지나가는 대화를 이해하자는 건강한 벌(罰)이다

목사들의 설교는 이해할 수 없다
문명과 상상들의 무언극이 있다
꽃들의 대화를 새들이 알아듣 듯
그렇게 알아듣지 못하는 죄의 의식

결코 벙어리두, 귀머거리도 아닌
나를 불구자라고들 말한다

끝없이 미끄러지고, 스쳐가고, 거슬려하는 대화가 뒤섞인 도시
서로 이해할 수 없는 그것들은 침묵과 같은 것이며
그리고 또 공포인 것이다

벙어리는 아닌데
아! 대화가 통하지 않는
고독한 세대에 모두 산다

　나는 약 반 세기 전 고등학생 신분에서부터 시작하여 대학 학보, 대학 신문, 일간 신문, 잡지 등에 적지 않은 분량의 글을 써왔다.

　한국전쟁이 한참이었던 때 부산에서 창간된 월간『思想界』는 60년대말 그것이 폐간될 때까지 한두 개의 문학지를 제외하고는 유일한 지성적 잡지였다. 지금 돌이켜 생각해보면 그 수준이 별로 높은 것이 아니었으나 당시는 한국의 지성을 대표하는 것으로서 대학생과 지식인들 사이에서 널리 애독되고, 한국의 지성계에 큰 영향을 미쳤다. 나는 이 잡지에 20대 중반에 들어서기 직전인 1955년에 한 편의 시를 시작으로 시, 번역, 해외문학 소식, 서평, 기행문, 프랑스 작가들과의 인터뷰, 논문 등을 발표했다.

　여기 모은 글들은 내가 40여 년 전에 약 10년에 걸쳐『思想界』에 발표했던 글들 중에서 추려 그 성격에 따라 분류해서 대충 모은 것들이다. 적지 않은 활자의 오식을 수정하고, 서투른 문장을 더러 수정하고, 글의 성격에 따라 발표한 날짜의 순서를 무시하고 새로 구성한 것 이외에는 가능하면 모든 글들은 원래 발표했던 대로 두었다.

　한 권의 책으로 골라 모을 만큼 많은 양의 글을 쓸 수 있었던 것은 내가 1961년 빠리로 두 번째 유학의 길을 떠나게 되면서 우편료가 아까워 편지도 적게 써야 할 만큼 무척 어려웠으므로 원고료를 받아 학비에 보태보자는 생각에서 특파원 자격으로 있었기 때문이다. 그렇지만 어떤 이유에서인지 그후 나는 단 한 푼의 원고료도 받아보지 못했고, 이미 폐간된 후에 돌아와서는 그 이유를 알아보려고도 하지 않았지만, 결과적으로 그곳에 글을 많이 쓸 수 있었다는 것을 나는 지금 다행스러웠다고 생각한다. 없는 틈을 내서 빨리 썼던 서투른 글들이었지만 그것을 통해 지적 정열에 불탔던 20대 후반 전후의 나의 경험과 생각들을 간접적으로 약간이나마 담아둘 수 있었기 때문이다.

그러나 5년 전 고국에 돌아와 살면서 지난 봄까지도 나는 『思想界』에 썼던 글을 까마득히 잊고 있었으며 전혀 생각조차 없이 지냈다. 아무 가치도 없다고 믿었기 때문이다. 그러던 차에 나의 조교로 일하는 박홍기(朴弘基) 군과의 얘기 끝에 이 잡지 얘기가 나왔고 그 잡지가 계명대학교 도서관에 있다는 것을 알게 되면서 도대체 내가 무엇을 어떻게 썼는지 알고 싶어졌다. 그래서 박군을 통해서 내가 쓴 모든 글의 복사를 부탁했다. 복사해온 것을 보고 그 양이 많은 것에 놀랐다. 내가 그렇게 많은 글을 썼던가? 읽어보니 무척 미숙하다. 그러나 나는 용기를 내 그것들을 추려 하나의 책으로 내보겠다는 결정을 내렸다.

이렇게 결정을 내리는 몇 가지 변명이 있다.

첫째, 그 글들은 미숙한 대로 당시 젊었고 타오르는 지적 정열 속에서 살면서 내 나름대로 정열적으로 썼던 것이라는 것이다.

둘째, 30여 년 전의 글들이지만 내딴에는 현재도 그것들이 어떤 의미를 갖고 있다는 생각이 든다. 나와 같은 세대들은 이 글에서 『思想界』 시절의 세상과 그런 세계에서의 고통과 낭만을 다시 새겨볼 수 있을 것이며, 젊은 세대들은 시간적으로 멀지 않지만 우리 역사가 그 동안 얼마나 달라졌는가를 드문드문 읽어냄으로써 그들 자신의 정체를 파악하는 데 도움이 될 수도 있을 것이다.

그러나 제일 절실한 이유는 세 번째에 있는 것 같다. 어느덧 고희를 몇 년 앞두게 되면서 나는 내 삶을 정리할 심리적 필요를 느낀다. 흩어진 옛 글들을 한 권으로 모으겠다는 생각은 삶을 정리할, 필요한 작업의 일환이 된다.

이 글들을 다시 읽으면서 언뜻 쥘리앙 뒤비비에 감독의 30년대 프랑스 명화 「무도회(舞踏會)의 수첩(手帖) ; Le Carnet du Bal」이 생각나서 책의 이름을 '다시 찾은 빠리 수첩'이라 붙이기로 했다. 구태여 '빠리'를 붙인 이유는 미국으로 건너가 쓴 몇 편을 제외하고는 빠리에서 썼던 것이기 때문이다. 영화 「무도회의 수첩」의 주제는 아름답지만 기억 속에서만 다시 찾을 수 있는 젊음, 인간의 운명, 삶의 의미에 대한 것이다.

이야기는 이미 과부가 된 지 오래인 할머니가 옛날 사진첩을 뒤적이다가 사진을 보고 젊었을 때 갔던 무도회를 회상하는 것으로 시작된다. 그녀는 그 무도회에서 자신에게 구혼했던 여러 남자들을 회상하고 그들이 어떻게 되었는지 궁금해서 그들을 하나하나 찾아보러 나선다. 그들 중 한 사람이 산지기로 산장에서 혼자 살고 있었다. 그 남자는 다시 한 번 그녀에게 구혼을 하게 되고 그녀도 함께 살기로 마음을 먹는다. 그러나 그 남자는 자신이 책임 맡고 보호해야 할 산에서 눈길을 돌리지 않는다. 이 사실을 안 여인은 그 남자의 삶의 의미가 산을 위하는 데 있음을 알고 그 남자와 작별하고 산장을 내려오면서 혼자 자신의, 자신대로의 살 길을 찾는다.

어딘가 쓸쓸한 이야기이다. 그러면서도 그것은 한없이 진실하고, 따스하고, 아름답다. 특히 지금도 내 기억에 가장 생생하게 남은 이 영화의 환상적 장면이 있다. 그것은 무도회의 수첩이 넘겨질 때마다 왈츠곡에 맞추어 춤추는 젊은 남자와 여자의 신나는 표정, 그때마다 큰 곡선을 그리며 퍼지는 젊은 연인의 흰 무도복 치마폭의 모습을 그린 장면이 각별히 꿈만 같이 아름다워 보였다.

　　내가 우연히 '다시 찾은 빠리 수첩'을 아무리 들쳐보아
도 흰 무도복으로 돌아가지 않고, 애인들의 사진도 보이
지 않는다. 거기에는 광복 직후의 정치 및 사회적 혼란,
가난, 6·25전쟁, 폐허가 된 서울, 동숭동 문리대 캠퍼스,
소주 한 잔을 앞에 놓고 시와 프랑스 문학을 떠들던 무교
동 선술집, 빠리의 골목길, 쏘르본느 대학의 강의실, 로마,
스페인, 모로코 등의 퇴색한 사진들만 남아 있다. 그것들
은 아픔과 일그러진 꿈의 기록들이다. 그러나 그것들은
나의 그리고 우리의 진실한 삶의 흔적이다. 적어도 나에
게는 그렇다. 이런 점만으로도 나의 이 수첩은, 무도회의
수첩이 한 프랑스 할머니에게 가졌던 의미와 다소 유사한
뜻을 지닌다.

　　이 책을 내면서 『思想界』의 창간자이며 주간이셨던 고
인 장준하(張俊河) 선생님을 비롯해서 당시 그 잡지를 위
해 일하시면서 저를 직·간접으로 격려해주셨던 김준엽
(金俊燁), 안병욱(安炳昱), 김성한(金聲翰) 선생님, 유익형(柳
益衡) 형 그리고 당시 그곳 기자로 일하던 손세일(孫世一),
유경환(劉庚煥) 두 분을 잊을 수 없다. 아울러 모든 것을
버리고 두 번째로 빠리로 떠나도록 나를 유혹하고 그곳
작가를 소개해준 고(故) 알베레스(Albérès) 교수가 그렇다.
이 책을 그분들에게 바친다.

　이 글들을 재발굴해주고 그것들을 책으로 모아내는 과
정에서 완전한 재편집과 정성을 들인 교정을 기꺼이 맡아
준 박군과 자청하여 이 책의 뛰어난 장정을 마련한 이화
여대 서양화과 우순옥(禹順玉) 교수에게 이 자리를 빌어
진심으로 감사의 뜻을 표하고, 상업적으로 손해보기 쉽고,
사회적으로 별 의미도 없을 이 책의 출간을 기꺼이 맡아
준 당대 출판사의 김종삼 대표와 문부식 편집인, 교정과
장정에 정성을 바친 편집장 류종렬 군 및 그 밖의 직원들
에게 마음으로부터 고마움을 전달하고 싶다.

1997년 2월
포항공대 연구실에서
박이문

1

지식인과 사회

발레리의 예언 -정신의 위기

뽈 발레리(Paul Valéry)는 투명한 시인이다. 그렇다고 해서 그의 투명성이 청수(淸水)의 그것은 아니다. 맑긴 하지만 청수는 움직인다. 그러나 유동을 필요로 하지 않는 투명체도 존재한다. 발레리의 지성 그리고 그의 시는 완전히 결정(結晶)된 수정이다. 수정은 아름답다. 그것은 장미나 소녀의 미소에서 찾아볼 수 없는 독특한 아름다움을 가지고 있다. 수정은 싸늘하며 결정되었기 때문에 완전하다. 다사로운 감정도 후덥지근한 선혈(鮮血)도 필요로 하지 않는다. 생명 이전에 그것은 완전한 밝음으로 머문다.

1920년대는 여러 방면에서 모든 가치계열이 무너지고 부정된 시대다. 예술과 문학의 개념도 고전적인 것이 부정되었다. 피카소가 나타났고 다다와 초현실주의의 거센 물결이 구비쳐왔다. 수정의 투명성, 지성의 순수성은 초현실과 무의식의 탁류에 휩쓸리게 되었다. 질서 대신에 혼돈이, 지성 대신에 본능이 앞서게 되었다.

그러나 시인 발레리는 이 거센 홍수에 견디어 살아남은 단 하나의 위대한 반동자다. 그는 그가 살고 있는 시대와 적어도 표면상으로는 반대되는 세계를 창조하고 지켰다. 탁류 대신 맑은 것을, 본능

20

대신 지성을 고집한다. 혼돈 대신 질서를 추구한다. 설사 그것이 궁극적 의미를 지니진 못했다고 할지라도 지성은 인간에게 마지막 보루라고 생각했던 것이다. 그러기에 그는 생명보다도 차라리 밝은 것을 택한다. 그는 이렇게 이루어진 세계를 "지성의 축제"라 부른다. 지성의 월등한 작용에서 우리는 더없는 환희를 맛보기 때문이다.

「젊은 빠르끄」, 「해변의 묘지」를 비롯한 그의 모든 시(詩)는 바로 지성의 축제에 지나지 않았다. 하기야 「해변의 묘지」에는 약간의 생명과 불순한 숨결이 깃들어 있지만. 발레리에게 시는 사상의 표현도 아니요 감정의 표백도 아니다. 그렇기 때문에 많은 사람들이 그에게 시를 설명해달라고 했을 때 그는 각자 마음대로 생각하라고 답변했던 것이다. 이와 같은 시인 발레리의 지성은 거울에 비교할 수 있다. 거울은 설명도 수식도 하지 않는다. 좋은 거울은 있는 그대로를 거의 더없이 맑게 비칠 뿐이다. 거울에 비친 자기 모습에서 만족 혹은 불만족을 느끼는 것은 거울이 아니라 거울 속을 들여다보는 사람인 것이다.

시인으로서 혹은 사상가로서 발레리는 바로 이와 같은 거울인 것이다. 인생의 문제를 허무라는 거울로 비추고자 했다. 그러나 이 거울 같은 발레리의 투명성과 지성도 육체와 선혈의 비애를 체험하지 않을 수 없었다. 순수시인 발레리는 말년에 가서 역사와 정치를 비롯한 순수하지 못한 여러 시사적 문제에 시선을 던지고 그저 비추는 것으로 머물지 않고 경고하고 기뻐하며 슬퍼한다.

그가 쓴 여러 시사적인 글 중에서도 처음으로 런던의 잡지에 실었던 「정신의 위기」는 오늘날 그의 예언이 너무나 적중했음을 느끼게 한다.

니체 등에서 발성된 절망의 메아리는 오늘날 유럽을 거쳐 전 세계에 더욱 크게 울리고 있다. 몇몇 연약한 반발을 보였지만 실상 전

세계의 지성과 사상이 빠져들어간 절망의 심연은 너무나 크고, 쉽사리 그곳에서 빠져나올 빛이 보이지 않는다.

1차세계대전이 멈춘 지 오래지 않아 세계는 역사상 유례없던 대량학살을 다시금 겪어야 했고, 2차세계대전이 끝난 뒤에도 한국전쟁을 비롯해서 이집트, 라오스, 콩고, 쿠바 등 각처에서 포화가 터져나오고 수없이 죽어갔다. 엊그제 신문은 튀니지의 비제르트 전투를 보도했다. 동요(動搖)와 비극은 그것이 어떤 국지에서 발생할지라도 전 세계 전 인류와 직접 관련을 갖게 되었다.

이와 같이 세계라는 "배의 동요는 너무나 심해서 아무리 잘 달아맸던 램프도 끝내는 뒤집혀지고 말았다."

「정신의 위기」는 서구문화가 당면한 막바지를 알리는 것이었으며, 그 많고 놀라운 것을 발명케 했던 인간의 정신이 부딪치게 된 막다른 골목에 대한 예고였으며, 앞으로 당해야 할 혼돈에 대한 경고였다.

"우리들 문명이 사멸해야 하는 것임을 우리는 알고 있다"라고 시작된 발레리의 글은 너무도 잔인할 정도의 비관으로 가득 차 있다. "희망이란 정신이 명백히 예견한 것에 대한 인간의 불신에 지나지 않는다. 희망은 인간에게 불리한 모든 결론은 마땅히 정신의 과오여야만 한다는 것을 암시한다."

이와 같이 희망 없는 세계에서 정신을 가진 인간의 자세는 어떠한가? 발레리 스스로는 가혹한 지성이다.

"유럽적인 이 햄릿은 수백만 유령을 바라본다. 그런데 그는 지적인 햄릿이다. 그는 진리의 삶과 죽음을 명상한다. 우리들 논쟁의 모든 대상이 그에게는 환영이다. 우리들 영광의 모든 칭호가 그에게는 회한이 된다. 그는 발견과 지식의 중량에 눌리고, 그와 같은 끝없는 활동을 다시 시작할 힘이 없다. 그는 과거를 다시 시작하는 권태를 생각하며, 언제나 혁신하려는 것이 미친 노릇임을 생각한다."

2차세계대전 후 이른바 실존주의 철학가 혹은 실존주의적 작가들 속에서 우리는 정말 진력이 나도록 절망과 허무와 불안을 들어왔다. 그러나 40여 년 전에 씌어진 발레리의 「정신의 위기」만큼 오늘의 상황을 간결하고 투명하게 표현한 것은 별로 읽어보지 못했다. 그는 거의 반 세기 앞서서 오늘의 세계를 들여다보았던 것이다.

회의에 사로잡힌 유럽의 햄릿은 다른 한편 유럽의 운명에 대해서도 생각해본다.

"유럽은 모든 부문에 있어서 자신의 우위를 보존할 수 있을까?

유럽은 현실 그대로의 모습 즉 아시아 대륙의 작은 갑(岬)이 될 것인가?

혹은 보이는 그대로의 모습 즉 지구의 귀중한 부분, 지구의 진주, 확대된 체구의 두뇌로 남아 있을 것인가?"

발레리는 부정적이다. 유럽은 자신의 우위를 차츰 상실해가고 있는 감이 없지 않다. 전후의 급변하는 세계사가 이를 웅변으로 말하고 있다.

발레리의 산문을 다시 뒤적거리다가 「정신의 위기」를 읽으면서 나는 그의 너무나도 적중한 예언에 일종의 희열과 동시에 몸서리치는 전율을 느꼈다.

지구의 밸런스가 바뀌어서 콩고가 법석을 떨고 비제르트가 총탄에 부산스러워졌기 때문이 아니다. 새로운 힘의 배합은 차라리 당연하다. 그러나 그의 예언이 적중한 데서 전율을 느끼는 까닭은 그가 지적한 대로 힘과 세력의 재배합과는 관계 없이 우리들은 진정 정신의 위기를 목격하고 있기 때문이다. 오늘의 수많은 햄릿은 세계 각처에서 비록 그가 정치를 하건 장군 노릇을 하건 또는 예술에 종사하건 끝없는 유령만을 보고 있기 때문이다. 아니 오늘의 햄릿은 자신마저도 유령으로밖엔 볼 수 없다는 사실을 누가 선뜻 부정하고 나설 수 있으랴?

그렇다면 유럽의 문화, 우리의 문화, 인류의 문화는 사멸하고 만단 말인가? 인류의 난파가 불가피할 정도로 세계라는 선박의 동요는 심한 것인가? 인류는 아무런 노력도 희망도 갖지 못한 채 고스란히 파멸할 날을 기다리고 있어야만 하는가?

발레리는 그 이상 말이 없다. 그는 거울이요, 보는 지성이다. 그는 행위의 인간이 아니다. 그러나 우리는 거울에 머물러 있어서도 안 될 것이며 보는 것으로만 만족할 수 없다. 이것이 구미에 맞고 안 맞고 간에 오늘 우리의 상황은 너무나 절박하기 때문이다.

이에 대한 우리의 노력이 많이 있음을 알고 있다. 부정에서 출발한 많은 작가, 사상가들은 긍정의 길을 모색하고 있다. 2차세계대전 이후 얼마 동안의 프랑스 문학이 특히 이러한 성격을 나타냈다.

중세에는 미술이 종교에 종속되어 있었고 근대 이후로는 대체로 귀족 사회 및 부르주아 사회의 장식물이라는 성격을 갖고 있었다. 그러나 우리는 중세도, 19세기도 아닌 바로 20세기 후반에 살고 있다. 예술 혹은 문학은 새로운 기능, 새로운 의미를 찾아야 할 것이다. 우리는 먼저 발레리가 예언한 대로 정신의 위기는 곧 문학, 예술과 뗄 수 없는 관계를 맺고 있다는 의식에서 출발을 준비할 수밖에 없다. 물론 로맨티스트들의 따스하고 행복한 세기가 그립긴 하다. 그러나 회고에 빠져서는 안됨을 안다.

시인은 아웃사이더인가?

플라톤은 자신의 『국가』에서 시인을 추방하려고 했다. 철학자만이 가려낼 수 있는 실재(이데아)를 시인들은 왜곡해서 나타내기 때문이라는 것이다. 우리나라의 방랑시인 김삿갓(金笠)도 어느 양반집에서 추방되어 처참한 심정으로 다음과 같은 시를 읊었다.

邑號開城何閉門(읍호개성하폐문)
山名松岳其無薪(산명송악기무신)

이처럼 시인은 예로부터 사회에서 하대를 받거나 심지어 가혹한 추방까지 당해왔다. 한 되의 쌀을 더 긁어 모으며 한 조각 황금을 은닉하기에만 열중하는 사회, 당장에 쌀이 될 수 없고 황금으로 화할 수도 없는 '꿈'을 쫓기에 여념이 없는 시인 따위는 오히려 거북한 존재로 여겼다. 시인은 사회의 아웃사이더라는 운명을 부득이 짊어져야 했다.

이미 플라톤부터 이러한 운명을 강요했지만, 그렇다고 해서 시인이 없어지고 시인의 꿈이 사그라질 수는 없었다. 실상 시인과 그의 꿈은 어떤 사회, 어떠한 인간의 마음 한구석에서 숨쉬며 불을 피우고 있는 것이다.

그러나 시인이 죽지 않았다고 해서, 그의 꿈이 여전히 빛을 낸다고 해서 시인의 지위가 향상된 것은 아니다.

용감히 떠나라. 모든 도시를 뒤에 두고
네 발을 더 이상 거리의 먼지로 더럽히지 말라
우리의 높은 이상의 경지에서
인간 노예의 숙명적 바위 같은 굴욕적 도시를 내려다보자

프랑스 로맨티시즘의 대표적 시인 가운데 한 사람인 비니(Alfred de Vigny)의 시에서 볼 수 있듯이 사회와 시 사이에는 언제나 균열이 있었다. 여기서 시인은 이미 피동적으로 추방당하는 존재가 아니라 스스로 사회를 저버리는 반역아로 바뀌게 된다. "이 세상 밖이라면 어디라도!"하고 외친 보들레르(Charles Baudelaire)처럼 시인은 그가 살고 있는 사회, 그가 처해 있는 현실을 그냥 긍정할 수 없는 것이다. 그렇다면 스스로 용납할 수 없는 사회에서 시인은 자신의 위치를 어떻게 보는가? 자기를 낳은 어머니한테서도 저주받는,

시인은 폭풍우를 무릅쓰고 날며
사수를 비웃는 구름의 왕자(신천옹, 信天翁)와 같다
그러나 땅에 유형(流刑)되어 조롱에 싸이면
거대한 그의 날개 때문에 걸을 수가 없다

소크라테스처럼 옳은 것을 위해서 굴복하지 않았기 때문에 희생당하고, 너무나 위대했기 때문에 학대받고 추방당한 사람들이 많이

있듯이, 보들레르에게 시인은 위대했기 때문에 천한 사회에서는 가련한 대우를 받게 되고, 그런 사회에서 시인이란 확실히 유형(流刑)당한 존재이다.

보들레르가 시인의 유형을 강조한 데 비해서 뮈쎄(Alfred de Musset)는 비장성(悲壯性)을 말한다. 그는 시인을 펠리컨에 비유한다. 펠리컨은 자기 새끼들에게 줄 먹이를 구하러 대양으로 나섰다. 그러나 바람과 파도를 무릅쓰고 하루종일 대양을 헤맸지만 새우 한 마리도 잡을 수 없었다. 해는 저물어 보람 없이 지치기만 한 펠리컨은 새끼들이 기다리고 있는 쓸쓸한 해변에 돌아와 우뚝 솟은 바위 위에 앉는다. 어미의 그러한 모습을 멀리서 본 새끼들은 먹이가 생긴 줄 알고 좋아서 소리치며 어미한테 달려간다. 하는 수 없이 어미는 자기의 심장을 꺼내 새끼들에게 나누어 먹이고 마지막으로 비장한 소리를 지르며 죽는다.

뮈쎄에 의하면 위대한 시인은 모두 이 펠리컨과 같다는 것이다. 동물적이고 본능적인 것으로는 도저히 해낼 수 없는 것을 시인은 이룩한다. 그러나 그가 성취하는 일은 안이하거나 행복한 것은 아니다. 그는 일상인으로서는 생각할 수 없는 비장하고 숭고한 세계 속에 살고 있다.

비니가 "노예적 도시를 용감히 버려야" 했고, 보들레르기 유형당한 거대한 해조(海鳥) 신천옹으로서 이 세상 밖이라면 어디라도 가고 싶었고, 뮈쎄가 펠리컨의 장고(長考)하지만 역시 비참한 죽음을 받아들여야 하는 까닭은 어디 있는가? 그들을 사로잡고 있는 공통적인 요소는 그들이 놓여 있는 시대와 사회, 나아가서는 인간으로서 현실적 상황을 순수히 받아들일 수 없다는 뼈저린 의식이다. 따라서 이 시인들의 '도피'와 '유형'과 '비장한 죽음'은 그들이 살던 사회에 대한 부정이요 시대에 대한 반역이요 운명에 대한 도전이라는 양상을 띠게 된다. 그것은 또한 이 현실과의 균열을 한마디로 대변해주고 있다고 볼 수 있다. 그렇다면 이 부정적 의지와 반항적 의식은 어디에 기인하는 것일까?

허나, 오, 나의 가슴이여, 저 뱃사람들의 노래를 들어라!

말라르메(Stéphane Mallarmé)는 듣지 않으려 해도 듣지 않을 수 없는 "뱃사람들의 노래(참된 세계)"와 시인을 사로잡고 괴롭히는 "창공(순수한 세계)"에 대해 미칠 듯한 그리움의 절규를 되풀이한다.

철두철미한 반역아 랭보(Arthur Rimbaud)는 모든 참된 시인은 견자(見者 ; voyant)가 되어야 한다고 말하고 스스로를 견자라 했다. 견자, 그것은 문자 그대로 보는 사람이다. 그러나 본다는 것은 현상이 아니라 진정한 실재(réalitée)를 본다는 것이다. 대부분 멀쩡한 눈은 가지고 있지만 보지 못하는 참된 세계를 그와 위대한 시인들은 보았던 것이다. 대부분의 사람들에게 견자들이 본 것이 하나의 허황한 꿈처럼 보이고 비현실적인 것이라 생각되는 것은 차라리 당연하다. 실상 참된 시인들은 이처럼 위대한 몽상가인 것이다.

시인들의 반역적 의식의 싹은 바로 이와 같은 '꿈'에서 생기는 것이다. 우리들에게는 '꿈'이라고 생각되는 것이 그들에게는 진정한 '현실'이요, 우리들의 '현실'은 그들에게는 하나의 허식적(虛飾的) '악몽'에 지나지 않는다.

2백 년 전에 제트기 여행은 광상(狂想)에 지나지 않았을 것이요, 백 년 전 우주여행이란 광인의 백일몽에 지나지 않았을 것이다. 그러나 이 미친 놈들의 이러한 꿈은 오늘날에 와선 꿈이 아니라 아주 뚜렷한 현실이 되고 말았다. 꿈이 없는 곳에서는 인류의 발전이 있을 수 없다. 꿈은 문명과 생명의 동력일 것이다. 꿈이 없는 곳엔 물질과 죽음만 있을 뿐이다.

위대한 몽상가들인 위대한 시인들은 과연 용감했다. 궁극에 가서 그들은 펠리컨이 되는 것을 영광으로 받아들였다. 꿈을 갖고 참된 것을 '보았기에' 그들은 사회와 현실에 적응하거나 예속될 수 없었다. 그들은 부득이 몽매한 사회에서 불행하고 학대받은 아웃사이더의 입장에 서야만 했다. 콜린 윌슨(Colin Wilson)의 말마따나 어떠한 대가를 치르고라도 아웃사이더는 생의 문제와 결부되어 있다. 그는 생의 진정한 의미, 생의 진정한 구원에 집착하는 인간이다. 생의 진정한 구원을 제외한 모든 것이 그에게는 아무 의미도 줄 수 없고 그의 애착심을 끌 수도 없다. 대부분의 속인(俗人)들이 부패하고 위선적인 영어(囹圄)와 같은 현실에 얽매이고, 자유를 상실한 노예임을 불평 없이 받아들이는 데 반하여, 아웃사이더는 어떠한 대가를 치르더라도 영어를 부수려 하고, 자유를 쟁취하여 생의 원천에서 호흡하고 목을 축이려 하는 것이다.

사회를 거부하고 대중에게서 스스로 이탈한 이 고독한 시인, 아웃사이더는 오직 자유에만 집착하는 이기주의자인가? 그는 사회와 대중에게 무슨 공헌을 할 수 있는가? 어떠한 봉사를 할 것인가?

거문고에 몸을 구부린 생각 깊은 시인에게
대중들은 또한 묻는다
―몽상가여, 너는 무엇에 쓰이는가?
………
시인은 이번에 대중에게 대답한다
―내 창백한 이마를 손으로 기대이게 내버려두렴
내 영혼이 흘러나오는 내 옆구리에서
인간들이 마시는 원천을 샘솟게 하지 않았던가?

고답파(Parnasse)의 선구자 고띠에(Théophile Gautier)의 「시인과 대중」이라는 시의 한 구절이다. 이쯤 되면 『국가』에서 쫓겨난 시인의 변명도 좀 서게 되고, 선원들의 조소를 받고 한낱 장난감으로 타락한 시인(신천옹)의 위신도 회복되고, 창자와 심장을 찢어 새끼들에게 먹이고 죽은 펠리컨의 영광도 찾게 된 셈이다. 거부와 반항과 불행 속에 살아온 아웃사이더의 의미도 발견한 셈이다.

그러나 지금 내 이웃이, 내 벗이 당장 굶주려 죽고 질병에 쓰러지는 판에 고답파 시인의 '인간들이 마시는 원천'이란 하나의 사치이며, 허위가 아닌가? 아웃사이더는 다시금 스스로의 입장을 설명해야 한다.

까뮈는 '예술가와 그의 시대'라는 강연을 통해서 이러한 문제를 언급했다. 현대의 예술가는 부득이 대중의 비참한 상황 앞에서 예술을 할 수 있는 자신의 특권에 대해 '부끄러움'을 의식하게 됐다는 것이다. 그러나 까뮈는 예술이 단순한 사치나 허위가 아니라는 결론에 도달한다. 싸르트르처럼 예술의 목적은 현실을 당장 개조하고 발전시키는 데만 있는 것이 아니라고 그는 생각한다. 예술가도 쌀과 돈 없이 살 수 없지만, 쌀을 금방 생산하고 돈을 즉시 벌어들이는 데 그 목적이 있지 않다는 것이다. 예술이 현실과 떨어져서 존재할 수 없지만 그렇다고 현실에 밀착하고만 있어도 안된다는 것이다. 예술은 시대에 승선하고 있지만 동시에 그가 타고 있는 현실이라는 배(船)를 거부하고 초월해야 한다고 말한다. 말하자면 예술은 긍정인 동시에 부정이라고 말한다.

부정적인 일면, 그것은 곧 지금 당장 현실을 넘어서 있는 '꿈'을 말하는 것이다. 부정, 그것은 현실을 박차고 비약하려는 반항정신, 궁극적 생의 문제에 부딪치지 않을 수 없는 아웃사이더의 특질을 설명하는 것이다.

시대에 편승하는 예술가란 까뮈의 말을 빌린다면 예술가가 아니라 예술제작공이다. 우리가 살고 있는 시대와 사회, 우리가 처해 있는 인간조건이 이상적인 것이 아님이 명백한 한, 그가 참된 시인이라면, 오늘의 시인도 역시 좋은 의미로서의 몽상가, 아웃사이더의 운명에서 제외될 수는 없다.

이것이냐, 저것이냐?

-프랑스 지식인들의 '불복종 권리의 선언'이 제기하는 것

예술가도 작가도 인간이다. 그들도 회사원이나 노동자와 마찬가지로 돈을 벌고 밥을 먹고 옷을 입어야 산다. 그들도 호적에 등록되고, 세금을 내야 하며 때로는 징집당하기도 해야 한다. 그들은 꿈 속에서 천사같이 날아다니며 노래 부르고 이슬만 먹고 살진 못한다.

인간은 사회적, 정치적 동물이라 한다. 따라서 천사가 아닌 예술가나 작가들도 사회적 혹은 정치적 여건을 무시할 수 없다. 그들 역시 한국 혹은 프랑스 등등 어떠한 사회적 구조 속에서 살며, 민주주의, 공산주의 혹은 봉건제도 등 어떤 정치조직의 테두리 안에서 제약을 받아야 한다. 그들 역시 귀족 출신이거나 부르주아 출신이거나 혹은 프롤레타리아 출신일 것이며, 그들 역시 부자가 아니면 가난뱅이일 것이며, 지배 계급 혹은 피지배 계급에 속할 것이다. 민주주의는 공산주의의 독재를 배격하고 공산주의는 민주주의라는 이름아래 흔히 악용되는 자본주의적 모순과 부정을 욕한다. 한국은 프랑스의 지나친 개방성을 비웃고 프랑스는 한국적 예절에 호기심을 가질 수도 있다. 귀족은 부르주아의 약바른 꾀가 천하다고 비웃

고 부르주아는 프롤레타리아의 무지를 가련하다 하며 자기들이 그들을 살려준다고 뽐낸다. 부자는 가난한 자를 멸시하고 가난한 자는 부자를 선망하거나 미워한다. 어떠한 인간일지라도 그가 던져진 사회와 그가 갇혀 있는 정치체제 속에서 자신의 의견과 불만이 있을 것이며, 자기 아이디어와 자기 삶의 의의에 대한 척도가 있다. 바로 여기서 사회적 동물인 인간은 윤리적 동물로 발전한다.

그의 윤리(삶의 척도)에 어긋나는 것이 있으면 수정해야 하고, 더러운 것이 보이면 깨끗이 해야 하며, 부정한 것이 있으면 올바르게 고쳐야 할 것이다. 그는 끊임없이 자신의 윤리를 지켜가며 투쟁하는 인간일 것이다. 그는 항상 폭군을 증오해야 하며 부정한 세리와 다투어야 하고, 배반한 친구와 이별해야 한다. 그는 또한 좀더 나은 삶의 조건을 위해서 스트라이크에 가담할 것이며, 때로 침략군과 맞서서 죽음을 무릅쓰고 국가와 가족을 보호해야 한다.

사회적, 정치적 그리고 윤리적 동물이여, 잠자지 말고 궐기하라! '참여! 참여!' 싸르트르의 귀 아픈 이 구호는 예술가나 작가도 언제나 사회적, 정치적 동물임을 뼈저리게 자각한 데서 나온 절규였음을 우리는 알고 있다. 예술가, 작가 그리고 인간은 완전히 사회적, 정치적 나아가서는 윤리적 동물로 그치고 말 것인가? 다음 달 월급을 올리는 데 열중하고, 오늘의 부패한 정부를 쓰러뜨리는 네 선택을 기울이는 것으로 충분한가? 아니다. 그는 포악한 공산주의자와 샤일록 같은 자본가의 영역을 넘어선 영토를 또한 갖고 있다. 오늘과 이곳에만 얽매이지 않는 더 넓고 원대한 이상을 갖고 있는 것이다. 그는 오늘을 넘어서 영원을 생각하고, 한국, 프랑스를 넘어서 우주를 생각하며 좀더 많은 고기와 좀더 좋은 의복과 주택을 넘어서 생과 영원 그리고 우주의 의미에 몰두할 수도 있다. 이러한 세계를 갖지 못하고 오직 눈앞의 지금 이곳, 당장의 현실에만 정신이 완전

장 뽈 싸르트르

히 흡수되었을 때 그는 예술가일 수 없으며 인류는 예술을 가질 수 없을 것이다.

좀더 나은 직업을 버리고 어째서 고호는 집을 나가 결국 미쳐야 했으며, 어찌하여 고갱은 35세의 가장으로 가족을 내동댕이치고 원시인들을 찾아갔으며, 어째서 베토벤은 농부들과 함께 삽자루를 잡지 않고 피로한 작곡에 열중해야 했으며, 어찌하여 카프카는 아버지의 상업을 돕지 않고 결국은 결혼도 못해보고 지극히 고독한 채 일찍 죽어야 했는가?

물론 싸르트르는 선의를 가졌지만 그가 플로베르를 비겁하다고, 프루스트를 약바르다고 비난하고서 예술가에게 제아무리 '참여'하기를 떠들어도, 예술은 결국 참여로만 그칠 수도 없고 그쳐서도 안된다. 예술은 어떠한 것의 완전한 도구가 아니라 인생과 우주와 또 그 양자에 대한 끊임없는 회의이며 비전이기 때문이다. 그렇기 때문에 공산주의자의 작품이 예술작품일 수는 있어도 그 작품이 사회주의적 실재성을 대신할 수는 없다.

그렇다면 예술가는 사회와 정치적 현실에 무관심해야 하는가? 그렇지도 않다. 도스또예프스끼는 정치적 혐의를 받고 자칫하면 사형될 뻔했으며, 졸라, 아나똘 프랑스도 정치적 부정을 크게 규탄했고, 리미르띤ᆫ, 위고도 오랫동인 밍명생활을 했으며, 싸르트르는 정당을 조직했다. 작가와 그 작품과는 밀접한 관계가 있음은 말할 나위도 없다. 그러나 그것을 어떤 공식처럼 풀 수는 없다. 도스또예프스끼의 정치와 『까라마조프의 형제』의 관계는 정치인과 그의 연설문의 관계와는 다르다. 도스또예프스끼의 정치는 그의 인간성이 나타난 하나의 양상에 불과했지 그의 예술 표현은 결코 아니다. 그러므로 예술가는 참여할 수 있어도 '예술'은 참여할 수 없다.

얼마 전부터 프랑스에서 크게 말썽이 되고 있는 지식인들의 '불복종 권리의 선언'은 프랑스 내에서는 좀더 직접적이고 현실적인 문제를 야기시키고 있지만 우리에게는 작가들이 주동이 되어 있는 만큼 예술과 사회 그리고 정치의 관련과 모럴의 문제를 생각케 하는 것이다. 쟝쏭이 주동이 되어 싸르트르, 브르똥, 베르꼬르 등 수많은 작가들은 다른 지식인들과 함께 그들의 정치적 정의감에서 드골 정부에 불복종할 권리가 있음을 주장하고 그러한 운동을 대대적으로 전개하여 현재 정부로부터 죄인의 이름을 받게 되어 몇몇 사람들은 재판을 받고 있다. 작가, 예술가들의 정치성을 띤 제일선의 적극적인 활동을 보면 우리들은 문학, 예술이 '참여'하고 있다는 인상을 받기 쉽다.

그러나 싸르트르의 정치적 활동은 물론 그의 작품을 선전하는 효과를 갖게 되어 더 많은 판매부수를 올릴지도 모르나 그의 작품 『구토』 등의 예술적 가치와는 아무런 관계도 없으며 브르똥의 가담은 그의 예술작품 『나쟈』와는 전혀 상관이 없다. 사강 역시 그 선언서에 서명했으나 『슬픔이여 안녕』의 문학사적 의미와는 무관한 것이다. 결국 예술가일지라도 사회적이며 정치적인 동물로서 정치와 현실에 직접 참여할 수 있으며 경우에 따라서는 마땅히 그러해야 할 것이다. 예술작품이 사회와 정치에 관계가 없지는 않지만 직접적인 참여는 할 수 없는 것이다. 예술은 눈앞의 현실에 밀착된 것이 아니라 더 영구적이고 우주적인 어떤 본질의 문제에 근본적인 관심이 항상 쏠려 있기 때문이다.

'불복종 권리의 선언'이라는 이른바 쟝쏭 사건은 위와 같은 현실 참여자로서 예술가와 그의 작품이 맺는 관계를 생각하는 것이기도 하지만 우리에게 더 근본적이고 심각한 점은 예술가, 지식인이라는 수식어를 떼어버린 한 인간으로서 살아가는 윤리와 살아가는 태도를 제기하는 데 있다.

이 운동에 가담한 지식인들은 그들의 이념에 비추어 그들의 조국을, 그들을 다스리고 있는 드 골 정권을 공공연히 적대시(敵視)한다. 그리고 현 프랑스 정부가 프랑스의 적으로 간주하여 7년간이나 막대한 재산을 희생시키고 많은 피를 흘리게 한 알제리아의 '반도(反徒)' FNL(민족해방전선)을 오히려 옹호하고 그것을 앞으로 프랑스의 유일한 희망이라고 주장하며, 그 반도들과 싸우는 프랑스 군인에게 탈주할 것을 권유하고, 프랑스의 젊은이들에게 징병기피를 선동하고 있다. 약소국의 뼈저린 비애를 체험했고 또 체험하고 있는 우리로서는 물론 하루바삐 알제리아의 이른바 반도들의 요구가 관철되기를 바라는 바이지만 프랑스인의 입장에서 볼 때는 그리 간단한 문제가 아니다. 왜냐하면 정의를 위한다는 그 지식인들의 입장은 다른 각도에서 보면, 완전히 조국을 배신하는 행동이 되기 때문이다. 지금의 조국을 부정하고서라도 그들의 추상적 이념을 위할 것인가? 그렇지 않으면 현실의 질서를 위해서 이념을 잠시 보류하고 양보해야 할 것인가? 물론 이 지식인들은 전자의 입장에 서기로 마음먹은 사람들이다. 그러나 구체적인 현실 속에서 살아가야 하는 인간에게는 그렇게 간단하지 않다. 현실은 우선 질서를 요구하기 때문이다.

소포클레스의 비극 『안티고네』도 이와 서의 비슷한 문제를 갖고 있다. 안티고네의 숙부 크레옹은 그가 통치하고 있는 국가의 질서를 유지하기 위하여 국왕이라는 입장에서 안티고네의 정의와 대립하지 않으면 안된다. 한편 안티고네는 비록 국가가 당장 망하는 일이 있더라도 자기가 옳다고 하는 바를 해야 한다는 생각을 조금도 양보하지 않는다. 여기에 크레옹과 안티고네 또 그들 국가의 비극이 있게 된다. 그러나 더 심각한 비극은 그들의 행동이 낳는 결과에 있는 것이 아니라 그들이 살아가는 태도, 행동의 원리, 생의 철학 속에 뿌리박고 있다.

영원이라는 것, 죽음이라는 것을 생각할 때, 오늘의 질서와 지금의 행복 따위는 거의 문제될 수 없을 만큼 작은 것이리라. 그러나 한편 인간은 '오늘과 여기'에서 살아가야 하며, 오늘과 여기는 영원과 우주의 한 분자 역할을 하고 있다. 인간의 즐거움과 슬픔, 생의 무의미와 의미는 오늘과 여기에 뿌리를 내리고 있기 때문이다.

그러나 거의 무의식 가운데 살아가면서도 우리는 가끔 살아가는 도중에 앞서 말한 두 가지 태도를 선택해야만 할 입장에 부득이 서게 된다. 여기서 우리는 이른바 빠스깔의 '결단'을 강요받는다.

3기에 들어선 폐병환자는 그의 병을 고치기 위해서 한두 개의 늑골을 잘라낼 각오를 해야 한다. 그러나 한편 폐병을 고친들 언젠가는 죽으리라는 것을 명백히 의식하고 있는 그 병자는 늑골을 잘라내기를 거부하고 수술의 고통을 기꺼이 받지 않을 수도 있다.

그렇다면 그러한 결단은 누가 하는 것인가? '이것이냐, 저것이냐?'는 무엇으로 결단하는가? 말할 필요도 없이 그것은 그 병자의 생에 대한 철학적 입장, 우주에 대한 비전일 것이다.

안티고네와 '불복종 권리의 선언'에 서명한 지식인과 작가들 그리고 우리들이 내려야 할 마지막 결단은 안티고네, 지식인들 그리고 우리들이 스스로 갖고 있는 '정도(正道)'의 명령에 따를 뿐이다.

그러면 나는 내 자신에 대해 어떤 '정도'의 명령을 받고 있는가? 나는 안티고네와 '불복종 권리의 선언자'들과 함께 아픔을 무릅쓰고 기꺼이 늑골을 절단하기로 결단하는 편이다.

정착지 없는 기행

'만족을 모르는 욕망'이 유럽의 한 정신적 특질이라고 발레리는 지적했다. 욕망이 있기에 탐구가 있고 탐구는 자연히 우리로 하여금 그 대상을 찾으러 떠나게 한다. 프랑스의 문학은 바로 이와 같은 정착지 없는 정신적 기행으로 보아도 무방하리라. 실상 보들레르의 시 「기행의 초대」는 비단 프랑스인의 가슴뿐만 아니라 모든 이에게 영원과 절대에 대한 향수를 불러일으킨다.

내 아기, 내 누나야,
저기 함께 가는 감미로움 생각하렴!
마음놓고 사랑하다
사랑하다 죽는
그 감미로움 생각하렴!

프랑스 문학은 11세기 후반에서 시작된다. 서사시 「무훈담」에 뒤이어 12세기 '궁정문학'이 나타나는데, 여기서 벌써 보들레르가 체험한 행복을 찾기 위한 영원한 나그네의 출발이 시작된다. 이 문학의 중심 테마는 지복(至福)과 기적을 가져온다는 잃어버린 그라알 (Graal) 즉 에메랄드 성배(聖杯)를 찾으러 영원히 떠나는 젊은 기사 의 아름다운 꿈 같은 이야기이다. 우리가 무엇인지도 모르면서 끊임없이 찾아가는 절대(絶對)는 우리를 항상 유인하면서도 영원히 접근을 허락하지 않는다. 절대는 마치 손에 잡힐 듯한 무지개처럼 우리가 산으로 들로 내를 건너 쫓아가면 갈수록 멀어지면서 우리를 매혹한다.

우리가 찾아간 성배는 쉽사리 얻어지지 않는다. 성배를 찾으러 떠난 프랑스 문학의 여정을 더듬어가면, 절대를 찾다 못해, 그것에 대한 욕망을 조금도 잃어버리지 않았으면서도 목적을 이루지 못한 나그네의 피로와 실의가 뒤섞인 비극적 인간의 운명을 체험한다. 15세기의 위대한 시인 프랑소아 비용(François Villon)의 애절한 기도 의 자세가 바로 그것이다.

헌데, 지난날의 백설(白雪) 미희(美姬)들은 어디에 있는가? 아무리 불러도, 아무리 찾아도 미희들은 다시 나타나지 않는다. 이미 신비스러운 허무 속에 사라진 미희들을 헛되이 부르는 시인은, 과오와 죄로 누더기 같았던 자신의 인생여정이 막바지에 다가감을 느낀다. 이 시인의 결실 없었던 미희를 향한 추구를 비웃을 수 있을까?

이곳에 있는 분들이여, 조금도 비웃지 마세요
그저 모두 우리가 속죄받도록 기도하세요!

'성배' 와 '미희' 들이 '나' 밖에 있는 절대를 상징하는 것이라면, 16세기의 거인 프랑소아 라블레(François Rabelais)를 통해 기름지고 탐스럽고 무성한 꽃을 피운 휴머니즘의 정신은 '자기' 내부의 철저한 개화 속에서 절대의 표현을 찾으려 한 것이라 하겠다. 라블레는 지식에 대한 무한한 식욕을 가진 인간의 무한한 가능성을 찾아 떠났다. 그의 제일의 모토인 '너 하고픈 대로 해라' 는 바로 이러한 정신을 단적으로 표현해주는 것이라 하겠다.

인간의 귀환은 인간 여정의 종말을 의미하는 것이 아니다. 인간 내부에서 라블레는 지평선 없이 뻗은 무한한 공간과 새로운 풍경을 찾아 떠났던 것이고 그것을 찾아냈던 것이다. 비용과 라블레의 여행은 다만 그 방향이 달랐을 뿐이다. 그들에게는 다 같이 '만족을 모르는 욕망' 이 있었고 피로를 모르는 추구가 있었을 뿐이다.

인간 내부의 영원한 여정은 라블레에서 끝나지 않는다. 낙천적인 라블레에 뒤이어 몽떼뉴(Montaigne)는 극히 조심스럽게 단장(短杖)을 가지고 더듬거리며 한 걸음 두 걸음 자신의 모든 구석구석을 찾아 방황한다. 가는 걸음마다 부딪치는 인간이라는 수수께끼 앞에서 별로 격동함도 없이 그저 고개를 갸우뚱거리면서 다시 또 하나의 수수께끼를 대면한다. 라블레의 여행을 노래와 환희와 경의에 가득 찬 젊은이의 그것에 비할 수 있다면 몽떼뉴는 인생의 고락을 이미 맛본 성년의 조용한 사색으로 가득 찬, 고독한 그러나 지혜로운 나그네에 비할 수 있으리라.

내가 무엇을 알랴?

이 지혜로운 회의는 라블레의 하늘 높은 줄을 모르는 낙천적 정신과 좋은 대조를 이루는 것이지만, 바로 그 의문이야말로 더욱 많은, 더욱 무한한 탐색의 여정이 남아 있음을 반증한다.

수정처럼 투명하고 청수(淸水)처럼 순화된 17세기 라씬느의 극에서 정신의 여정을 찾아볼 수 없을까? 외관상으로 보면 우리는 이 작가에게서 그러한 여정의 자취를 살필 수 있다. 라씬느는 대뜸 인

간을 숙명이라는 관점에서 관찰한다. 그가 보여준 인간은 비극을
폭발하기 직전에 숙명과 대결한 인간상이다. 그러나 우리는 여기서
라씬느가 얼마만큼 인간이라는 것을 찾아서 모색했던가를 추측할
수 있다. 왜냐하면 이러한 모색이 없었던들 그만큼 심각한 인간의
모습을 발견할 수는 없었기 때문이다. 그래서 마치 우리는 그의 극
속에서 어느 기나긴 여정의 결론만을 보는 것 같기도 하다.

또 떼제의 후처 페드르의 비극은 그녀가 모든 결과와 악을 의식
하면서도 참을 수 없는 불타는 사랑을 남편 전처의 젊은 아들 이뽈
리뜨한테서 느낀 데 있다. 페드르는 사랑이라는 숙명을 이겨내려고
애쓴다. 그러나 그의 사랑은 마침내 모든 것을 파멸로 이끌어가게
된다.

나는 당신한테 흉악하고 비인간적으로 보이려 했습니다. 당신을 잊
으려고 당신의 증오를 찾았습니다. 허나 내 헛된 수고는 내게 무슨 소
용이 있었을까요? 당신이 날 증오한다고 당신을 덜 사랑하지는 않았
어요.

라씬느가 우리에게 보낸 것은 신의 자비 없는 숙명과 맞선 인간
의 비참한 꼴이다. 라씬느에 못지않게 신의 자비 없는 인간의 비극
을 본 것은 같은 17세기 철학자 빠스깔(Pascal)이었다. 빠스깔은 "내
가 뭘 알랴?"고 한 몽떼뉴의 지혜가 싫었다. 그런 태도는 너무나 흐
리멍텅한 것이었다. 오직 절대적인 것을 찾지 않고서는 견딜 수 없
던 빠스깔은 오랜 사색의 종착지에서 다음과 같이 인간을 본다.

이 무슨 괴물이냐, 이것이 인간이란 말인가? 정말 신기한 것, 정말
괴물인 것, 정말 카오스인 것, 정말 모순 덩어리로 된 물건, 정말 기적

이로구나! 모든 것의 판사이지만 또한 빈약한 땅의 벌레이다.(…) 우주
의 영광이며 찌꺼기로다.

물론 빠스깔이 찾은 것은 신의 품 안에 들어가는 것이었다. 그러
나 여기서 우리에게 흥미있는 것은 라씬느나 빠스깔이 그들의 선배
들과는 다른 의미에서 얼마나 '무엇인가'를 찾았나 하는 점에 있다.
그들은 진정 만족을 모르는 욕구, 절대에 대한 욕구로 살았던 것이
다. 그들의 고되고 기나긴 비극적 생의 종착지에는 오직 기도와 침
묵으로 통할 수 있는 신이란 '절대'가 있었다.
　라씬느와 빠스깔의 여행은 끝났지만 프랑스 문학은 아직도 방황
을 거듭한다. 18세기에 들어와 또 하나의 특이하고 친밀하기 쉬운
나그네 루쏘(Rousseau)를 따라가보자. 루쏘는 자기 생애를 시종 나
그네의 신세로 끝낸다. 불행한 방황의 소년기를 거쳐, 행복했던 와
랑 부인과의 해후를 통해 유럽에서 한 정신적 대변자로 되기까지
그는 방황의 여정으로 일생을 마친다. 그의 이러한 행로는 실상 그
가 참다운 자신의 모습을 찾고 그것을 남에게 '투명하게' 보이기
위한 고난의 과정에 지나지 않았다. 우리는 그의 『고백』을 통해서
그리고 그의 『고독한 산책자의 몽상』을 통해서 인생이 하나의 괴로
우면서도 즐거운 여정임을 깨닫는다. 루쏘는 '사연' 속에 귀의하지
만 우리는 반드시 그렇지 않아도 좋다. 다만 18세기의 고아 루쏘의
생을 통해서 우리는 잠든 삶이 아니라 잠에서 깨어 비록 종말이 없
어도 언제나 무엇인가를 진지하게 찾음으로써만 생의 보람을 느낄
수 있음을 배우면 된다. 이처럼 루쏘는 프랑스 문학의 끝없는 탐색
의 전통을 이어받았다고 해도 과언이 아니다.
　18세기 작가 중에 잃어버렸던 라끌로(Laclos)를 여기서 생각하지
않을 수 없다. 그의 유일한 작품 『위험한 관계』는 악마와 결탁한 지

성의 드라마요 또한 비극이다. 이 작품 중 한 주인공인 발몽의 말은 우리의 머리끝까지 서늘하게 만드는 힘을 갖고 있다. 그는 양가집 젊은 아가씨에 관해 다음과 같이 말한다.

그녀를 유혹해야 한다. 아니 그것으론 충분치 않다. 그녀를 부수어버려야 한다.

이것은 분명히 악마의 소리다. 그러나 발몽이 이렇게 말하는 것은, 무슨 타산이나 복수심보다는 가장 어려운 장애라고 생각되는 것을 끝까지 정복해내고자 하는 하나의 뒤틀어진 절대에 대한 욕구 때문이다. 작가는 악마의 허울을 통해서 찾아가는 절대를, 그것을 찾는 비극적 인간의 여정을 통해서 보여주는 듯하다.

19세기로 발길을 돌려보자. 발자끄? 흔히 그를 풍속작가, 자연주의적 작가로 보고 싶어한다. 허나 그의 말년의 작품들, 특히 『잃어버린 환상』 혹은 『절대를 찾아서』는 그가 단순히 풍속, 사회 혹은 그 시대를 복사해내는 데 만족했다기보다 오히려 그러한 현실을 통해서 무엇인가 절대적인 것을 찾았음을 증명해준다.

스땅달의 『적과 흑』에 등장하는 야심가 쥘리앙 쏘렐이나 『빠르므의 승원』에 등장하는 파브리스의 방황과 모험의 일생도 역시 무엇인가를 끊임없이 찾는 인간상들임에 틀림없다. 사실주의의 선구자로 누구나 인정하는 플로베르의 『보바리 부인』도 오직 꿈을 위해서, 무엇인가 현실 이상의 것을 찾아가는 불행의 길을 상징함에 틀림없다.

소녀 아드리엔느를 찾아서 일생을 밤과 같이 허우적거리고 더듬어다니던 네르발(Nerval), 빠리의 침울한 하늘 밑에서 영원한 무엇을 찾는 데 생애를 보낸 보들레르, 고독한 실내에서 시를 통하여,

알베르 까뮈

오직 시만을 통하여 시종 절대와 융해할 수 있는 기회를 찾았던 시인 말라르메—19세기의 이러한 시인들은 끝까지 그들의 여정에 충실할 수 있었던 나그네들이었다.

20세기에 들어와서도 프랑스 문학의 전망은 이런 점에서 과히 변하질 않는다. 평생을 방황만 한 지드(André Gide), 잃어버린 시간에서, 흘러가버리는 시간 속에서 영원한 요소를 찾아갔고 그것을 찾았던 프루스트, 마치 다이아몬드같이 차고도 맑은 지성으로 허무와 조용히 마주보고 앉았던 발레리, 비극적 자멸 속에서 절대를 느끼려던 『인간의 조건』의 말로(André Malraux)도 프랑스 문학이 시종 만족을 모르는 정신의 추구자, 정신의 나그네임을 보여주는 것이리라.

발레리 라르보(Valery Larbaud)도 그가 불구가 되어 침대를 떠날 수 없게 되기까지 유럽의 기차 속에서 살았다. 그는 끊임없는 여행을 통해 무엇인가 안정된 것, 확고한 것을 찾으려 했다. 작가 쎌린느(Céline)는 『야종(夜終)의 여행』을 거친 다음 이러한 결론을 내렸다. "이와 같은 밤의 끝에 먼동은 트지 않는다"라고.

먼동이 하나의 희망이요 목적이요 절대라면 그런 것이 있을 리 없다. 절대는 언제나 숨는 법이다. 우리를 끊임없이 끌어당기면서도 그것은 우리의 완전한 접근을 거역한다. 아니 오히려 우리가 절대를 찾으면서도 그것을 거역하는지 모른다. 어쨌든 인간의 모든 열매는 바로 그 무엇인가인 절대를 찾는 과정 속에서만, 고되지만 환희에 찬 여정의 과정에서만 창조될 수 있는 것이다.

전후 싸르트르, 까뮈의 문학이 인생의 목적을 대뜸 제시하는 듯하고 문학이 그러한 인생의 선생인 양 행세했지만, 오늘날 우리는 이른바 누보로망(Nouveau Roman ; 신소설)의 탄생을 보았고 또한 그 누보로망에 반발하는 한 징후를 젊은 작가들에게서 볼 수 있는 것도 과히 놀라운 일은 아니다.

최근 어느 젊은 작가가 "우리는 문학이 무엇인지, 우리가 무엇을 쓰는지, 무엇을 위해 쓰는지도 모른다. 그러나 우리는 무엇인가 새로운 것을 찾고 새로운 것을 발명하려고 할 뿐이다"라고 말한 것은 의미있는 말이 아닐까? 잠시 산책만 하더라도 프랑스 문학이 화려함을 알 수 있다. 무한히 다양한 풍경을 제공한다. 그러나 그 풍경은 영원히 변화하고 다양해질 것이다.

한국이 본 영웅 - 끌로드 바레스의 죽음

매일 밤새도록 학살의 불꽃, 믿어지지 않는 오케스트라가 벌어집니다. 가끔 기차 바퀴의 박자에 익숙해지듯이 그러한 포화에 제 귀는 익숙해집니다. 50중대는 숲속의 딱다구리를 연상시킵니다. 30중대는 사기 깨지는 소리를 울립니다. 대포가 쏘는 큰 포탄은 여름의 벼락 같아서 그 밖의 모든 소리를 들리지 않게 합니다. 이 밖에 덧붙여 말할 것은 빨간 유탄, 푸르거나 혹은 오렌지빛의 화살 같은 불, 빠라슈뜨 끝에 매달려 천천히 흔들거리며 내려오며 밝게 비치는 포탄들이 있다는 것입니다. 포탄 불꽃이 쏟아지면 현실적인 것이 아닐 성싶게 은빛 사방으로 변합니다. 부서지는 소리를 내면서 쏟아지는 모든 것이 찢어지는 인상입니다. 이런 광경은 웰스(Wells)의 소설에 나오는 전쟁이라 할 수 있습니다.

앙드레 모로아(André Maurois)는 최근 NL(누벨리떼레르 : 문학소식) 문예주간 제1면에 위와 같은 어느 무명작가의 글을 인용하면서 「반항한 영웅」이란 평을 썼다. 모로아는 다시 자기 말을 계속한다.

　이 글을 누가 썼을까? 분명히 타고난 작가의 글이다. 그 작가가 자기 가족에게 보낸 편지는 어조로 보면 키플링을, 소박한 헤로이즘으로 보면 쌩떽쥐뻬리(Saint-Exupéry)를, 명석한 절망이란 점으로 보면 벵자멩 꽁스땅(Benjamin Constant)을 닮았다.

　그는 작품을 이른바 지상에 발표하고 작가란 간판을 단 사람이 아니다. 그는 20세기의 열렬한 국가주의자이며 『영감받은 언덕』, 『뿌리 뽑힌 사람들』 등으로 20세기 초엽, 폐퇴해가는 프랑스의 젊은 정신에 정열과 용기를 북돋아준 유명한 작가, 모리스 바레스(Maurice Barrès)의 손자인 젊은 병사 끌로드 바레스(Claude Barrès)이다. 그러나 그는 30세가 좀 넘어 1959년 알제리의 전쟁터에서 세 발의 총탄을 맞고 사라진 젊은이다.
　모로아는 작가로서의 재능을 극찬했지만 나는 모로아가 소개한 글을 통해서 그 병사의 비극적이고도 숭고한 정신에 감동된다. 바로 그 병사는 우리의 영토 한국에서 우리들의 자유를 위해서도 싸웠다. 그런 그의 모습을 상상해보고 우리 자신에 대한 정신의 자양으로 삼는 뜻에서 여기 간단히 그의 거룩한 혼을 보기로 한다.

　우리 가족들은 주먹을 꼭 쥐고, 그들의 신념을 따라시 혹은 그 신념의 덕택으로 성공을 거두면서 언제나 인생을 걸어갔습니다. 아버지 당신은 그러한 신념을 위해서 많은 것을 희생시켰습니다. 저로서도 제 힘이 닿는 대로 그러한 음조에 맞춰가려 노력합니다…….

　모리스 바레스가 조부인 그의 집안은 윤택했을 것이다. 그러나 그가 쓴 편지의 일절에서 보이듯이 그의 조부는 말할 필요도 없이 그 집안 전체가 꿋꿋한 신조로 살아갔던 것이다. 그의 혈통에는 동물적인 야수성을 극복하고 고귀한 인간에 도달하려는 정신이 흐르고 있다.

"영웅의 생애는 교사의 말보다 더욱 많은 것을 가르쳐준다"라고 그의 조부 모리스 바레스는 말했다. 범속한 것을 넘어서려는 의지가 그를 영웅에 대한 찬양으로 이끌었지만 그러나 영웅에 대한 숭배가 어떤 물리적인 힘의 숭배를 뜻하지는 않았다. "영웅주의, 그것은 하나의 도전, 본능에 던져진 모욕이다"라고 모리스 바레스는 덧붙여 말했다.

그리하여 젊은 끌로드 바레스는 평화로운 가정에 앉아 안락한 생활을 누릴 생각을 애초부터 갖지도 않고 오히려 그런 것을 타개하며, '올바른 자기 가락'을 스스로 찾기 위하여 행동이란 방법을 택한다. 그는 짧고 격렬한 생을 살아가는 사이에 자기가 과오를 범하지 않도록 "할아버지는 어떻게 생각하셨을까?"라고 언제나 자문하는 진지한 인간이기도 했다.

끌로드 바레스는 1940년 나치에 패망한 조국 프랑스를 등지고 절망 가운데 떠나지만 언제고 돌아와서 봉사할 결심을 한다. 1942년부터 그는 드 골 장군을 따라 영국으로 간다. 그는 수줍어하고 동시에 어떤 결의에 찬 소년으로서 태도나 음성에는 일종의 내적 투쟁의 표식이 드러나 있었다. 그의 혈통이 지적 생활로 그를 이끌어가길 원했을 것이고, 그의 성격으로 보아도 그런 생활이 더 맞았을 것이다. 그러나 그의 모든 인간됨 속에는 명상적 생활의 거절과 행동에 대한 뜨거운 갈망이 솟아나고 있었다. 요컨대 그는 너무나도 짧은 생애를 통해서 '안이한 성공'을 경멸하고 모든 위험 속에서 남과 함께 달려가려는 '싸우는 인간'이 되려고 했다. 그리하여 그는 그의 따뜻하고 윤택한 집을 버리고, 프랑스에서 네덜란드로 또 베트남으로 그리고 우리 한국으로, 마지막에는 알제리에서 죽는 날까지 싸웠던 것이다.

　그러면 그는 왜 안이한 생활을 버리고 죽는 날까지 가장 비극적인 전쟁 속에서 목숨을 아끼지 않았던가? 그는 자기 조부와 마찬가지로 무엇보다도 먼저 자유인이 되고 싶었던 것이다. 그런데 그런 자유는 산림 혹은 밀림지에서 군대와 함께 있을 때에만 발현됐던 것이다. 베트남 전장에서 그는 자기 부모에게 다음과 같이 썼다.

　저는 재생했습니다. 저는 마음이 편합니다. 이런 말씀을 드려서 부모님께 고통을 주려는 것은 아닙니다. 그러나 제 자유가 있는 곳은 누구나 가진 것이 아무 것도 없고, 모든 것을 바치는 이 영토, 바로 이곳입니다. 각자가 자기의 참된 부를 자기 자신 속에 갖고 있으며 그것을 압니다. 그리고 여기서부터 한 인간, 한 인간에 대한 경의가 생깁니다.

　대도시에서 사람들이 보존하고 있는 체제에 젊은 병사는 반항한다. 그는 야만인들 아래서 살기를 거절한다. 그에게는 비 내린 밤이 지나고 넓은 광야에 비치는 아침 햇빛같이 순수한 생명에 대한 갈증이 있다.

　사회에 대한 이 같은 혐오는 그를 니힐리즘 혹은 멸시적인 댄디이즘(dandyism ; 멋부림, 치레)으로 이끌어갈 수도 있었으리라. 그러나 그의 혐오는 '야만인'과 떨어져 살려는 하나의 수단에 불과했다. 그는 야만인들과는 반대로 다만 '명예'와 '독립정신'만을 존경한다. 그는 왜 그 같은 위험을 택했던가? "왜냐하면 나는 남자답게 봉사해야 하기 때문이다." 그 이유는 자기 집안의 전통에 손색없는 사람이 되고 싶었기 때문이다. 그리고 그는 프랑스와 프랑스 사람들에 대해 고상한 이미지를 갖고 있었기 때문이다.

나는 프랑스는 프랑스여야 된다고 생각한다. 그렇지 않을 때 프랑스는 나와 아무 상관이 없다. 미국에서는 이런 태도를 고립주의라고 부른다. 프랑스에서는 그것을 국가주의라고 부른다. 이런 태도는 이미 실현될 수 없는 사고방식이리라. 그러나 그런 생각을 가졌어도 나는 여전히 이곳에 있을 수 있고 또 이곳에서 그것을 말할 수 있다.

이곳이란 프랑스가 아닌 바로 한국의 전쟁터이다. 끌로드 바레스 같은 병사가 싸웠기 때문에 한국의 자유을 위해 싸우고 죽은 프랑스 군인들이 높은 존경을 받고 있음을 우리는 듣고 보아서 아는 바이다. 그는 천부적 재질을 타고 난 시인이자 작가이며 또한 반항자이다. 그의 용기는 절대적이었다. 말하자면 그는 아무 것도, 죽음까지도 두려워하지 않았다. 공격이 시작되어 산을 올라갈 때면 그는 언제나 선두에 서는 대장(隊長)이었다.

일은 하면 하고 말면 마는 것이지 중간치란 없습니다. 만일 제가 제 부하들 선두에 서지 않았더라면 나는 그들을 감히 쳐다보지도 못했을 겁니다. 만일 제가 꽁무니에 있었더라면 저는 심한 괴로움의 씨앗을 얻었을 겁니다. 전쟁은 언제나 제게 도박 같은 것이었습니다. 제가 전장에 가려고 우리집을 떠났을 때, 저는 위험 같은 것을 비웃었던 것입니다. 제가 낙하산을 타고 떨어질 때도 마찬가지였습니다.

그는 비겁을 타기하는 가장 용맹스러운 인간이었다. 그러나 그는 용감한 인간만이 아닌 침착하고 직감력이 있어서 그때그때마다 날카로운 지성을 발휘하는 인간이기도 했다. 그리하여 그는 27세에 '프랑스에서 가장 훌륭한 지휘'를 했던 것이다.

　왜냐하면 저는 제 중대를 갖고 있습니다. 인원 350명과 무서운 무기, 즉 후퇴하지 않는 57인치 대포 셋, 60인치 박격포 셋, 50인치 기관총 둘, 차량 여섯, 장교 다섯 그리고 모두 용감한 한국군과 프랑스군이 있습니다.

훌륭한 병사, 씩씩한 투사였으나 그는 그것으로 만족하지 않는다.

　저는 흔히 후회합니다. 장교가 된다는 것은 아직도 하나의 타협입니다. 어느 도당의 두목이 된다는 것, 이것이 더 이상적이었을 겁니다. 이 마지막 구절을 읽는 사람들은 빙그레 웃을 것입니다. 그러나 '자유'라는 말에 저는 그만큼 의미를 부여합니다. 저에게 '자유'는 '부끄럽지 않은 의식'으로 요약됩니다.

그가 그러한 의식을 발견했던 때는 매일매일 자기의 목숨을 걸었을 때였다. 그의 조부 모리스 바레스는 "대장이 자기 부대를 장악하듯이 자기 영혼의 스프링을 붙들고 싶다"고 말했지만, 끌로드 바레스는 "인간의 대장이며 동시에 영원의 대장"이 될 수 있었다.

　고국에서 수만 리 떠난 젊은이 바레스는 우리 한국인의 자유를 위해서 용감이 싸웠으며 한국 땅에서 중상을 입었고 결국 알제리의 전장에서 죽었다. 그의 숨은 끊어졌지만 그는 죽지 않았다. 그가 우리 영토에 흘린 피는 건조하고 썩어 있는 우리 땅을 기름지게 할 것이다. 지금껏 우리들이 그의 존재를 몰랐던 것은 애석한 일일 뿐 아니라 오히려 우리의 부끄러움이기도 하다. '썩은 사람들'이 아직도 남아 우글거리는 우리 조국이 그리고 특히 젊은 한국인들이 비극적이었으나 용감하며 아름답고 숭고한 바레스와 같은 사람의 모습을 발견하는 것이 우리의 자랑이며 정신적 지주가 될 것이다. 라

이너 마리아 릴케(Rainer Maria Rilke)는 '사는 방법을 배우려고' 로
댕을 찾아 갔거니와, 우리들은 지금은 없는 용사 바레스에게서 살
아가는 본질적인 '태도'를 배우리라.

『렉스프레스』의 경우

신문, 잡지의 중요성을 부수에 두느냐 혹은 그 질에 두느냐를 물어보면 대답이 간단할 것 같지만 막상 조용히 생각하면 그렇지도 않다. 부수의 다소는 독자의 요구와 비례해서 영향의 대소(大小)를 증명하는 것인 만큼 질이 낮다고 대뜸 걷어찰 것은 아니다. 사회를 구성하는 인자(因子)에 따라서 그가 요구하는 것도 가지각색이다. 크게 나누면 작은 수의 지식층과 절대 다수의 대중이 있다.

그러면 한 사회를 대중이 영도하느냐 혹은 소수의 지식인이 이끄느냐도 쉽사리 가려내기 어렵지만, 개인의 생각으로는 간접적이나마 소수의 지식층이 아닌가 느껴진다.

이런 관점에서 헤아릴 수 없이 많은 프랑스의 일간지 중에서 하나를 고르라면 『르 피가로(Le Figaro)』에 앞서 역시 『르 몽드(Le Monde)』를 꼽을 수밖에 없다. 사진 한 장을 구경할 수 없는 극히 작은 활자로 된 이 신문이 바로 프랑스 지식인들의 신문이다.

대단히 선동적이며 저널리즘의 나쁜 점을 많이 보여주는 듯한 『프랑스 쑤아르(France Soir ; 프랑스 석간)』는 하루에도 시시각각으로 십여 판이나 나와 백만 부를 자랑하지만 아무리 보아도 활자만

대문짝 같고 만화가 많고 사진 덩어리지 별로 읽을 것이 없다. 이에 비해서 『르 몽드』는 너무 차디찰 정도로 객관적이고 침착한 톤을 잃지 않는다.

『르 몽드』가 지식인의 일간지라면 『렉스프레스(L'Express ; 특급)』는 지식인의 주간지다. 저녁에 집에 돌아가는 학생들, 교사들 혹은 샐러리맨들의 손에 『르 몽드』가 눈에 띄는 것처럼 모든 주간지가 쏟아져나오는 목요일 오후에는 『렉스프레스』를 옆구리에 끼고 부지런히 메트로(지하철) 속으로 들어가는 새침한 친구들이 많이 눈에 띈다. 그들은 역시 학생을 비롯한 지식인들이다. 세계의 정치적, 문화적 움직임에 온 신경을 안테나처럼 세우는 친구들이다.

남이 시장에 가면 갓 쓰는 식으로 이곳에 와서 나도 벌써 물이 들어버린 것 같다. 몇 면의 월간 문학 주간을 한번씩은 뒤적인 다음 이 『렉스프레스』도 잊지 않고 읽기 시작한다. 가장 요령있고 깊이있고 또 객관적으로 다방면의 문화 소식을 짐작이나마 할 수 있기 때문이다.

광고 독서란을 넘긴 다음 대뜸 눈에 띄는 것은 일 년 열두 달을 두고 일면의 절반을 차지하는 드 골 장군의 만화다. 풍자된 드 골을 보는 데 재미가 나서보다도 그 풍자적 에스프리(esprit)에 끌리는 까닭이다. 이런 만화를 보면 대뜸 '아! 좌익이구나!' 하는 생각이 든다.

이곳에서 정치적 혹은 논리적 입장을 대변해서 하는 낱말로 늘상 '좌익', '우익'이란 말이 쓰인다. 우리나라에서 듣던 어감과는 달리 이곳에서 쓰는 이 낱말들은 미묘해서 좀 설명이 필요할 것 같다. 우리나라에서 외국으로 와서 처음 '좌익'이란 말을 들으면 대뜸 소름이 까치는 것이 사실이다. 그러나 가만히 알고 보면 이곳 공산주의자들이 멀건이 같은 것처럼 좌익이란 말도 싱겁다. 이 낱말의 뉘앙스가 미묘해서 사람들은 좌·우익을 양단하는 데 만족하지 못하고

'좌익적 우익' 혹은 '우익적 좌익' 등등 한없이 복잡하게 써야 한 정당, 한 개인의 이데올로기를 겨우 표현할 수 있다. 그래서 '약간 조금은 우익적 좌익'이란 뱀장어같이 긴 복합형용사까지 쓰고 있다.

'우익'이란 말이 "뭘 부산스럽게 야단이야. 조상들에게 물려받은 것이나 잘 지키고 발전시키면 됐지!" 하는 의미를 갖는다면 '좌익'이란 낱말은 좀 까다로워서 "좀 따져보자. 이상한데" 하는 정신적 태도를 나타내는 것으로 느껴진다. 하나가 보수적이라면 또 하나는 비판적이요 진취적이고 까다롭다 할 수 있을 것이다. 우선 꼬집어 뜯어보는 데서 시작하려는 자세랄까?

이런 의미에서 일간 『르 몽드』는 객관적이고자 하는 자세 하나만으로도, 『렉스프레스』는 드 골의 만화를 지칠 줄 모르고 그리는 것만으로도 충분히 '약간 좌익'일 수 있다. 카톨릭 신문인 유명한 일간 『르 피가로』만 하더라도 비판적인 정신을 지키고 있는 것만으로 '우익의 약간 좌익'이 될 수 있는 것이다. 그러나 공산주의와 혼동해선 안된다고 한다. 『르 피가로』, 『렉스프레스』의 정치노선을 물어본 적이 있다. 공산당 기관지 『해방』, 극단적 보수지 『새벽』을 제외하고 위에서 든 일간과 주간들은 정당과 직접적인 관계가 없다는 것이다. 객관적이고 비판적이고자 하는 그들은 어제 지지하던 정치가를 오늘에는 몹시 공격하는 경우가 많다는 것이다.

주간 『렉스프레스』는 1952년에 일간으로 출발했으나 뜻을 바꿔서 주간으로 변신했다. 어떤 기자 말마따나 꼬집어 뜯기를 잘하는 이 주간은 한때 수상을 지냈으며, 1963년 11월 18일 선거에서 미역국을 먹은 진보적인 '망데스 프랑스'를 지지했던 관계로 마치 그 정당의 기관지로 오해를 많이 받았던 모양이다. 그러나 진보적이기를 자처하는 이 주간은 어디에 예속되기를 싫어하고 극우주의자들 혹은 드 골 장군 때로는 소련 또는 프랑스 공산주의자들을 마구 비꼰다.

우리나라 신문의 절반 크기에 56~8면이 되는 묵직한 이 주간을 손에 들면 제1면 꼭대기에 큼직하게 'L'Express'라는 검은 활자가 꽉 차 있고 그 밑에는 『타임』 혹은 『뉴스위크』 식으로 흑색사진이 절반 이상을 차지하고 그 아래 위에는 몇몇 특별 기사 제목이 주의를 끈다.

첫 장을 넘기면 독자란, 광고란을 거쳐 5면 혹은 7면에 드 골 장군의 큼직한 만화 밑에 국내 정계의 간단한 가십란이 2, 3면에 있다. 다음 본격적인 기사로선 첫째 국내란에 사진을 드문드문 섞어가면서 정계비평, 법조계 혹은 재계 등 그때그때 중요한 사건들을 논평한다. 뿐만 아니라 경우에 따라서 다방면에 걸친 르포르따주도 크게 취급된다. 계속해서 중간에 양념 삼아 돈도 벌 겸 흉하지 않을 정도로 상품광고를 집어넣어가면서 국외소식이 있다.

국내, 국외란은 정치·경제·사회 문제에 거의 전적으로 치중되지만 그 다음 약 22~30면부터 문화란이 전부 차지하고 있다. '빠리가 본 것들', '빠리가 읽은 것들', '마담 엑스프레스(여성란)'로 나누어진다.

'빠리가 본 것들' 속에는 영화, 텔레비전, 미술, 조각, 연극, 오페라 그리고 가지가지 쇼 등에 대한 꽤 자세한 소개와 비평이 차지한다.

'빠리가 읽은 것들' 중에는 이른바 독서란으로 모든 분야에 걸친 새로운 저서 중에서 몇몇 작품을 골라 소개한다. 상당히 구체적인 비평이 물론 딸려 있다. 우리나라 비평계와는 좀 달라서 비평이 남을 꼬집어 뜯거나 할퀴는 데 있는 것 같지 않다. 그러므로 일단 이런 비평에 오르면 작가와 저서로서는 영광스러울 것은 물론이다. 작품의 소개는 프랑스 작가들이 대부분을 차지하지만 세계 각국의 작품도 소개하려고 노력하는 모습이 보인다. 외국작품이 소개될 때는 프랑스어로 번역작품이 나왔을 경우에 한해서임은 말할 필요가 없다.

마지막 '마담 엑스프레스'에는 여성들의 새로운 패션을 비롯해서 구두, 양말, 세탁기 등 부인들의 생활 문제, 자녀들의 건강 문제, 꼬마들의 장난감 문제, 생활을 좌우하는 물가 문제 등등이 다루어진다. '마담 엑스프레스'에서는 여고생까지 대접을 받아 그들에게 민감한 문제도 가끔 취급을 하고 있다.

이런 큰 난들 끝에는 한 주일 동안 듣고 볼 만한 영화, 연극, 텔레비전·라디오 프로그램, 가지가지 전시회 등을 장소와 시간까지 명시하여 일람표로 제시해 편의를 보아주며 새로 나온 레코드 판도 언제나 소개된다.

마지막 장을 넘기면 마흔 미만인 이 주간 책임자의 재치있는 정치단평이 나와 있다. 드 골 장군을 적극적으로 반대하는 장 자끄 쎄르방 쉬라이베라는 재사(才士)는 이번 1차 선거에 보기좋게 미끄러졌는데 1주일 후(11월 25일)에 있을 결선에도 과히 가망이 없을 것 같다. 이유는 드 골을 반대한 데 있는 듯하다.

편집 책임자가 국회의원 선거에서 미역국을 먹었지만 몇십 만 부를 발행하는 『렉스프레스』는 여진히 지식인의 요구를 어떤 주간보다 다방면으로 채워주고 있으며 언제까지나 많은 애독자를 가질 것이다.

왜냐하면 책임자가 정치에 고개를 들고 나오려 한다 해도 사회당 기관지인 주간 『프랑스 옵세르바떼르(프랑스 관측)』와 같이 지나치게 정치에 치중되지 않고 정직하고 공평하며 냉철한 문화계의 보도자가 되고자 노력하는 자취가 보이기 때문일 것이다.

2

문학사조

문학비평은 가능한가?

문학비평은 프랑스의 경우만 하더라도 16세기까지 소급할 수 있다. 쁠레이야드(Pléiàde) 시파의 시론에서 롱싸르(Ronsard)의 몇몇 주장도 소박한 점은 없지 않으나 역시 비평일 수 있다. 17세기의 부왈로(Boileau)도 그 시대의 문학을 영도하려는 야심을 보여준 문학의 심판자로 행세했다. 그러나 비평이 하나의 문학 장르가 되기에는, 19세기 로맨티시즘의 이론적 뒷받침을 했다고 볼 수 있는 쌩뜨-뵈브(Sainte-Beuve)를 기다려야만 했다.

쌩뜨-뵈브가 비평을 문학 장르에까지 올릴 수 있었던 것은 그가 지금까지의 어떤 수사학이나 혹은 규치에 입각한 모든 종류의 독단적 비평태도를 지양하고 객관적 방법으로 문학작품의 독자적 가치를 발굴해내는 방법을 세웠기 때문이다. 그는 모든 독단적 방법을 배격하고 예술작품으로서 문학의 다양한 형식, 다양한 특질을 받아들이려고 애썼다. 그는 한 작품을 생산한 작가의 가치를, 그 작품의 여건에서 큰 부분을 차지할 수 있는 작가의 교육과정, 생애 혹은 혈통을 통해서 밝혀내려 했다. 그는 '정신의 박물학자(Naturaliste des esprits)'가 되고자 한다.

이 같은 쌩뜨-뵈브의 객관적 정신을 계승하고 그것을 극한까지 발전시킨 것이 뗀느(Taine)의 결정론적 이론이었다. 그는 모든 여건에서 자유로울 수 있는 작가의 자율적 창조력을 부정한다. 그는 작가와 그 작가가 표현해놓은 작품을 그의 유명한 세 개의 '지배적 여건(la faculté maîtresse)'에 의해서 설명해내려 한다. 즉, '인종(race)', '환경(milieu)', '시대의식(moment)'이란 세 개의 지배적 여건에 의해서 프랑스의 위대한 시인 라 퐁뗀느(La Fontaine), 영국의 셰익스피어를 비롯한 모든 작가의 문학을 규정지으려 한다.

과학과 체계를 너무나 중시한 뗀느의 결정론은 예술가의 독자성과 천재성을 말살하고 말았다. 우리들은 체험을 통해서뿐만 아니라 구체적인 작품과 작가를 예증해서까지라도 예술품이나 예술가가 그의 인종과 환경과 시대의식에 전적으로 지배되거나 결정되지 않음을 말할 수 있다.

체계적인 비평태도에 대해서 소위 인상비평이 생기게 됐던 것은 알고 있는 터이다. 르메뜨르(Lemaitre), 아나똘 프랑스(Anatole France) 등은 과학만능주의와 독단론자들이 객관적 즉 비평가 본인의 눈에서 독립한 인식과 판단에 도달하려는 데 반하여 작품과 비평가의 '주관'을 정착시키려 했다. 그리하여 마침내 인상비평은 작품이 독자에게 주는 쾌락을 작품의 우열을 재는 유일한 척도로 삼으려 했다.

물론 뗀느류의 객관적 태도와 르메뜨르나 프랑스 등의 인상비평 사이에는 띠보데(Thibaudet), 뒤 보스(Du Bos) 혹은 보들레르 등의 중용적 입장이 있었을 뿐만 아니라 객관성에 대한 애착을 버리지 못하는 랑쏭(Lanson)식의 강단비평이 없지도 않았다. 오늘에 와서 비평가들의 태도를 보면 대략, 문학작품 속에서 새로운 윤리적 가치를 찾아내려고 애쓰는 것 같기도 하다. 싸르트르, 씨몽(Simon), 알베레스(Albérès) 등을 보면 이러한 경향을 짐작할 수 있을 것이다.

그러나 과연 독단론적 비평이 라 퐁뗀느 작품의 참된 가치를 발견할 수 있었으며, 인상비평이 발자끄의 예술적 가치를 이해할 수 있었으며 싸르트르 문학의 척도로 보들레르의 혼이 담긴 드라마의 깊이를 측량할 수 있었을까? 과연 비평가는 하나의 예술품을 대상으로 하여 그것의 가치를 참되게 이해하고 판단하는 권리를 자부할 수 있을까? 과연 문학비평은 하나의 문학 장르로 존재할 수 있는가? 가에땅 삐꽁(Gaetan Picon)은 그의 예술론 『작가와 그의 그림자』에서 비평가가 작가에게 미치는 영향이 거의 전무함을 지적하고 있다. 비평에 대한 회의와 존재가치에 대한 논의는 이제 새삼스러운 것이 아니다. 그러나 그것은 아직도 해결을 보지 못한 채 여전히 흥미로운 대상으로 남아 있는 것 같다.

『예술』이라는 최근의 주간을 보면 모로(Pierre Moreau)가 이 문제를 『프랑스의 문학비평』이란 저서에서 재검토해보려 하고 있는 것 같다. 그는 우선 비평의 성격과 한계를 살핀다. 비평은 '문학사'와 밀접한 관계를 갖고 있으면서도 그것과 구별되어야 하며, 미학과도 혼동해서는 안된다. 한편 비평은 이미 이루어진 작품이 아니고 현재 창조되고 있는 작품에도 작용할 수 있을는지 어떤지? 작품에 선행하는지 혹은 작품의 뒤만을 따라다니는지? 작품을 시노하는지 그렇지 않으면 작품에 의해서 인도되는지? 이같이 비평의 성격과 한계는 아직도 결정적인 답을 얻지 못하고 있다.

한편 비평가의 자격만 하더라도 애매하기 짝이 없다. 우리가 비평가에게 기대하는 것은 설명인가? 판단은 주관적이어야 하는가 객관적이어야 하는가? 작품을 검토하는 비평의 기능은 작품을 상상하며 창조하는 작가들의 기능과 다른가? 비평가는 보들레르와 같이 창조적 인간인가, 그렇지 않으면 독자적 장르의 전문가인가?

비평의 대상을 떠나서, 그것의 형식만 하더라도 정의를 내리기가 용의치 않다. 비평은 작품의 설명일 수도 있고 작품의 원천에 대한 탐색이 될 수도 있다. 또한 비평은 강의를 통해서, 강연을 통해서, 회화에서 이루어지는 경우도 있다.

이 같은 비평의 애매성을 인정하면서 모로는 각 시대와 각계 비평의 특질을 더듬어가고 역시 비평을 명확히 규정지을 수 없음을 시인하고 있는 것 같다.

어떤 비평은 작품을 만들게 한 필연적인 원인만을 추구하고, 어떤 비평은 작품의 원인보다도 작품이 지니고 있는 예술성 혹은 논리성을 발견하려는가 하면, 사회비평을 혹은 철학을 혹은 또 정신분석을 하려 한다. 비평이 '설명'에 그치려 하는가 하면, 가치의 '판단'이 되고자 하기도 한다. 그러나 한 작품의 원인을 규명하는 일이 또는 예술성, 논리성, 사회성, 철학성을 알아내는 것으로 한 예술품으로서의 작품을 완전히 소화했다고 볼 수 있는가? 문학사를 정리하려는 생각에서 문학의 재산목록표 속에 무슨 해부나 하듯이 분류되는 것으로 한 예술작품의 의미는 그치는 것인가? 특히 영·미의 뉴크리티시즘이 추구하는 지나친 분석으로 작품의 가치가 완전히 비평될 수 있을까?

현대의 저명한 비평가 모리스 블랑쇼(Maurice Blanchot)는 말한다.

우리는 문학비평이 아무런 중요한 문제도 해결할 수 없는 것 같은 인상을 받는다. 대학과 저널리즘이 비평의 역할을 맡고 있다. … 헌데 이 같은 비평은 문학을 대상으로 삼지만 비평에 문학이 좌우되지는 않는다. … 문학비평은 문학작품과 독자의 관계를 조정하는 데 있다. 그러므로 비평가는 하나의 정직한 중개인과 같다.

해변에는 무수한 패각이 있다. 그 많은 패각은 저마다 독특한 형태와 채색을 자랑하고 주장한다. 내가 좋다고 택한 하나의 패각을 내 친구가 똑같이 좋다고 탐을 낼 의무는 없다. 내 친구는 전혀 다른 형태와 다른 빛깔을 가진 것을 골라잡을 수 있다. 오랜 문학사 속에서 아끼고 선택한 자랑스러운 고전들을 오늘의 독자가 반드시 아껴야 할 의무도 없지 않을까? 또한 한 개의 아름다운 패각을 대할 때 어떤 사람은 그 빛깔에 먼저 황홀해할 수도 있고, 또 어떤 사람은 그 형태의 묘함에 탄복할 수도 있을 것이며, 또 어떤 사람은 그렇게 이루어진 과정에 흥미가 끌릴 수도 있을지 모른다. 한 개의 패각 앞에서 어떤 사람은 생명의 상징을 볼 수도 있고 어떤 사람은 지질학의 자료를 찾아낼 수도 있을 것이다. 그러나 하나의 패각은 그 색채, 형태, 상징이나 지질학의 자료로 끝나는 것만은 아니다. 그 것은 어디까지나 하나의 '패각'이다. 이와 마찬가지로 문학작품들이 선택과 판단을 기다리는 패각이라면 선택하고 판단하는 비평의 기능과 척도가 지극히 애매함을 알 수 있게 된다. 우리는 이미 위대한 한 작가를 둘러싸고 수많은 비평이 나왔고 또 나오고 있음을 흔히 보게 된다.

한 비평가가 어느 작품을 논할 때 그는 이미 그 작품을 선택한 것이며, 그 작품의 가치를 판단할 때 그는 암암리에 작품의 척도를 내보이고 있는 것이다. 그러나 선택이 선택인 이상, 가치척도의 광장이 명백하지 않는 이상, 그 비평가는 어디까지나 '주관'을 탈피할 수 없다. 문학사에 나타나는 확고부동한 위대한 작품들도 문학사가들 그리고 그것을 뒷받침하는 비평가, 나아가서는 수천 년, 수백 년에 걸친 독자들의 '주관의 공약수'를 말해주는 것이라고 볼 수 있을 것이다. 다시 말해서 인류가 문학의 해변에서 바라본 인류의 이상, 인류의 가치일 것이다.

그렇다면 인류는 무엇을 이상으로 했으며 무엇을 가지고 가치를 판단했을까? 이러한 의문은 문학의 본질, 인간의 본질적 가치에까지 관계되는 문제일 것이며, 설사 이러한 문제의 해답을 갖고 있다 하더라도, 한 문학작품의 가치에 대한 평가가 시대와 장소에 따라서 변화하고 전복됨을 종종 볼 때 다시금 당황한다.

독자가 바라는 가치가 무엇인가를 독자 자신에게 깨우쳐주고, 독자, 나아가서는 인류가 문학을 통해서 할 '선택'을 대신하는 사람으로 생각할 수 있는 비평가는 과연 그러한 일을 맡을 자신을 갖고 있는가? 작품을 분석하고, 설명하며, 가치를 설정하려 드는 비평가는 문학의 본질을 혼자 독점하고 있다는 자부심을 가질 수 있는가? 그렇지 않다면, 그가 아무리 큰소리를 내면서 작가들의 고삐를 좌우로 당기려 해도 위대한 작가들은 코방귀 하나 뀌지 않았을 때의 열등감 혹은 모욕감을 어떻게 참겠는가? 블랑쇼 말마따나 비평은 창조자와 독자를 연결하는 중매자로서만 겸손히 자기의 직분에 만족을 느끼고 있어야 할 것인가? 뗀느는 성을 낼지도 모른다. 그러나 보들레르의 시, 그 단 한 편도 인종, 환경, 시대의식만으로 창조되지 않았다. 완전한 심판자로서의 비평, 지도자로서의 비평은 거의 가능할 수 없게 된 오늘 문학비평의 본질이 무엇이며, 문학비평의 참된 가능성에 대한 문제는 그대로 문제로 남아 있지 않는가?

열 개의 비평을 읽기보다도 하나의 구체적인 작품을 읽을 때가 훨씬 벅차고 흐뭇한 예술과 정신의 향기를 감각할 수 있음을 인정하는 비평가들은 그들의 옹졸한 붓끝을 꺾고 말아야 하는가? 그러나 독자와 때로는 작가 자신이 비평가의 눈치를 고대하고 있음도 부정할 수 없다. 왜냐하면 우리는 감동뿐만 아니라 해명이 필요한 동물이기 때문이다.

60년대 신진작가의 여건과 기질

　　서울, 광주, 대구 그리고 제주 산촌에는 지금도 수천 명의 무명작가와 시인들이 때묻은 원고지를 메우고 있을 것이다. 그러나 그들은 몹시 안타깝고 초조할 것이다. 그들을 작가, 시인으로 불러주는 사람은 몇몇 친구를 빼놓고는 없을 것이기 때문이다. 때로는 자기만이 그 이해자며 독자가 될지도 모른다. 그들이 빛을 찾을 수 있는 길은 오직 둘뿐이다.

　　문학지의 '추천'과 신문의 '신춘문예 수상'이 바로 그것이다. 그래서 그들은 때로는 부끄러운 심정을 느끼면서도 『현대문학』, 『자유문학』 혹은 『사상계』의 신인상 작품과 특히 추천지의 '고견(高見)'을 열심히 읽을 것이며, 신문에서 수상발표를 보려고 불안한 봄을 맞이할 것이다. 그러나 실상 냉정히 바라보면, 작품의 심판자요 문학의 선생님 격인 심사위원이 때로는 몹시 의심스럽고, 그들의 판단이 불안스럽다. 그러나 어쨌든 그들은 신진작가의 목을 잡고 있는 '권위'임이 틀림없다. 불평해도 소용없다. 그들에게 복종해야 하는 것이다. 이렇게 해서 한 반 세기에 걸친 한국의 작가, 시인은 생겨났고, 소설과 시의 역사가 이루어졌다. 따라서 한국의 문학사는 심사위원의 문학의식과 취미의 혈통을 충실히 계승하고 있는 것 같기도 하다. 어느 한 사람의 비위에 맞는—그것도 퍽 의심스러운 것이지만—60매짜리 이야기가 두어 번 실리면 작가가 된다. 한국의 실정은 독자의 무게란 거의 없다. 과연 우리나라 작가들이 작가지망자 외에 얼마만큼의 독자를 갖고 있는 것일까? 춘원의 세대를 제외하고는 대략 이것이 우리 문단의 '증명서 과정'이다. 안타깝다.

나의 좁은 상식으로 보아도 서구나 미국 같은 데는 작가의 길이 우리와는 다른 줄 안다. 프랑스에서도 마찬가지다. 아직 콧수염도 나지 않은 젊은이들이 고독한 가운데서 원고를 쓴다. 그들 역시 울렁거리는 가슴을 안고 대가들을 방문한다. 며칠 혹은 몇 달 동안 그들 또한 초조하고 불안한 마음으로 대가의 사인이 붙은 편지를 기다린다. 모리스 바레스는 새파란 프랑소아 모리악(François Mauriac)에게 반가운 소식을 전달한다. NRF(Nouvelle Revue Française ; 신프랑스 문예지)가 하나의 이름없는 사교계의 젊은 프루스트의 원고를 재촉하는가 하면 많은 쌀롱은 시골서 올라온 젊은이들의 인상과 재치와 생각을 넓은 아량을 갖고 받아들인다. 신인들은 그들을 격려하고 키워줄 '스승'이 있었다. A. 프랑스, 뽈 부르제(Paul Bourget), 레옹 도데(Léon Daudet)가 있었고, 모모 백작부인들의 쌀롱이 있었고, 많은 문예지가 있었다. 이리하여 빠리는 재능있는 신인들의 행복한 요람이기도 했다.

그러나 60년대 들어서서 사정은 달라졌다. 시골에서 처녀작을 들고 올라온 신인은 고독하다. 그를 안내하고 지도해줄 바레스나 프랑스는 이미 없어졌으며, 그의 재능을 이해해줄 귀부인들도 사라졌다. 그는 우선 서먹서먹한 마음으로 그러나 꾸준하게 이름없는 그의 작품을 출판해줄 출판사를 혼자서 찾아야 한다. 그의 원고는 수많은 출판사의 문을 드나들 것이다. 왜냐하면 고독을 즐기는 몽떼

르랑(Montherlant)이나 장관 말로나 그린(Green)이나 혹은 투사 싸르트르 같은 대가들은 시간이 없을 뿐만 아니라 그들의 선배가 발휘했던 권위를 이미 계승받을 수 없기 때문이다. 시대가 그리고 사회조직이 또 문단의 순환이 달라졌기 때문이다.

다행히도 자신에게는 군주와 같은 존재인 어느 출판사의 마음에 들어 처녀작이 나오게 돼도, 신인은 다시금 공꾸르(Goncourt)상을 비롯한 수많은 상을 관장하는 심사위원의 눈치를 살펴야 한다. 그의 작품이 어떤 상을 받느냐에 따라서 그의 운명이 당분간은 결정되기 때문이다.

이 세대의 스승, 프랑소아 모리악을 가질 수 있었던 단 하나의 신인, 재작년에 페미나(Fémina)상을 받은 『이상한 고독』의 작가 필립 쏠레르(Philippe Sollers)까지도 다음과 같이 말한다.

선배의 부족은 오늘날 문학의 가장 큰 빈곤 중 하나이다. 젊은 신인들은 충고자도 안내자도 없이 고독하다. 그들은 그들의 원고를 직접 출판사에 맡긴다. 그들이 가진 재능의 표준은 출판, 작품의 성공, 판매부수인 것이다.

과거에는 그들이 쓴 작품의 가치를 판단하는 대가들이 있었으니, 오늘날의 판단자는 대가들보다도 먼저 판매부수로 나타나는 이름 없고 보이지 않는 대중들이다.

이러한 현상은 여러 가지로 설명될 수 있을 것이다. 말로나 싸르트르가 시인 미쇼(Michaux)를 발굴한 지드(Gide)처럼 문학에만 전념하지 못하는 데도 있겠지만, 더 큰 이유는 가치의 규준과 권위의 붕괴에 있지 않을까? 우리들은 현재 가치의 혼돈된 숲속을 방황하고 있기 때문인지도 모른다. 또한 우리 사회가 차츰 더 기계화되고

상업화되가고 있는 데도 큰 원인이 있다.

그렇기 때문에 어떤 한 대가의 판단에 의해 작품의 중량이 독자 속에서, 문학사 속에서 측량될 수 없는 것이며, 그렇기 때문에 저널리즘과 선전광고의 위력이 증대된다.

한 작가가 갖는 첫 단계 이상은 작품에만 전력을 기울일 수 있는 조건을 갖는 데 있을 것이다. 말하자면, 작품으로서 생활보장을 받고 싶을 것이다. 따라서 그는 자연히 대중의 구미와 인기와 판매부수를 생각하지 않을 수 없게 된다. 오늘의 신인들은 프루스트처럼 부르주아도 아니며, 지드나 모리악처럼 지주도 아니며, 모루와처럼 공장을 갖고 있지도 않다.

그들 대부분은 저널리스트이고 그렇지 않으면 출판사의 직원이며 혹은 교사거나 초등학교 선생 정도이다. 한편 상업화되가는 사회는 일단 작품을 내고, 어떤 상을 받게 되면 그 작가를 그대로 내버려두지 않는다. 그는 새로운 시련, 스포츠에 가까운 경쟁에 휩쓸린다. 그는 라디오에 대고 말을 해야 하고, 텔레비전 앞에서 미소를 지어야 하며, 청중 앞에서 마이크를 조정해야 한다. 신문에 혹은 성명서에 서명해야 하고, 문예지 혹은 신문의 정기적 작품평에 자기 작품이 나오기를 불안스럽게 기다려야 한다. 그는 또한 어느 회합의 초대에 출석해야 하며, 사강처럼 쿠바에도 가봐야 한다. 이런 식의 작가의 경쟁은 기자들 혹은 사진사들에 의해 더욱 격렬해진다. 그들은 기자의 질문에 작품과는 전혀 관계 없는 것도 척척 대답해야 하고, 사진사 앞에서 포즈를 잘 취해야 한다. 결국 중요한 것은 좋은 작품을 쓰는 데 있지 않고, 재치있게 말을 잘 하고, 대중의 비위를 맞추는 데 있다.

고독에서 겨우 벗어난 신진작가는 촉박하고, 표면적이며, 예술적 훈련을 연마하지 못하게 만드는 이 빠른 리듬, 다시 말하자면 작가

미쉘 뷔또르

의 새로운 여건에 얼이 빠진 많은 신인들은 그들의 약속을 지키지 못하게 된다. 즉 그들의 두 번째 작품은 실망을 준다. 왜냐하면 그들은 대중의 취미에 맞추느라고 그들의 취미를 희생시키며, 또한 그들은 그들 자신의 주제보다도 이미 있는 주제를 택함으로써 수천의 독자를 더 얻으려 하기 때문이다.

이 같은 여건에 끌려가는 사람들이 있는가 하면, 그 밖에 대부분은 무관심하고 소심해서 불평을 시작하면, 마침내는 비교(秘敎) 속에 피신한다. 그들은 '새로운 소설(Nouveau Roman)'이라고 불리고 흔히 앙띠로망으로 불리는 소설세계를 높이 평가하려 든다. 이리하여 로브-그리예(Robbe-Grillet), 미쉘 뷔또르(Mishel Butor), 나딸리 싸로뜨(Nathalie Sarraute) 등이 주목을 받게 될 뿐 아니라, 그 중 로브-그리예는 이미 확고한 존재로 되어가고 있다. 또 『궁전의식(宮殿儀式; La Cérémonie royale)』을 금년에 쓴 장 띠보도(Jean Thibaudeau) 같은 작가는 단순히 '재미있으니까' 쓴다는 것이다.

이 같은 두 진영의 분리, 즉 하나는 많이 읽히나 후자에게 경멸을 받는 '고난을 참는 작가'와 또 하나는, 전자를 경멸하나 읽히지 않는 '비사교적 작가'의 분리가 60년대 젊은 작가들의 실정이다. 갈라졌긴 하지만 그러나 그들을 '1960년의 정신'이라 불리는 공통된 집념을 함께 갖고 있다. 이와 같은 하나의 공통된 정신은 그들이 서로 의식하지 못하는 중에도 베스트셀러의 작가와 순교적 작가를 다시 접근시켜주는 것이다.

첫째로 그들은 '참여'하지 않는다. 앞선 세대, 즉 싸르트르, 까뮈의 세대가 열중했던 '역사'는 별로 그들의 관심이 되지 않게 됐다. 그들은 작품의 소재를 그들 자신의 극히 개인적인 경험에서 가져온다. 따라서 그들은 말로처럼 해상과 라오스를 모험할 필요가 없다. 그는 모험을 통해 이룬 최근의 소설을 썼지만 흔히 태작인 수가 많다. 젊은 작가 가운데 하나는 이 점을 다음과 같이 설명한다.

"우리는 모두 흉칙한 개인주의에 속한다. 이런 현상은 분명히 거대한 전체의 신화가 파산한 데 있을 것이다. 그런데 우리보다 하나 앞선 세대는 그것을 찾으려고 무진 애를 썼지만 헛일이었다."

'참여'하지 않는 것이 새 세대 작가의 한 특질이라면, 두 번째 성격은 관념에 대한 불신과 체계와 원칙에 대한 멸시로 나타난다. 신인들은 구체적인 세계 즉 볼 수 있는 것, 만질 수 있는 것, 관념이 아니라 물체를, 영혼이 아니라 육체를 즐겨 택한다. 이 점을 또 다른 젊은 작가는 다음과 같이 말한다.

"지성은 감촉할 수 있는 세계에 접근해야만 한다. '선'과 '악' 혹은 '정의'의 개념이 어떤 것인 줄 나는 알 수 없다. 그러한 개념은 얼마든지 만들어낼 수 있다. 그보다는 오히려 하나의 풍경, 하나의 감동을 묘사하는 것 혹은 어떤 냄새의 성질을 밝히는 것들이 더 어려우리리라 생각된다."

작년도 페미나 수상작 『벽 밑에서』도 이것을 말해준다.

자신의 감각에만 열중하고 있는 젊은 작가들은 자연스러운 귀결로서 세 번째 특징으로는 '주의력'을 갖고 있다. 로브-그리예가 『질투』에서 한 묘사는 놀라우리 만큼 세밀하고 세심하여 정확한 기록으로 시종하고 있다. 이런 특징은 앙띠로망의 독점물이 아니다. 『해변의 정열』의 작가 미쉘 깔론느(Michel Calonne)는 한 집의 여러 층을 한 계단 한 계단씩 올라가는 묘사를 한다. 그들은 '주의력'이 스스로 즐기는 방법이 되기를 바라는 것이다. 대상이 문제가 아니라 주의력이 문제다. 오늘날처럼 '인식'하고자 하는 열의가 뜨거운 적은 한 번도 없었다. 그들은 착각에 대한 공포에 사로잡혀 있다. 정확한 것, 분명한 것, 구체적 사실만이 중요하게 된 것이다.

이처럼 60년대 작가의 기질은 역사에 무관심하여 참여하지 않고 사상을 경멸하고 그 반면에 구체적인 것에 대한 취미를 갖고 정확하고 자세히 인식하려는 정열에 싸여 있다.

프랑스 문학사를 통하여 작가의 여건을 보면 대체로 작가가 영주, 궁전 또는 귀족계급에 속했고, 18세기부터는 그것이 변천하여 작가의 자주력을 찾기 시작했다. 그러나 대부분의 경우 20세기 초엽까지 작가는 직업의식을 갖지 않아도 무난했다. 이 시대에 작가들은 구미가 당기겠지만 그러나 사실을, 현실을 인정하지 않을 수 없다. 60년대의 프랑스 작가가 택할 길은 위에 언급한 두 개의 진영 중 하나뿐이다.

한편 작가의 태도로 말한다면, 크게는 고전주의, 낭만주의, 사실주의, 심리주의 그리고 실존주의를 들 수 있다. 이 모든 전통을 넘어서서 특히 전후문학의 윤리성에 무관심한 태도를 무엇이라 명명할지 모르며 또한 그것을 문학의 발전이라 봐야 하는지도 속단하기 어려우나 이 세대의 작가들이 문학의 새로운 요소를, 더 나아가서 새로운 영토를 준비하고 있는 것이라는 생각이 잘못일까?

60년대의 프랑스 문학에 우리는 호기심과 기대, 더불어 불안도 느낀다.

사조로서의 '앙띠로망'

잃어버린 가치의 폐허 속에 그리고 절망과 허무라는 황무지에 던져진 전후의 이른바 실존주의 문학이 영점에서부터 출발하여 인간이 살아갈 수 있는 진정한 가치와 윤리를 재건하려 했다고 한다면, 50년대를 좀 지나서 프랑스에는 전후의 윤리적 문학과는 전혀 성격이 다른 새로운 소설(Nouveau Roman)이 나타나기 시작했다. 이 같은 움직임은 소설에서뿐만 아니라 시, 연극에서도 찾아볼 수 있었다. 그러므로 우리는 50년대 이후의 독특한 문학을 전체적으로 '새로운 문학'이라고 부르게 된다.

한데, 새로운 문학이라는 이름 대신에 이 같은 경향의 문학은 '비문학(Alittérature)'이라고 흔히 명명되며, 새로운 소설은 반소설(Anti-roman)이라고 일컫고 있다.

문학을 부정하는 '비(非)'와 소설을 부정하는 '반(反)'이 붙은 이 아이러니칼한 이름 '부정'의 문학을 우리는 상상할 수 있을 것인가? 여기서 우선 위와 같은 명명이 생긴 원인과 이유를 생각해볼 필요가 있다.

끌로드 모리악(Claude Mauriac)은 그의 저서 『현대의 비문학

(L'Alittérature Contemporaine)』의 서두에서 다음과 같이 말하고 있다.

비문학(즉 문학이라는 말에 멸시적 의미를 갖게 했던 안이성으로부터 해방된 문학)은 여태껏 한 번도 도달하지 못한 하나의 극점이다. 그러나 인류가 존재한 이래로 성실한 작가들은 그와 같은 방향을 향해서 작품을 쓰고 있는 것이다. 그러므로 문학사와 비문학사는 병행하는 것이다.

달콤하고 감상적이고 혹은 낭만적인 것을 문학적인 것으로 착각하기에 익숙한 우리들은 벅찬 현실생활에 직면할 때면, 흔히 '그것은 너무나 문학적이다' 라는 빈축을 받게 된다. 다시 말하면 문학은 현실에 뿌리박지 못한 일종의 꿈 같은 생각에 불과하며, 현실과 동떨어졌다는 것이다. 철모르는 소녀나 혹은 배가 부른 팔자좋은 사람이나 가지고 놀 수 있는 것이 문학이지, 철이 들고 현실생활에 쫓기고 또 쫓아야 하는 절박한 환경에 있는 사람에겐 아무런 의미도 없는 '남의 이야기'에 불과하다는 생각이다. 이러한 생각은 옳건 그르건 간에 문학이 생긴 이래로 어느덧 일반적으로 인정된 것임은 틀림없다. 이 같은 현상이 나타나게 된 이유는 수많은 작가들의 타락이나 더 많은 수효의 독자들의 태만에서도 찾아볼 수 있겠지만 그것은 지금에 와서 부정할 수 없는 사실이기도 하다.

그러나 문학은 그것의 원래 성격이 한낱 감상적인 문자의 나열을 통해서 혹은 달콤한 이야기 전개를 통해서 현실에서 이탈하는 수단에 지나지 않았던 것일까? 아니다. 진정한 문학의 본래 의도는 현실에 대한 더욱 깊고 명석한 파악에 있었을 것이며, 또 그러해야만 했다. 프랑스에서 나타난 새로운 문학의 조류를 '비문학'이라고 부르는 까닭도 바로 위와 같은 원인에서 생긴 것임을 알아야 한다. 종래의 문학이 현실과 동떨어졌다면, 새로운 문학은 현실과 밀착하는 문학이며 종래의 문학적이지 않은 요소를 부정하는 비문학이 되고자 한다. 그러나 아이러니칼하게도 비문학이야말로 진정한 문학이 된다. 그렇기 때문에 많은 작가의 타락과 그릇된 오해가 몇백 년을 두고 조정되어왔지만, 안이성에서 해방된 비문학은 결코 도달되지 못한 하나의 극점으로서, 비단 오늘의 작가들뿐만 아니라 수백 년을 두고 성실한 작가들이 탐구해왔던 것이다. 모리악이 그가 쓴 비평론의 표제에 각별히 '현대의'라는 형용사를 붙인 까닭도 여기에 있다.

이처럼 비문학이 문학의 근본적인 부정이 아니라 오히려 정반대로 문학의 본질로 환원하기를 지향하는 '진정한 문학'을 뜻하는 것이라면, 마찬가지로 반소설(Anti-roman)도 그 의도에 있어서 소설 자체의 부정이 아니라 종래의 그릇된 관념에 지배되어온 소설을 부정함으로써 진정한 의미의 소설을 원하는 것이다.

앙띠로망이 종래의 소설을 부정하고 나오는 만큼 그 자체 사조로서의 성격을 따지기에 앞서 문학사에 나타난 소설의 몇몇 사조를 대충 생각할 필요가 있다.

소설다운 이야기는 18세기 말, 아베 프레보(abbé-Prévost d'Exiles)의 『마농 레스꼬』에서 찾아볼 수 있을 것이나. 젊고 아름다운 창녀에 미친 젊은 사나이의 뜨거운 사랑의 이야기가 숱한 모험 속에서 그려진 작품이다. 우리는 이 작품 속에서 현실에서는 이루어지기 어렵고, 또 한편 우리가 은근히 동경을 갖고 있는 열렬한 사랑의 이야기만 따라감으로써 우리들의 잠재적 욕망을 만족시킨다. 이렇게 해서 이른바 로맨틱한 세계가 그려짐을 볼 수 있다. 쌩-삐에르(Saint-Pierre)의 『뽈과 비르지니』는 유럽의 고향을 떠나 인도양의 웅장하고 순수한 자연 속에서 이루어지는 꿈 같은 사랑의 이야기이다. 거기에는 아름다운 자연과 영원과 순수를 담은 꿈이 꽃핀다. 로맨티시즘 거장의 한 사람인 샤또브리앙(Chateaubriand)의 『아딸라』와 『르네』도 역시 우리의 생활과는 너무나 먼 자연과 꿈으로 엮어진 이야기이다. 이처럼 로맨티시즘은 실현성 없는 꿈과 동경과 향수의 세계를 그렸다. 그러기에 그러한 소설, 그러한 문학은 너무나 '문학적'이었던 것이다.

꿈에 대한 환멸이 나타나기 시작한다. 작가의 눈은 흘러가는 구름이나, 떠가는 초생달을 이제 바라보지 않게 된다. 내가 사는 사회, 내 옆에 사는 가지가지 이웃 사람들을 관찰하게 된다. 거인 발자끄는 자기가 살아왔던 시대와 사회를 총망라해서 묘사하려 한다. 소설은 상상에서부터 묘사로 바뀌었다. 『고리오 아버지』에서 우리는 잔인한 부녀관계와 가혹한 인정을 보고, 발자끄 작품 전체 속에서 '인간의 희극'을 구경한다. 우리는 그의 소설 속에서 가지가지의 성격, 가지가지 인간의 전형을 또한 발견하기도 한다. 『적과 흑』에서 스땅달은 무엇을 그렸던가? 그 시대상이 있으며, 하나의 젊은 야심가의 비극이 있으며, 사랑의 뒤얽힌 심리가 있으며, 인간상이 있다.

플로베르(Flaubert)에 와서 로맨티시즘은 완전히 부정된다. 로맨틱한 여성의 파멸을 그렸다는 점에서, 평범한 생활, 평범한 인간을 그렸다는 점에서, 과장도 달콤함도 눈물도 없이 그러한 여성을 그렸다는 점에서 『보바리 부인』은 반로맨티시즘이다. 플로베르나 모빠쌍(Maupassant)의 사실주의 속에서는 마농 레스꼬 같은 창녀도, 비르지니 같은 소녀도, 르네 같은 젊은이도, 쥘리앙 쏘렐 같은 능란한 야심도 찾아볼 수 없다. 요컨대 히어로가 없다. 꿈도 환상도 용납되지 않는 시시한 현실, 그대로의 인간이 있을 뿐이다. 모빠쌍의 『여자의 일생』을 보라. 꿈이 깨져가는 철없는 여자의 비참한 일생이 있을 뿐이다. 이와 같이 사실주의 작가들은 꿈 아닌 인간의 현실생활

을 있는 그대로 부각시키려 했
다.

한편 사실주의를 넘어서 자연
주의 문학이 있었음을 알고 있
는 터이다. 에밀 졸라(Émile
Zola)의 문학이 그러한 시도였
다. 그는 자료를 수집해서 과학
적으로 사회를 묘사해내려 했다.
그의 눈에 비친 사회는 특히 노
동자, 빈민, 농부들의 것이다. 우
리는 『목로주점』, 『농민』 등에서
여태까지 작품화된 일이 없었던
하층계급의 세계와 또 인간의
추잡한 면을 그리려고 얼마나
애썼던가를 알 수 있다.

그 다음에 과학적인 것, 객관
주의에 대한 위와 같은 광신을
조롱하는 소리가 들리기 시작한
다. 수삽한 것들만을 객관적으로

쥘 로맹

그려서 무엇하겠느냐? 이리하여 아나똘 프랑스의 풍자문학이 나타
난다. 『따이쓰』, 『제신의 목마름』이 그러한 계열이며, 뽈 부르제의
『제자』가 역시 같은 성격을 띤 작품이라 할 것이다.

한편 20세기 초엽의 작품은 대체적으로 휴머니즘에 뿌리 박고 있
는 것임을 알 수 있다. 앙드레 지드, 조르쥬 뒤가르, 쥘 로맹 같은
작가들은 각기 과거로부터 이탈된 다음 새로운 모럴과 가치를 휴머
니즘의 정신 속에서 재건하려고 했다. 그들의 중심 테마는 삶의 문

제에 있었다. 이 같은 흐름이 더욱 극단적인 성격을 갖게 될 때, 실존주의 문학이 싹틀 수 있었다.

위와 같이 소설 발전의 발자취를 언뜻 훑어볼 때 우리는 각 시대 혹은 각 조류의 소설가들이 그 소설의 대상을 바꿔왔음을 느낄 수 있다. 로맨티스트들은 꿈과 영원의 상공을, 사실주의자들은 꿈에서 깨어난 거친 사회와 시시한 현실생활을, 자연주의자들은 인간사회의 추잡하고 천한 면을, 자연주의를 반대한 아나똘 프랑스 같은 작가들은 인간의 희극적인 모습을, 또한 지드 같은 휴머니스트들은 의지하고 살아갈 수 있는 모럴을, 실존주의자들은 인간의 본질적인 조건을 묘사하고 혹은 분석하고 혹은 탐구하고자 했던 것이다.

이처럼 작가들의 대상이 달라졌다고는 하지만 가지가지 주의를 통틀어 우리는 다음과 같은 공통점을 추출해낼 수 있다.

첫째, 설화성이다. 어떠한 주의에 속하는 소설이건 거기에서 우리는 일관된 어느 이야기를 알게 된다. 그 이야기가 달콤하건, 슬프건, 처참하건 혹은 찬란하건 간에 전후가 정연히 연결된 스토리에 의해서 구축되고 있음을 보게 된다.

둘째, 그러한 설화성의 밑받침은 헤겔류의 이른바 세계와 현실의 체계에 대한 신앙인 것이다. 인간은 말하자면 자기의 관념 속에 미리 세워놓은 질서를 체계나 법칙에 의해서만 지배되지 않은 대상들에 뒤집어 씌워왔던 것이다. 즉 지금까지 모든 소설은 있는 그대로의 대상을 발견하고 묘사한 것이 아니라 대상을 인간화, 더 정확히 말하자면 주관화한 것이다.

셋째로 지금까지의 모든 소설은 그 속에 어떠한 관념, 감정 또는 사상을 갖고 있다.

이와 같은 공통점이 있음을 알 때, 우리들이 종래의 소설사 속에서 어떤 사조를 말할 수 있는 근거는 주관을 가진 작가가 어떤 대상에 더욱 관심을 두었던가에 의해서 결정됨을 알 수 있다. 물론 대상이 달라짐에 따라 소설 수법이 달라짐은 말할 필요도 없다. 사실주의라는 말은 대상이 달라지는 데 있어서 수단의 개혁이 얼마나 중요한 가를 강조한 것임을 말해준다.

어떠한 소설도 스토리를 짜내는 데 근본적인 목적을 두지 않았음은 구태여 말할 나위도 없다. 어떠한 작가도 그 본질에 있어서는 세계와 인간의 참된 현실, 진리를 발견하고자 한다. 그러나 끌로드 모리악의 말마따나 본질적 목적에 도달한 작가는 그 차이가 없다. 있다면 정도의 차만 있을 뿐이다. 대부분의 경우 진리의 주변에서 작가는 있는 그대로의 현실을 캐내지 못하고 자신의 관념을 표준으로 해서 하나의 허구(fiction)를 만들어놓곤 했을 뿐이다.

그러나 20세기에 와서 조이스, 도스또예프스끼, 프루스트, 카프카, 포크너 같은 작가가 발견되기 시작했다. 이 괴물과 같은 작가들의 소설 속에서 우리는 일관성 있는 세계, 논리에 의해서 구출된 인간의 모습만을 볼 수 있는가? 그들의 작품 속에는 이미 과거 어느 소설의 척도로도 이해할 수 없는 비논리적, 부조리한 세계와 인간에 부닥치게 된다.

인식에 대한 반성은 비단 위에서 말한 작가들에 의해서만 눈을 뜨기 시작한 것은 아니다. 우리는 근래에 철학에서 현상학이라는 말을 자주 듣게 된다. 한마디로 말해서 현상학은 데까르뜨, 헤겔류의 세계나 현실의 논리적 인식에 대한 불신인 것이다. 그의 눈에는 세계나 현실은 이미 통일성(혹은 일관성)을 상실하고 만 것이다.

오직 현상만이 있는 것일까? 그렇지 않으면 그 자체로서 존재하는 것들, 물질의 세계이건 또는 정신의 세계이건 그러한 즉자적 세계가 있는 것인가?

이러한 의문에서 출발한 현상학은 우선 눈에 보이는 구체적 현상에만 인식의 근거를 두려 한다. 훗설(Husserl)는 또 다음과 같이 말한다.

반성적인 생활에 비쳐지는 세계는 어느 의미에서 나에게는 언제나 거기에 있다. 그 세계는 전과 다름없이 어느 경우에도 그에게 고유한 내용을 지닌 채 인식된다. 그 세계는 그때까지 나에게 보였던 그대로 여전히 내게 나타나 보인다. 그러나 철학가로서 내가 고유한 반성적 입장에서 본다면, 나는 이미 자연적 경험의 실존적 신념행위는 하지 않는다. 나는 이미, 그 신념이 여전히 거기 존재하고, 주의깊은 눈에 뜬다 할지라도 가치있는 것으로 그것을 인식할 수는 없다.

이리하여 불변하는 실재를 인정하지 않는 현상학은 "직접 경험에 주어진 대로의 현상을 기술하는" 연구를 하고자 한다.

현상학이 불변하는 실재, 일관된 논리적 세계를 믿지 않는 데서 나타났듯이 비문학, 반소설들도 역시 재래의 철학에 근거를 둔 세계나 인간의 합리성을 거절한 데서 출발한 것이다. 즉 인간이나 인간을 둘러싸고 있는 세계는 어떤 이야기처럼 짜여진 것이 아니며, 보다 복잡하고 무질서하며 일관성이 없고, 한편, 어떤 논리 위에 구축된 인간이나 세계의 의미나 가치 따위도 거짓이 아닌가라고 질문한다. 그러므로 소설도 참된 인간과 세계를 표현하려면 일관된 스토리, 연결이 잘 되는 심리의 조작, 어떤 감정, 윤리, 사상을 덧붙여서는 안되지 않는가? 인간은 실제 일관된 심리로만 움직이지 않고 일관된 이론을 따라서 생활하지도 않으며, 어떤 가치나 윤리의 척도로만 생활하지 않는다. 또 한편 인간을 둘러싸고 있는 세계도 지리멸렬한데, 소설이 정연한 심리에 끌려가는 인간, 일정한 가치를

위해서 꾸준히 살아가는 인간을 그리며, 이론적인 세계를 묘사한다
는 것은 전혀 허위가 아닌가? 이러한 자각에서 싹튼 것이 이른바
비문학, 반소설일 것이다. 그렇기 때문에 이 새로운 문학은 특히 인
간과 세계를 보는 눈에 있어서 근본적으로 혁명적인 것이고, 표면
적으로 보아서는 지금까지의 모든 문학 특히 허구적 문학, 그러한

나딸리 싸로뜨, 로브-그리예, 끌로드 시몽, 미쉘 뷔또르

문학적 테크닉을 거부하는 데 그 특징이 있다.

　그렇다면 비문학, 반소설은 과연 뚜렷한 사조를 이루고 있는가?
로맨티시즘이 빅또르 위고를 구심점으로 구성되고, 사실주의가 플
로베르를 선두로 형성되고, 자연주의가 졸라를 두목으로 만들어지
고, 상징주의가 말라르메의 후계자들에 의해서 주장되고, 초현실주
의가 브르똥에 의해서 선언됐듯이, 반소설도 로브-그리예에 의해서

조성되고 있는가? 반소설도 위에서 열거한 것과 같이 '이즘'을 표방하고 있는가?

반소설의 풍토가 형성되고 있는 것만은 확실하나 아직은 어떤 합치된 써클로서의 '이즘'을 갖고 있지는 못하다. 몇몇 새로운 전위적 반소설의 작가로 함께 불리는 작가들 사이에는 너무도 큰 경향과 또 풍토의 차가 가로놓여 있다. 그러나 그들 가운데 존재하는 공통분모는 쉽사리 발견할 수 있을 것이다. 그러므로 나는 최근 반소설이라는 말과 함께 가장 자주 인용되는 나딸리 싸로뜨, 미쉘 뷔또르, 그리고 로브-그리예를 요약해서 검토해보는 가운데 반소설이 지향하는 바를 추출하고자 한다.

뷔또르는 어느 인터뷰에서 이렇게 말했다.

나는 철학을 공부하는 동안에 부득이 현상학을 찾게 되었다. 즉 모든 문제를 구체적인 예에서 출발하고, 모든 문제를 기술하는 데서 출발하는 현상학을 발견하게 된 것이다.

뷔또르의 말을 듣는다면 그가 소설을 쓰게 된 것은 철학에서 찾는 논리와 현실에서 부닥치는 착잡함과 무질서의 통일에 대한 채울 수 없는 갈망에서였다 한다. 그에게 있어서 소설은 세계를 옳게 보는 하나의 수단이었다. 그의 눈에는 현실은 논리적인 것이 아니며, 인간의 마음은 정녕 심리의 줄기를 따라 살아가는 것이 아니다. 그래서 작가는 소설적 기술을 통해서 그가 본 세계와 인간을 나타낸다. 논리가 없는 세계와 일정한 심리대로 움직이지 않는 인간을 그린 그의 소설에는 종래의 소설에서 보는 바와 같은 스토리(설화성)도 심리묘사도 있을 수 없다. 모든 것이 평면 위에 혼돈된 가운데 불연속적인 세계가 존재한다. 따라서 종래의 주인공 같은 인물도 없다. 주인공이 있다 해도 그것은 현실을 관찰하는 한낱 구실에 지나지 않는다. 그의 작품 『변심(La Modification)』을 보라. 후처를 둔 주인공이 빠리—로마간의 기차 속에서 마음을 바꿔먹는 심리적 과정을 그린 것이지만, 작가의 목적은 사랑에 대한 철학이라든가 남녀간의 윤리에 있는 것은 전혀 아니고 인간 속에 잠재해 있는 얽히고 설킨 심리의 '변화' 자체에 두고 있는 것이다. 뷔또르에게 주인공이나 철학이나 윤리나 스토리가 문제시되지 않는 것과 마찬가지로 싸로뜨 부인의 작품에서 그러한 것은 작품의 의미를 이미 갖지 못한다.

내 생각에 작가의 사명은 아직도 알려지지 않은 영토를 개척하는 데 있다.

라고 말하는 싸로뜨 부인의 소설은 가장 어두운 의식의 지대로, 표현할 수 없는 미지의 영역으로 우리들을 끌고 들어간다. 그에게 소설의 본질적인 흥미는 사상이나 성격 혹은 풍습의 묘사에 있지 않고, 움직이는 심리적 상태를 그려내는 데 있다. 그에게 미지의 영역이란 인습화한 개념을 벗어나서 우리들의 잠재적 의식 속에 존재히는 것들이다. 문학에서 흔히 심리의 움직임이라는 용어가 나오지만 실상 인간의 행위는 표면에 나타나서 쉽사리 이해될 수 있는 것의 지하에 감추어진 알 수 없는 심리적 동기에 의해서 좌우된다는 소신을 갖고 있기 때문인 것이다. 그렇기 때문에 싸로뜨 부인도 뷔또르의 경우와 마찬가지로 앞뒤가 정연한 줄거리나 어떤 전형 같은 것은 없어지고, 그 대신 언제나 새로운 미지의 영역을 발굴하는 것이 문제가 될 뿐이다.

지금 보아온 두 작가는 그들이 함께 스토리를 중요시하지 않고,

주인공을 무시하고 습관된 생각이나 이미 개념화된 윤리를 벗어나서 존재하는 미지의 착잡한 현실(특히 심리적인)을 찾아내려는 데에 일치점을 갖고 있으며, 그러한 것을 발견하는 수단으로서 소설을 생각하기 때문에 물론 그들의 목적과 병행해서 소설 테크닉도 달라짐을 알 수 있다. 여기서 이미 소설의 형식과 더불어 개념마저도 종래의 것들에 대한 부정과 변천임을 알 수 있다.

소설의 혁신을 누구보다도 극단에까지 실험하고 있는 작가로는 아무래도 로브-그리예를 들지 않을 수 없다. 로브-그리예는 보이지도 않고 끝없이 변하는 심리상태를 그리려는 생각까지 단념하고 있는 것 같다. 그에게는 오직 눈에 보이는 세계가 있을 뿐이다. 그는 현상학에서와 마찬가지로 눈에 보이는 '다만 실재하는 세계'를 믿는 것이다. 그는 모든 의미가 벗겨진 다음에 있는 그대로의 세계를 소설 속에 반영하고자 한다. 우리는 보통 있는 그대로의 세계를 보고 있는 것이 아니라 실상은 우리의 관념이 채색한 면만을 보고 있는 것이다. 작가 로브-그리예는 이렇게 해서 우리가 믿고 있는 세계가 허위의 세계임을 뼈저리게 자각한 작가라고 볼 수 있다. 그러기 때문에 그는 "심리적, 윤리적, 사회적, 기능적 의미의 우주가 있는 자리에 더욱 견고하고 더욱 직접적인 세계를 건축해야 할 것이다"라고 주장한다. 그 세계란 비평가 롤랑 바르뜨(Roland Barthes)의 말을 빌리자면 '특성 없는 세계'인 것이다. 인간적 시간에서 벗어나서, 아무런 상징도 붙어 있지 않은 물질적 세계이다. 즉 모든 인간적인 것이 배제된 표면이다. 따라서 그의 소설은 인간적인 설명 이전의 대상을 측량하고, 설정하고, 한정하고 규정하는 것으로 시종한다. 그의 처녀작 『고무(Les Gommes)』의 예를 든다면, 다음과 같은 경우가 있다.

롤랑 바르뜨

살찌고 짧은 여덟 개의 손가락이 델리케이트하게 서로 왔다갔다 한
다. … 왼쪽 엄지손가락이 처음에는 살짝 바른쪽 엄지손가락 손톱을
어루만진다. 딴 손가락들은 그들의 위치를 바꾼다…

또는 『질투(La Jalousie)』라는 작품 속에서도 비슷한 예가 얼마든
지 있다.

지금 기둥 그림자가, 침실 앞에 있는 테라스의 중심 부분을 지나 타
일 위에 뻗는다. 침침한 선(線)의 경사각은 그 선을 벽까지 연장하며,
복도에서 제일 가까운 첫 번째 문의 바른쪽에서부터 수직 벽판자를
따라 흐른 불그레한 물방울들을 가리킨다.

그의 소설의 대분분은 이와 같이 지금 여기서 눈이 보이는 물질
만을 묘사하는 데 거의 시종하고 있다. 이에 대해서 작가는 다음과
같이 설명한다.

사람들이 즐겨 되풀이하듯이 내 책에는 오직 물질만이 있는 것은
아니다. 그러나 물질은 우리들의 생활에서와 마찬가지로 내 책 속에도
큰 부분을 차지하고 있다. 우리들은 물질의 세계에 살고 있다. 감정, 사
랑, 고민의 경우일지라도 그러한 것들을 뒷받침하는 물질적 대상이 거
의 언제나 있다. 세상에는 추상적 상태로의 '미'가 있는 것이 아니라
'아름다운 것들'이 있다. '무서움'이 있는 것이 아니라 '무서운 것들'
이 있다.

작가는 자신의 감정, 사상 혹은 윤리를 대상을 통해서 표현하는
존재임을 그치고, 하나의 투명한 눈, 인간적인 것이 완전히 없어진

정밀한 '렌즈'로 변신한다. 작가(=렌즈)는 오직 그의 눈에 비치는 대상을 반영시키면 그만이다. 어디까지나 렌즈이기 때문에 그것에 비친 대상에는 논리성, 일관성이 있을 리가 없는 것이다. 게다가 그 렌즈는 보통 렌즈가 아니라 오히려 현미경에 가깝다 할 것이다. 그렇다면 인간의 주관을 거부하는 로브-그리예는 소설을 쓰는 데 인간을 어떻게 생각하고 있는가?

내가 보기에는 인간을 모든 것의 열쇠로 만들고자 했던 전통적 휴머니즘은 실상 때늦은 유물인 것 같다. 그러나 인간은 내 작품의 중심에 남아 있다. 말하고, 듣고, 보는 것은 언제나 인간이다….

그러나 여기서 말하고 듣고 보는 인간이란 마치 마이크나 청음기나 렌즈와 같은 존재라는 점이다. 달리 말해서 순수한 의식으로서 인간이다.

여기서 우리는 이 작가의 적으나마 이론적인 면에서 어떠한 가치가 있는가를 볼 필요가 있다. 그것은 놀라울 정도의 객관적 눈으로 작가가 종래의 보는 앵글(시각)을 완전히 거부하고 새로운 대상을 정말로 생생하게 경험한다는 데 있다. 우리들은 세계를 볼 때마다 여러 가지 인간적 채색에 익숙해 있다. 그러나 우리가 살고 있는 생생한 현실은 전형, 스토리, 일관된 심리로만 지속되지도 않음을 알고 우리가 찾고 주장하려고 하는 철학이며 혹은 윤리적 호소도 한낱 근거 없는 헛소리가 아니냐는 의심을 차츰 갖게 된 것이다. 우리의 살 길을 제시하려고 그렇게도 애썼던 실존주의 문학은 과연 우리의 삶을 어느 정도 해결해준 것이냐? 너무나도 냉철한 지성을 갖고 있는 새로운 작가들은 실존문학 속에서도 크나큰 환멸을 느꼈을 뿐이다. 로브-그리예는 이 같은 현대인의 환멸을 각성케 한 다음,

무엇보다도 먼저 속임 없이, 더욱 견고한 실재를 봐야 한다는 것을 우리에게 가르쳐주게 되었다. 다시 말하면 '무엇이기 전에 거기 있는 그대로의 제스처와 대상'을 섬세히 그려나가려는 태도는 모든 것에 환멸을 느낀 오늘의 인간에게 새로운 각도에서 최초의 출발이 가능함을 의미하는 것이라 하겠다. 그 출발의 결과가 어떤 것이 될지는 속단하지 못하겠으나, 어쨌든 허위가 아닌 사실에 발을 디뎌야 한다는 것은 언제나 가장 중요한 첫째 과제가 아닐 수 없다. 이 작가는 그러한 것을 위해서 새로운 테크닉을 발명했다.

새로운 눈(=렌즈)을 우리 앞에 설정했다는 점에서 우리는 로브-그리예의 본질적인 가치를 찾을 수 있을 것이다. 그러나 그의 그와 같은 태도는 수긍할 수 있겠으나 그의 섬세한 기술은 오히려 대상의 참된 모습을 혼동할 우려가 많다. 세부만을 관찰함으로써 그 대상의 전체적 특질을 파악할 수는 없는 것이다. 또한 모든 창조의 출발점에는 조직적 결의(決意)가 있는 법이다. 선택 없는 곳에 예술은 없다. 작가는 어떻게 작품을 구성하고 대상을 그릴 수 있는가? 로브-그리예가 쓴 작품의 대상은 완전히 우연일까? 그는 그대로 무엇인가를 선택하고 있는 것임은 확실한 사실이다. 그는 이 같은 모순을 어떻게 해결할 것인가? 비단 예술뿐만 아니라 인류가 만들어낸 문화는 인류의 아이디어에 의해 조직된 선택의 체계에 지나지 않을 것이며 어떤 대상도 인간이 없이는 적어도 인간에게는 의미를 갖지 못할 것이다. 모든 인간적인 체온과 색채를 배제하려는 로브-그리예의 입장은 결국 반휴머니즘이요, 문화 자체를 부정하는 것이 아닐까? 반소설의 선두에 나선 로브-그리예는 이러한 것에 대답할 의무가 남아 있다.

발레리는 일찍이 『떼스뜨 씨(氏)』를 통해서 문학뿐만 아니라 철학 전체까지도 '막연한 것'과 '불순한 것'들을 내동댕이쳐버렸다. 현대의 모든 사상, 모든 윤리 속에서 오직 환멸만을 체험한 의심 많은 냉철한 지성을 유일한 재산으로 삼고 있는 반소설의 작가들은 참된 것, 정말 틀림없는 것에서 모든 것을 다시 시작하려는 의욕을 나타내고 있다. 그리고 그들의 궁극적 목적은 인간의 사고방식까지 변형시키려 한다. 왜냐하면,

영원하고 보편적인 것일지라도 인간이 만든 개념들을 믿을 수 없기 때문이다.

요컨대 비문학, 반소설은 지금까지 인간이 알았다고 하는 것이나, 옳다고 생각했던 것이 허위가 아니었나를 다시 생각하는 반성을 소설 자체뿐만 아니라 사고방식에까지도 적용하려는 데서 나타난 문학의 움직임임을 알 수 있다. 현실은 어떠한 개념으로도 포착할 수 없을 만큼 복잡하고, 인간의 생활은 어떠한 윤리로도 인도할 수 없을 만큼 미묘하다. 우리는 이러한 사실에서 다시 출발해야 한다는 자각이 또한 그들을 밑받침하고 있다고 본다. 그렇기 때문에 이것은 지극히 지적인 문학이다.

이 문학, 이 소설을 무슨 주의로 불러야 하는가? 로맨티시즘은 로맨틱한 분위기 때문에, 사실수의는 사실석 태노 때문에, 자연주의는 과학적인 방법 때문에, 상징주의는 상징적인 표현방식 때문에 각기 고유한 '이즘'을 갖게 되었다. 따라서 위의 모든 '이즘'은 같은 관점에서 붙여진 것은 결코 아니다. 그러므로 새로운 소설이 종래의 소설을 거부하고 나오는 만큼 '앙띠로망(반소설)'이라고 불러도 타당하다.

그러나 한편, 로맨티시즘의 사상적 배경이 개인주의에 있었고, 사실주의, 자연주의, 합리주의, 과학주의에 의해 밑받침되고 있으며,

상징주의가 이상주의라는 토대에서 자란 것이라 한다면, 반소설은 모든 이즘, 모든 인간적 사고에 대한 회의와 환멸과 반성에 뿌리박고 있는 듯하다.

실상 우리 시대는 지금 환멸과 '미궁(Le Labyrinthe)' 속에 빠져 있으며, 인간과 세계는 나날이 더욱 수수께끼처럼 되어가고 있음을 우리 자신도 느끼고 있지 않을까?

구조주의 – 현실에 대한 새로운 시각

인류학자이자 철학자인 끌로드 레비-스트로스(Claude Lévi-Strauss) 교수의 저서 『슬픈 열대(Tristes Tropiques)』가 이미 학계의 많은 주목을 끌고 있을 때, 그의 또 하나의 저서 『야생의 사고(La Pensée Sauvage)』는 그 이상의 문제를 제시하고 있다. 그는 원시사회를 연구함에 있어서 그 사회의 모든 풍속, 사고방식, 제도 등을 역사적 견지에서 관찰하여 그것의 의미를 연구하려는 종래의 방법을 포기하고 그 사회의 내적 구조에만 관심을 두고 있다. 역사라는 종적 흐름을 절단한 측면에서 한 사회의 풍속, 제도 등은 어떠한 상관관계를 갖고 있는가 그리고 어떠한 조식을 이루고 있는가를 밝혀내자는 것이다.

그에 의하면 원시사회에서 여자는 한 사회의 상호관계를 이루는 요소로 그 사회의 구조와 질서를 이루는 역할을 했다. 말하자면 여자는 하나의 균등의 조직으로 관찰된다. 이 밖에도 가령 토템 같은 원시적 종교, 원시인의 도덕 같은 것도 이러한 입장에서 모두 설명하고 있다. 이 연구를 통해서 레비-스트로스 교수는 다음과 같은 결론을 얻는다. 즉 모든 '사고'는 그것이 고도로 발달된 사회에 있어서건 원시사회에 있어서건 다같이 균등과 질서를 찾기 위한 인위적 조직의 기능과 법칙을 갖고 있다.

요컨대 이 학자의 관심은 한 사회가 어떻게 조성되었는지에 집중되어 있다. 자연계에는 그 내적 질서가 있고 법칙이 있어서 과학자는 그 법칙을 연구하는 데 목적이 있듯이 자연이 아닌 사회에서도 그러한 법칙을 찾는 것이 목적이 된다. 과학자가 자연계의 법칙이 가진 의미에 대해서 무관심하듯이 사회학자도 사회의 가지가지 현상이 가진 의미를 물어보려고 하지 않는다. 이리하여 과학자에게 모든 자연현상은 그 상호관계의 변화에 불과하듯이, 사회학자에게도 모든 세계는 무한한 가능성을 포함하고 있는 비례관계에 불과하다. 우리가 알 수 있는 현실이란 바로 이러한 비례관계 즉 구조와 형태뿐이라고 생각한다. 의미가 아니라 구조의 법칙이다.

이와 같은 객관적 태도는 비단 레비-스트로스 교수의 인류학에만 국한되지 않는다. 작년(1962년)에 작고한 철학자 가스똥 바슐라르(Gaston Bachelard)도 종래의 관념적 합리주의를 넘어서 위와 같은 객관주의적 눈으로 세계를 바라본다.

문학에서 수년 전부터 왈가왈부하면서도 여전히 주목을 끌고 관심을 사고 있는 누보로망(한 때는 앙띠로망으로도 불렸다)의 태도도 바로 이러한 정신적 경향을 대변하고 있는 것이다. 로브-그리예의 『질투』, 뷔또르의 『변심』, 끌로드 씨몽의 『프랑드르의 도로』가 그렇고, 작년 가을 공꾸르상과 페미나상을 아깝게 놓친 로베르 뺑제의 『신문(訊問)』도 마찬가지 경향을 보여주고 있다. 지난 4월에 출판된 나딸리 싸로뜨 여사의 『황금의 과실』과 끌로드 모리악의 『광장』이란 작품도 역시 이러한 경향이 여전함을 확증해준다.

누보로망이 가진 특징의 하나는 작품 속에서 이야기나 의미를 창조하려고 하지 않는 데 있다. 종래의 모든 소설이 초점을 두고 있는 이른바 메시지를 무시하고 있다. 새로운 이야기, 새로운 사상을 발표하려는 모든 유혹에서 벗어나 오로지 사물과 현상의 상호관계를 그려내려는 데 모든 노력을 기울이고 있다. 설명이 아니라 관찰이다. 그러나 그 관찰은 종래의 태도와는 다르다. 새롭게 보는 눈을 그들은 가지고 있다. 그들의 눈앞에는 사물과 현상은 종전과는 다른 모습으로 나타난다. 새로운 디멘션(측면)을 보여준다. 이들의 태도를 비유해서 말하자면 만화경을 들여다보고 있는 사람과 같다. 만화경은 흔드는 데 따라서 새로운 무늬가 보인다. 그 속에 든 일정한 것들이 새로운 배열을 할 때마다 물건들이 완전히 딴 모습으로 나타난다. 이 소설가들에게 세계와 우주의 모든 현상은 바로 만화경 속에 든 알록달록한 색종이의 혼합에 불과하다. 지금까지 인간은 그 만화경을 흔들어볼 생각을 전혀 하지 않고 처음 눈에 비친 색종이들의 배열만이 현실인 줄로 믿고 그것의 역사와 의미만을 찾으려 했다고 볼 수 있다. 따라서 이 소설들 스스로가 '구조'란 말을 한 적은 한 번도 없지만 소위 '구조주의(Structuralisme)'의 경향을 충분히 나타내고 있다고 할 수 있다.

이와 거의 때를 같이 해서 현 프랑스의 문단에는 소위 새로운 비평이란 것이 있다. 문학작품 속에서 시간의 문제를 연구한 거작 『인간적 시간』의 저자 조르쥬 뿔레(George Poulet)는 소위 '주제비평'이란 태도를 제시했다. 전통적 문학비평은 문학사에 치우쳤다. 한 작품의 동기, 받은 영향, 준 영향, 그 시대의 위치, 문학사에서 차지하는 자리를 따지고, 그것의 메시지를 결정하는 것이었다. 그러나 주제비평(테마비평)은 그러한 '역사'는 따지지 않고, 한 작품, 한 작가를 단절해서 고립시켜놓고, 그 작품에 나타나는 테마, 그 작가에게서 나타나는 중심적 테마를 연구하고 그 작가의 세계에 대한 비전의 구조를 연구하는 것이다. 17세기의 비평은 한 작품이 문학의 규칙에 맞느냐 혹은 그렇지 않느냐에 있었다. 18세기에 와서 비평가들은 작품 속에서 작품의 독창적 정신을 나타냈느냐를 보려고 했다. 19세기의 비평은 작품을 통해서 작가의 모습을 보려고 했다. 어느 비평이고 작품 자체를 무시한 점에서는 일치한다. 주제비평은 바로 작품 자체만을 가지고 따지자는 데 그 요점이 있다. 이와 같이 해서 주제비평이 좀더 발전하면 구조비평으로 자연히 변신하게 마련이다.

앞서 든 철학자 바슐라르의 영향을 받은 새로운 비평가들은 『보들레르의 초현실주의』의 저자 마르셀 레이몽을 선두로 조르쥬 뿔레, 유명한 루쏘론(論)인 『장애물과 투명』을 쓴 쟝 스따로벵스키(Jean Starobinski) 그리고 작년 학위논문을 써서 문제를 일으킨 말라르메론(論) 『말라르메의 상상적 세계』의 저자 쟝 삐에르 리샤르(Jean Piere Richard), 또한 최근 『형식과 의미』란 저서를 낸 쟝 루쎄(Jean Rousset) 등으로 대표된다.

이와 같이 객관적 접근을 모토로 하는 구조주의적 경향은 다방면에서 확실히 새로운 면을 개척하고 있다. 이 주의의 모토를 한마디로 말한다면 판단하지 말고 설명하자는 데 있다. 정신현상에 있어서도 과학에서처럼 오직 법칙만을, 상호관계만을 발견해내자는 것이다. 이와 같은 의식적인 의미에 대한 무관심이 어느 정도 지속될 수 있을지는 극히 의심스럽지만 구조주의 정신은 우주의 정복이라는 숙제를 목전에 갖게 될 오늘의 과학적 정신과 공통점을 갖고 있음은 확실하다.

인류는 하나의 현미경 혹은 망원경으로만 머물러 있기를 택하려는가? '어째서'를 모르고 '어떻게'만으로 만족할 수 있을까?

3

프랑스 작가들과의 만남

소박한 외모, 날카로운 두뇌

- 알베레스(R. M. Albérès)를 만나보고

연말에 빠리에 들르겠다는 연락을 받긴 했지만 크리스마스가 지날 때까지 나는 아무런 통지도 받지 못했다. 12월 28일 저녁 뜻하지 않은 속달 우편이 날아왔다. 알베레스한테서 온 것이다. 나는 그의 부탁대로 밤 11시에 지정된 곳으로 전화를 걸었다. 마치 수줍은 소녀 같은 목소리가 들렸다.

"제가 바로 알베레스입니다. 참 반갑군요. 그럼 그날 만납시다."

30일 쏘르본느 대학에서 멀지 않은 까페 드 끌뤼니(Café de Cluny)로 약속 시간 20여 분 전에 갔다. 보통 때는 거리가 터질 것 같은 까르띠에 라뗑(Quartier latin)노 방학중인 지금은 마치 빈 상터같이 허전하다. 드문드문 여행자들이 기웃거릴 뿐이다.

커피 한 잔을 들고 있으려니까 문을 열고 나한테 가까이 다가오는 중년의 허수룩한 사람이 있다. 나는 일어서서 손을 잡았다.

"이렇게 뵙게 되어 즐겁습니다."

"참 반갑군요. 그래 빠리에 오니 어떠십니까?"

현미경같이 두꺼운 안경에 쭈그러진 모자를 쓰고 있던 그는 내가 내민 의자에 앉으면서 허수룩한 검정 외투를 벗는다. 목소리며 태

중년의 알베레스

도가 상냥하기 그지없다.

"오래 기다리셨나요? 아직 1시가 되지 않았으니 나도 지각하진 않았군요."

시계를 들여다본 다음 그는 아뻬리띠프(apéritif)를 주문한다. 키는 나보다도 작은 편이니 아주 작은 키요, 넥타이도 구겨진데다가 골루와즈 연초를 꺼내는 그의 손톱 밑은 때가 까맣다. 언뜻 본 외모는 꼭 시골뜨기에 불과하다. 그러나 이런 시골뜨기 같은 사람의 머리에서 번뜩이는 예리한 비평의 불꽃을 생각하니 이상한 생각이 든다. 그러나 나는 우선 그의 소박한 모습에 친근감을 느꼈고 마음이 놓였다.

"그 동안 절 격려해주시고, 『사상계(思想界)』에도 원고를 기고해주시고 또 번역 허가도 기꺼이 해주셔서 진심으로 고맙게 생각합니다."

"아니, 별 말씀을 다. 『사상계』에서 보내주신 기념품은 정말 고맙습니다. 참 아름답고 진귀한 것이었습니다. 감사의 말씀 전해주십시오. 내 아내도 참 좋아했어요."

"부인께선 안 오시나요?"

"아니 곧 올 겁니다."

다시 문이 열리더니 사강같이 머리를 짧게 깎은 중년부인이 나타난다.

"여기 아내가 왔습니다."

나는 악수를 하고 두 내외의 틈에 앉았다.

"근데 난 밤낮 놀랍게 생각하는데, 선생님께선 어떻게 그리 많은 일을 하십니까? 한달 신간평을 2, 3면 쓰시려면 그 책을 어느 틈에 다 읽으시고, 또 강의에 그리고 저서에… 정말 상상할 수 없군요."

"뭘요 별로 일하지 않습니다. 하기야 지방에 있는 덕택도 보지요. 빠리에 있으면 잡일이 많아져 그렇게 못합니다."

청년의 알베레스

"이분은 일을 빨리 해치우죠"라고 옆의 부인이 주석을 붙인다.

"한국 얘기 좀 해주세요."

"빠리에 비하면 기후가 좋고 풍경이 아름답지요. '고요한 아침의 나라'거든요. 그런데 중단된 한국 방문은 언제 하실 수 있겠습니까? 모두 기다리고 있습니다."

"글쎄, 몹시 가고 싶은데 제가 외국(이탈리아)에 나가 있는 관계로 정부에서 여비를 대주지 않는군요. 기회를 보기로 합시다."

"선생의 저서는 한국에서 많이 읽힙니다."

"제 인상으로도 외국에서 더 많이 읽히는 것 같습니다. 변변치 못해서."

다시 시계를 들여다보면서 그는 화제를 바꾼다.

"제가 빠리에 살았더라면 우리집에서 더 호젓하게 모실 텐데 안됐습니다. 점심이나 함께 하러 갑시다. 프랑스 요리로 할까요, 동양

요리로 할까요?"

"프랑스에 왔으니 프랑스 요리를 맛보고 싶습니다."

소위 실존주의 작가들의 보금자리였다는 까페 드 플로르(café de Flore) 곁의 식당에 들어갔다. 1900년부터 전혀 변화 없이 지금까지 운영되는 역사 깊은 레스또랑이라 한다.

옆에 앉은 부인이 메뉴를 내보이면서 고르라고 한다. 아무리 봐도 뭐가 뭔지 모르는 나는 제일 가벼운 것이 좋겠다고 했다. 이름을 늘어놓기에 제일 부르기 쉬운 것으로 하겠다고 했다.

"신진작가들 중에서 어떤 작가를 제일로 생각하십니까?"

"섭섭하지만 싸르트르, 까뮈 이후 큰 작가가 없습니다. 얼마 전에도 많은 작가들이 수상을 했지만요. 억지로 이름을 대자면 미쉘 뷔또르라 할까요."

"재작년에 『마지막 사도』를 쓴 작가에 대해서 많이 말하는 것 같던데요."

"유태인의 한 서사 문학인데 정말 큰 작가는 아닙니다."

"시인 중에선요?"

"시는 나은 편입니다. 시인들은 좀 있지요. 한 명 고르라면 이브 본느프와(Yves Bonnefoy)를 들고 싶습니다."

이 시인은 지금 『에프레브』라는 잡지에 또 하나의 시인 P. 엠마뉴엘과 기고하는 젊은이다.

"지금 프랑스에는 큰 작가가 없습니다. 오히려 스페인, 독일, 미국 그리고 이탈리아에서 좋은 작가들을 볼 수 있습니다."

"불행히 우리나라에는 스페인 작가는 전혀 소개가 안됐습니다."

"유럽에도 잘 소개되지 않은걸요."

나는 화제를 바꾼다.

"프랑스에서는 이오네스꼬의 연극, 로브-그리예의 영화, 앙띠로망과 같이 순전히 예술적 창조에 전심을 기울일 수도 있지만 한국과 같은 나라에서는 작가, 예술가들은 '참여'라는 문제를 생각하지 않을 수 없습니다. 사회와 환경이 그러한 각성을 강요하거든요. 말하자면 예술에만 전념할 때 예술가는 사회를 배반하는 의식을 갖게 됩니다. 왜냐하면 긴박한 사회는 좀더 직접적인 봉사를 요구하고 있으니 말입니다. 반대로 예술가는 직접 봉사를 하려 할 때, 자기의 존재이유인 예술을 배반하는 느낌을 갖게 됩니다. 선생님께선 어떻게 생각합니까?"

"그렇겠군요, 어려운 문제입니다"하고 부인이 먼저 대답한다.

"어려운 문제입니다. 그러나 제 생각에는 참여한다고 해서 예술을 배반하진 않을 것입니다. 예술에 충실하느라고 사회를 배반하는 일은 있어도 말이지요. 가령 졸라와 같은 작가와 싸르트르 같은 작가를 들 수 있지요. 공중으로 뛰려 하지 말고 우선 자기가 사는 사회, 이웃, 국가에 충실하는 데서 출발해야 할 것 같아요. 졸라나 싸르트르같이 참여 작가들이 없었다면 상징주의, 프루스트 그리고 앙띠로망도 나타나지 않았을 겁니다. 졸라나 싸르트르는 이렇게 새로운 것을 만든 기초가 됐다는 점에서도 의의를 갖는 문학이겠지요. 그러나 실상 어려운 문제지요."

"미국의 비트문학, 영국의 앵그리영맨 문학은 어떻게 생각하시나요?"

"미국의 비트문학은 전혀 모르고 앵그리영맨의 대표적인 작가 콜린 윌슨은 아직 설익은 지식을 늘어놓은 것 같습니다. 소화되지 않은 거란 말이지요…"

말이 끝나기 전에 부인이 항의한다.

"난 재미있게 읽은 걸요."

나도 한마디 했다.

"저도 재미있게 읽었습니다. 첫째 그의 박력에 놀랐어요."

나는 또 화제를 돌렸다.

"한국 소설을 어떻게 읽으셨습니까? 제가 보내드린 영역 단편집 말입니다."

"참 좋은 것도 있었어요. 가장 덜 서양적인 것이 좋았습니다. 그 땐 얼른 출판이 되지 않았지만 다시 출판사에 제의해보겠어요. 한 국 것은 워낙 소개가 되지 않아서요."

"고맙습니다. 유네스코에서 영역 한국 시집이 한 권 나오긴 했습 니다."

얘기를 하면서 주문하는 대로 끄덕거렸더니 두 사람은 아무 것도 안 들고 이젠 나 혼자만 멋없이 요리 접시를 받아놓게 되었다.

"혼자만 먹어서 멋쩍습니다."

이때 부인은 약속이 있어서 먼저 가야겠다고 일어선다. 나는 한 국 풍경, 풍속, 미술 슬라이드 몇 매를 선물로 내놓았다.

"아이 아름답군요. 참 곱습니다"하더니 부인은 내가 미안하리 만 치 양볼에다 키스를 해준다. 놀랠 것이 없었다. 여기가 서양이요 또 빠리 한복판인 것이다.

부인이 나간 후 나는 알베레스 씨와 마주보고 있다.

"비평가 봐데프르 씨가 어느 글에서 자기는 이 세상에서 하나의 사명을 느끼고 산다고 했는데 그분은 용감하고 또 부럽습니다."

"그저 한 말이겠지요."

"실상 전 아직 정말 뜻을 모릅니다. 들뜬 셈이지요."

"대부분의 사람은 그런 것을 찾고자 하는 생각조차 없이 삽니다. 동물같이 말이지요."

겨울의 낮은 짧다. 어느덧 해가 저물어간다.

"제가 빠리에 좀더 있었으면 좋았을 텐데요. 우선 편지로 작가와

잡지사를 소개할 테니 생각이 있으면 심심풀이로 찾아가 사귀어보
시오.”

“고맙습니다. 점심까지 얻어먹고 또 여러 가지로 돌봐주시니.”

“9월에 다시 빠리로 오겠어요. 그때는 좀 오래 있을 테니 많은 시
간을 함께 지내고 함께 찾아다닐 수도 있을 겁니다.”

황혼에 물들어가는 거리를 지나 그는 아내를 따라 멀어진다.

“9월에 또 만납시다. 기회 있으면 플로랜스의 우리집에 오세요.”

“안녕히 가십시오.”

나는 시골 양반 같은 이 날카로운 비평가의 뒤를 잠시 바라보다
가 지하철 정거장으로 내려갔다.

정력적인 작가, 여성적인 인품

−P. 드 봐데프르(P. de Boisdeffre)를 외무부에서 만나다

   알베레스 교수가 보내준 소개 편지를 부치고 난 이틀 후 나는 저녁 열 시가 넘어서 전화를 걸었다.

   "바로 접니다. 내일 다섯 시, 외무부로 오시지요."

   사진에서 보았던 인상과는 달리 음성이 연하다. 어떻게 생겼나? 어떻게 대해줄까 하는 생각으로 하루가 지나가기를 조바심을 갖고서 기다렸다.

   내가 만나고자 하는 사람이 바로 정력적인 활동을 하는 젊은 비평가 봐데프르이다. 그의 젊음이 더욱 내 마음을 끌고 있었던 터이다. 현재 프랑스 중견 비평가의 한 사람인 그의 나이는 불과 36세이다. 장관, 대사, 장군들이 기록된 족보를 가진 그는 빠리의 한 귀족 집안에서 태어났다. 정치대학을 거쳐 행정대학을 남달리 빨리 나온 그는 스무 살에 이미 당당한 관리가 되었다. 문학을 전문적으로 공부하지 않은 그이지만 이십 세에 굉장히 두꺼운 두 권 분량의 평론 『문학의 변모(Métamorphose de la Littérature)』를 써서 상을 받았고 관리생활을 하면서도 활동을 계속해서 『현대문학의 산 역사(Histoire vivante de la littérature d'aujourd'hui)』 외에 두 권의 소설을 합하면 열 권이 넘는 저서를 갖고 있다. 몇 주일 전 『소설은 어디로?(Oú va le roman?)』를 또 낸 이 젊은이는 서재에 앉아만 있는 사람이 아니다. 그는 지금 외무부에서 당당히 보도국 부책임자로 있다.

2차세계대전까지만 해도 국제정세의 중심무대였던 께 도르쎄(Quai d'Orsay)의 외무부라 하면 정치를 조금 공부한 사람이면 모르는 이가 없으리라. 약속한 날 29일은 하필 지하철의 파업이 있어서 나는 부득이 택시를 타고 그곳에 찾아갔다. 나폴레옹이 묻힌 앵발리드(Invalides)를 향해 북쪽에서 쎄느강을 건너면 오른쪽이 하원 의사당이요 그 왼쪽이 외무부이다. 정문에 가서 찾아온 이유를 말했더니 옆문으로 들어가라 한다. 저녁 다섯 시, 이미 직원들이 집에 간 참이라 웅장한 건물 안은 조용하다. 3층 컴컴한 낭하를 한참 지나니 한 수위가 앉아 있다. 나는 몇 분 후 젊은 부국장 봐데프르의 사무실로 안내되었다.

방은 예상보다 너무나 작고 한쪽 책상엔 아무렇게나 꽂힌 책들이 보인다. 창을 향해 등을 대고 책상 앞에 앉아 있던 그는 벌떡 일어서서 내게 다가오면서 "아! 반갑습니다. 무슈"하고 가는 목소리로 말한다. 나는 그와 마주보고 그의 책상 앞에 앉는다. 그의 저서에서 본 바와는 달리 과히 패기가 있어 보이지노 않고 젊은 친구로서는 머리가 많이 빠지긴 했지만 음성이며, 몸가짐이 꼭 여성적이다. 그의 넥타이도 구겨져 있었다. 나는 여기서 우선 친근감을 느꼈다.

"아시겠지만 특별한 질문이 있어서 온 것도 아닙니다. 직업적인 기자도 아니니까요. 아무런 형식 없이 몇 마디 얘기하고 싶습니다."

"아, 물론 그렇지요"라고 대답한 그는 노트할 종이 한 장을 내놓으면서 필요하면 쓰라는 것이다. 그러나 나는 어젯밤에 질문할 자료를 생각했고 또 답변을 기록할 카드도 이미 준비했다.

"무엇보다도 놀라운 것은 당신의 정력적인 작품활동입니다. 이렇게 관리생활을 하면서 어떻게 그 많은 작품을 써내십니까? 벌써 열세 권이나 되지 않아요?" 하고 단도직입적으로 질문을 던졌다.

"열 세 권이 아니라 열 다섯 권입니다. 하기야 두 가지 일을 겸하고 있으니 힘이 들긴 해요."

첫마디 질문부터 나는 큰 실수를 한 셈이다.

"미안합니다. 내가 잘못 알았군요."

이때 그는 책상 서랍을 뒤적거리더니 몇몇 카탈로그, 자기 이력서 등을 주면서 참고가 되실 줄 아니 필요하면 가지라고 한다. 나는 그것을 받은 다음 사진 한 장을 달라고 했다. 그는 여러 개 중에서 한 장 골라준 다음 책장을 뒤적거리더니 자기의 한 저서 『고인과 생존자(Des Vivants et des Morts)』라는 평론집을 내게 증정하면서 다

시 책상 앞에 앉는다. 동작 하나하나가 무던하고 차근차근했다. 실상 그의 나이는 젊지만 너무나 성숙하고 너무나 많은 경력을 이미 갖고 있는 작가다. 15권의 저서를 냈을 뿐 아니라 유럽, 미국, 소련을 여러 차례 순회하면서 강연한 경력이 있고, 『20세기의 고전(Classique de XXᵉ siècle)』을 창안해낸 후 까뮈를 비롯한 수십 권의 '작가론 선집'을 계속 내고 있으며 프랑스작가협회 비서(Secrétaire de la Société des Gens de Lettres de France), 비평가협회 회원, 라틴 신문기자, 작가국제협회 부회장 등의 일을 맡아보고 있으며 또한 신문 『꽁바(Combat)』, 문학 조간 『누벨 리떼레르(Nouvelles Littéraires)』와 그 밖의 여러 잡지와 신문에 기고하고 있다. 이것만 보아도 그가 얼마나 정력적이며 문학에 얼마만큼 정열을 갖고 있는가를 충분히 설명하고도 남는다.

"비평에, 아니 문학에 흥미를 갖게 된 동기랄까, 그런 것을 말씀해주셨으면?"

"저는 어려서부터 몸이 약했고 또 병을 앓고 있었습니다. 그뿐 아니라 젊은시절을 전쟁 속에서 살았어요. 나는 심한 고독 속에서 살았습니다. 이러한 모든 것이 나로 하여금 문학으로 이끌어갔습니다. 문학에 미쳤었지요. 『문학의 변천』이란 책도 이 시절에 느낀 것을 썼던 것입니다. 문학 속에서 생의 의미를 찾으려 했습니다."

"비평이 장래 문학의 방향을 지도할 수 있다고 생각하십니까. 그렇지 않으면 이미 나온 작품의 가치를 가려내는 데에 그친다고 생각하십니까? 당돌한 질문입니다만."

"판단하거나 지시한다기보다도 있는 작품, 새로 나오는 작품의 가치를 가려내는 데 그친다고 생각합니다. 조수가 밀려오듯이 그렇게 어지럽게 많이 생산되는 작품 앞에서 독자들은 정신의 혼미를 느끼게 됩니다. 우리는 그런 것을 가려내 독자들의 판단에 안내자

역을 맡아보지요."

"당신이 현대, 아니 어제 오늘 나오는 작품들을 다루고 있는 이유도 거기에 있는 것이겠지요."

"나는 현대작가들만을 다루진 않습니다. 위고, 샤또브리앙 같은 작가론도 썼습니다. 나는 현대작품을 다룰 때도 전통적인, 고전적인 가치와 관련해서 그것을 참고로 해서 그 가치에 터무니없이 배반되지 않는 것을 가려냅니다."

"네, '바레스론(論)'도 쓰셨지요? 제 인상엔 당신이 퍽 모럴리스트인 것 같은데요?"

"그렇습니다. 전통적이고 고전적인 가치와 떨어져선 작품을 판단할 수는 없습니다."

"고전작가 중에선 누굴 특히 좋아하십니까?"

"빠스깔, 쌩-씨몽, 샤또브리앙, 고비노(Gobineau), 바레스 등을 들겠습니다."

"현대작가 중에선요?"

"말로, 까뮈, 씨몬느 베일(Simone Wheil), 샤르댕(Theilhard de Chardin)입니다."

이런 작가들에게 애호감을 가지고 있다는 사실을 직접 들으면서 나는 그가 귀족출신이며 카톨릭 신자라는 것을 다시금 생각했다.

"며칠 전에 나온 당신의 저서 『소설은 어디로?』를 보면 앙띠로망에 대해 비판적인 것 같던데요?"

"그렇습니다. 싸르트르 이후 큰 작가가 없어요. 싸르트르도 결국 전통적인 수법을, 자연주의적인 수법을 썼을 뿐 아니라 철저한 모럴리스트입니다."

이때 나는 그의 말을 막으면서 약간 아는 척 하고 물었다.

"모럴리스트이지만 전통적인 태도를 뒤집는 것이 아닐까요? 말하자면 부정적인 가치를 가졌던 작가라 하겠지요?"

"그렇습니다. 그러나 모럴리스트, 생의 가치를 찾고 척도를 세우려 했던 작가인 것만은 틀림없지요."

"그럼 소위 앙띠로망 작가는 어떻게 평가합니까?"

"뷔또르에서는 시인을, 로브-그리예 속에선 독창적인 이야기의 솜씨를, 끌로드 시몽에선 시적인 세계를 평가합니다. 그러나 그들은 결코 큰 작가는 아닙니다."

"비평의 척도가 있다고 생각합니까?"

"세 가지 견지에서 대략 작품을 대합니다.

첫째 한 작가가 예술가로서 얼마만큼 문체에 노력했나를 봅니다. 먼저 문장 하나하나가 예술에까지 도달해야 합니다. 새로운 문체, 독특한 문체, 이것이 중요합니다. 둘째로 내용입니다. 한 작가가 새로운 눈을 가졌나 하는 것입니다. 우리에게 경의를 일으킬 수 있는 새로운 현실의 포착이 필요한 것이지요. 그러나 그것은 어디까지나 현실과 떨어진 터무니없는 환상이 되어선 안됩니다. 나는 이것을 현실의 새로운 접근이라 말하고 싶습니다."

"바로 이런 점에서 앙띠로망의 작가들도 평가될 수 있겠지요?"

"옳습니다. 그들이 큰 작가는 아니지만 새로운 길을 준비하고 있는 개척자로서는 그 공로가 있습니다."

"흔히들 소설의 길이 막혔다고 하지만 당신이 최근의 소설론에서 말한 것처럼 극히 낙관적인 견해를 갖고 있는 이유도 알겠습니다."

"그렇습니다. 나는 낙관하고 있어요. 말이 중단됐지만, 세 번째 비평의 척도는 또한 한 작품이 전통적인 가치와 어떠한 관계를 갖고 있는가 하는 것입니다. 전통적 가치가 흔히 부정되지만 영원히 지켜야 할 어느 정도의 가치가 있는 것입니다. 아무리 새롭고 특수한 수법과 세계를 가진 오늘의 작가라도 그러한 가치와 결부시킬 수 있는 요소를 가져야 한다고 생각합니다."

이때 마침 전화가 울린다. 그는 수첩을 뒤적거리더니 최근 무명 작가의 소설을 두 권 읽었는데 흥미가 있다고 생각하니 그 서평을 쓰겠다고 누군지 모르지만 전화에 대고 말한다. 정말 바쁜 것 같다.

"너무 오래 있어서 폐가 되지 않을까요?"

이미 한 시간이 넘은 터라 내가 말을 꺼냈다. 그는 오히려 즐겁다고 한다. 그러나 노크 소리가 들리더니 어느 친구가 머리를 내밀고는 자동차 준비가 되었으니 나가자고 한다. 이때 나는 정말 미안했다. 퇴근 시간이 훨씬 넘었기 때문이다. 그러나 나는 더 붙잡고 늘어졌다.

"동양 또는 극동의 작품들을 읽어보셨습니까?"

"알고 싶고, 알아야 하겠지만 내가 아는 동양이란 끌로델, 말로, 쌩-종 뻬르스(Saint-John Perse) 등의 작품과 이미 「모정(慕情)」 또는 「콰이 강」으로 영화화된 작품들과 몇몇 베트남 작가가 직접 불어로 쓴 작품, 두 권의 일본 작품을 통해서 본 것입니다."

"내 생각엔 그러한 동양은 서양인의 동양인 것 같습니다."

"그렇지요. 그러나 정말 동양의 밑바닥을 알고 싶습니다. 당신같이 동양인인 분들의 작품을 보고 싶어요."

"저는 아시다시피 한국인입니다. 우리는 남다른 비극을 겪었고, 또 겪고 있어요. 한 지식인으로서, 한 유럽인으로서 당신은 우리에 대해 어떻게 생각하십니까?"

"한국도 독일과 마찬가지지요?"

"흔히 독일과 비교를 하지만 우리는 좀 사정이 달라요."

"알겠습니다. 우선 인류가 서로 이해하려고 노력해야겠지요."

내 질문이 서투른 줄을 내가 모르고 있는 것은 아니었다. 그가 우리를 잘 알 리 없고 또 안다고 해도 내 질문에 정확한 답변을 할 수 없는 것은 당연하다. 그러나 나는 공연히 그것을 묻고 싶었다.

나는 그에게 인사를 하고 자리에서 일어섰다.

"빠리에 계십니까? 또 만납시다."

컴컴한 낭하를 한참 걸어나오는 동안 한 사람도 눈에 띄지 않는다. 퇴근이 한참 넘은 이 유명한 외무부 건물은 텅 빈 절간 같다. 끌로델(Paul Claudel), 지로두(Jean Giraudoux), 쌩-종 뻬르스 등의 대작가들을 낳은 이 외무부에서 나는 지금 비평가로서 활동하고 있는 젊은 작가를 만나보고 나온 참이다. 그도 머지않아 앞선 선배들 못지않게 다시금 외무부의 이름을 문학사에 남기리라.

현대시의 기수 — *시인 알랭 보스께(Alain Bosquet)와의 인터뷰*

그 많은 작가, 그 많은 시인들 중에서 우선 알랭 보스께(Alain Bosquet)를 만나볼 의사를 알베레스에게 말한 까닭은 그가 대표적 신인 중의 한 사람일 뿐 아니라, 이론적 면에서도 가장 전위적인 비평가이기 때문이었다.

여러 차례 허탕을 친 후에야 겨우 통화가 되어 랑데뷰를 정했다. 6월 19일 5시 나는 오페라 극장이 내려다보이는 그의 사무실이 있는 출판사 깔망-레비(Calmann-Lévy)로 가야 했다. 저번에 봐데프르를 만나던 날과 똑같이 오늘도 재수없이 하필이면 지하철의 스트라이크가 있는 날이라 빠리 거리는 교통이 엉망이었다. 할 수 없이 택시를 잡아 타고서야 겨우 시간에 대어 갈 수 있었다.

2층에 올라서니 넓은 홀, 벽 사방에 낡은 원고 혹은 초고 비슷한 것이 꽉 차 있다. '큰 출판사구나' 하는 느낌이 든다. 비서의 안내를 받아 들어간 곳은 과히 넓지 않은 시인 보스께의 사무실이었다. 테이블에 앉아 있던 그는 벌떡 일어서 다가오면서 악수를 청하며 의자를 내밀고 앉으라 한다. 내게 권하는 담배를 보니 미제 켄트(Kent)였다. 이 담배를 받고 그가 전쟁 중 얼마 동안 미국에 있었다는 것이 언뜻 생각났다. 인상이 선명하고 깨끗한 사람이다. 키가 큰 편이며 전체 체격이 천하지 않을 정도로 꽉 차고, 전부 뒤로 넘긴 머리도 깨끗하며, 약간 흰 머리가 성글성글하다. 늙어서가 아니라 그렇게 타고난 것이리라. 곤색에 가까운 양복을 입었는데 새끼 포켓에는 양복 천과 조화가 잘 이루어진 흰 손수건을 살짝 꽂았다. 지나치다 싶을 정도로 새촘하고 깔끔한 그는 여러모로 볼 때 젊은 여성들의 마음을 충분히 끌고도 남을 것 같다. 좀 부럽달까, 너무 깨끗하달까, 그런 생각이 살짝 내 머리를 스쳐갔다.

이 출판사에서 수없이 쏟아져 들어오는 젊은 야심가들의 원고를 가려내는 책임을 맡고 있는 그의 테이블 위에는 여러 신간들이 산적해 있고 타이프로 친 원고들이 눈에 띈다. 무의미한 미사여구의 인사말이 끝난 다음 그가 먼저 입을 연다.

"알베레스 씨한테서도 편지 받았습니다. 불어가 자유로우십니까? 영어가 자유로우십니까?"

"두 가지 다 뒤죽박죽입니다."

나는 역시 불어로 대답했다.

"빠리에 오신지는? 언제까지 계십니까?"

"8개월 가량 되는데, 언제 갈지는 아직 두고봐야 할 것 같습니다. 석어도 1, 2년은 너 있을 생각인데요."

"아이구, 그럼 잘 됐습니다. 이제 가끔 만나서 얘기할 수 있겠군요."

그는 여학생같이 청명한 음성으로 여전히 빙글빙글 미소지으면서 대꾸한다. 이런 대화의 꼬리를 기다리던 나는 대뜸 본격적인 질문을 시작했다.

"최근에 상을 받으신 시 비평에 관한 책 『말과 현기증(Verbe et Vertige)』을 재미있게 훑어봤습니다. 또 몇 주일 전에 내신 시집 『중심 물체(Maître Objet)』에 관한 S씨의 촌평도 읽어봤습니다. 상당히 재미있었어요. 그리고 또 당신의 활동에 놀랐습니다."

"뭐 별 것 아니지요, 내가 시를 좋아한다는 것뿐입니다."

그러면서 그는 뒤돌아 일어서더니 수백 권 잡동사니 책들이 꽂혀 있는 책장을 뒤적거린다.

"지금 여기에는 최근의 제 책들은 없고, 오직 이 시집 한 권이 있습니다."

그것은 『두 번째 유언(Deuxième Testament)』이란 초기에 속하는 그의 시집이었다. 그는 거기에 그럴듯한 말과 자기 사인을 한 수 써넣어준다. 그리고 또 한 권을 내보이는데 그것은 자기 책이 아니었다.

"이 시 잡지를 아십니까? 이건 국제적 시 잡지인데요, 한번 보시죠."

재빨리 목차와 작품을 뒤적거려보니 여러 나라 시인들의 작품이 망라되어 있다. 그러나 모두가 전위적인 작품이라 대뜸 난해한 것임을 알았다.

두 권을 받아놓고 나서 나는 본격적인 질문을 시작한다.

"여러 가지 질문을 할 텐데 실례가 아닐까요?"

"정식 인터뷰를 하실 셈이군요!"

"별달리 인터뷰라고 이름 붙일 구실은 없지만 제가 당신에 관한 얘기를 『사상계』에 쓰자면 그래도 몇 마디 질문해야 하지 않겠어요?"

나는 여전히 생글생글한 그의 얼굴을 쳐다보면서 대답을 기다리지 않고 계속 우겨댄다.

"어째서 시를 쓰게 됐습니까? 물론 두 권의 소설도 쓰긴 했지만, 무슨 큰 동기랄까, 그런 것 없나요?"

"학생시절부터 누구나가 좋아하듯이 시를 좋아했고, 또 누구나가 젊을 때 쓰는 달콤하고 감상적인 시를 썼습니다. 미술, 음악도 좋아하지만 그런 것은 나 자신이 할 재주가 없어서 간단하게 시를 내 생각과 감정의 표현수단으로 삼은 것이지요. 저는 전쟁을 겪었고 그런 경험을 통해서 느낀 나의 생, 우주, 존재에 대한 느낌을 표현하고 싶었습니다. 소설도 하나의 좋은 도구가 되겠지만, 소설은 시에 비해서 순수하지 못하다고 생각해요. 잔소리가 많거든요. 시는, 아니 예술은 무상적(無償的) 행위입니다. 그것은 어떠한 철학적 문제도, 어떠한 사회적 혹은 정치적 문제도 주목적으로 삼아선 안됩니다. 어떤 순간에 비쳐진 우주의 조화로운 비전을 잡는 것입니다. 시는 절대로 해결이 아니거든요."

"당신이 지금 내게 준 『두 번째 유언』 전에 나온 『첫 번째 유언(Premier Testament)』의 제목이 말하는 '유언'은 무엇을 뜻하는 것입니까?"

"전쟁 때 느낀 감정을 표시하려고 했던 것입니다. 『두 번째 유언』은 히로시마의 원자탄 폭격에서 영감을 받은 것이지요. 결국 유언이란 말은 보통 의미하는 마지막 남기는 말이란 뜻과 라틴어에서 증인이란 뜻이 있는데, 이 두 가지 의미를 동시에 암시하려고 했던 것입니다. 말하자면 우리 시대가 겪은 마지막 증인이 되야겠다는 생각이었다고 할까요."

"당신의 책 『말과 현기증』에서 주장한 것과는 다른 것 같은데요? 시인은 세계를 변형하고 개조해서 남들이 따지고 덤빌 겨를이 없이 덮어놓고 받아들일 수 있을 만큼, 세계에 대한 완전하고도 직접적인 이미지를 주어야 한다고 했는데, 이것은 무상적인 행위와는 다르지 않을까요?"

"물론 그렇습니다. 그 시집들은 벌써 옛날 것이니까요."

"결국 당신이 시를 통해서 하고자 하는 것은?"

"그것은 '개념의 유희(Jeu de Concept)' 입니다. 시인은 마치 우주가 존재하지 않는 것 같은 확신을 가지고 작품을 쓰는 것입니다. 작품을 쓰는 것이 아니라 어떤 순간에 비쳐진 자기의 이미지를 따라 우주를 창조하는 것입니다. 따라서 시는 성스러운 것이며, 신비스럽고 또한 종교적인 색채를 띠고 있지요. 그러나 그런 순간이 지속되지는 않습니다. 그것은 단절된 순간의 결정이지요. 그러므로 시는 정치, 사회, 철학적인 문제를 해결하는 것이 아닙니다. 예술에는 해결이 없어요.

위고는 아주 비장하고 슬픈 작품을 쓰고 난 다음에 맛있는 술을 마시고, 기름진 고깃덩어리를 행복하게 씹곤 했죠. 신부나 수도자들은 우주와 조화된 상태에서 항상 삽니다. 그러나 예술에는 그런 지속된 조화도 없을 뿐더러 하나의 결정적인 우주, 신을 인정하지 않았던 것처럼 자기가 하나의 창조자로 나서는 것입니다."

"기도하는 종교인들은 시 속에 살고, 시인은 시를 창조한다 할 수 있지 않나요?"

"그렇습니다. 그러나 창조하지 않는 사람은 시인이 아닙니다. 더구나 시는 신비하면서도 그 이상의 것이지요."

"당신의 초기작품은 좀 알 수 있을 듯하나, 최근의 것은 좀…. 무슨 추상적 조각을 보는 듯한 인상을 갖습니다."

"그럴 수 있을 겁니다. 대단히 좋은 표현입니다. 난 시를 쓸 적엔 반드시 내 작품이 외국어로 번역될 수 있는가 어떤가를 염두에 둡니다. 말라르메 식으로 언어에만 가치를 두는 것이 아니라 이미지가 중요하다고 생각합니다."

"말라르메가 그렇게 언어에 민감했던 것은 언어 자체에 목적을 두어서가 아니라, 절대적이고 유일한 우주의 표현을 위해서 필연적으로 그러한 경향을 갖게 됐다고 생각하는데요?"

"글쎄요."

"자끄 프레베르(Jacques Prévert)는 어떻게 생각하십니까?"

"그 시인, 그런 종류의 시인들은 시인으로선 일종의 사기입니다. 달콤하고 재치있는 시를 써서 대중의 구미에 맞지만, 그런 게 진짜 시는 아니거든요. 우주적인 유혹이, 무상적 창조가 시의 영토입니다."

"미국에 계셨고, 또 휘트먼(Whitmann)의 시를 소개한 일이 있는 줄로 아는데, 가령 엘리엇(T. S. Eliot)의 시는 어떻게 평가하나요?"

"난 좋아하지 않습니다."

"이미지가 신선하고 퍽 현대적인 감각이 있지 않아요? 특히 초기 작품에 있어서 말입니다."

"그렇긴 하지만 너무 정신주의자의 냄새가 나는 게 구미에 맞지 않아요."

"휘트먼의 어떤 점을 좋아하나요?"

"초기 작품은 싫지만 말년의 죽음에 관한 시들이 좋다고 생각합니다."

"프로스트(R. Frost)는? 전 그를 좋아합니다. 최근 『인카운터』에 나온 그의 시 몇 편을 읽어봤습니다만."

"역시 정신주의의 냄새가 심해서요…."

그러고 보면 그는 조촐한 겉모습과는 달리 특이한 시론을 갖고 있는 사람이다.

1919년 벨기에에서 태어나 브뤼셀 사립대학을 나온 그는 프랑스로 귀화해서 전쟁 중에는 미국에서 드 골 장군의 한 협력자로서 『프랑스의 소리(Voix de France)』라는 잡지를 맡아보았고, 1945년의 『생은 비밀이다(La Vie est clandestine)』라는 시집을 비롯해서 먼저

든 세 권의 시집과 그 밖에 또 두 권의 시집을 냈고, 최근의 『말과 현기증』 외에도 『쌩-종 뻬르스 론』, 『엠마뉴엘 론』, 『휘트먼 론』 『디킨슨(Emily Dickinson) 론』 등 수 권에 달하는 시인론을 냈고, 현재는 출판사 일에, 까뮈가 일하던 신문 『꽁바』 지의 주간평을 담당하고 있다.

특히 『말과 현기증』에서 그의 시론을 전개하고 있는데, 그는 프랑스에서 19세기 중엽의 빠르나스파의 시까지 모조리 시가 아니라고 부정하고 나서면서 진짜 시가 나온 것은 초자연의 세계, 꿈의 세계를 실제로 들락날락한 그러나 자살하고 마는 비극 시인 네르발(Nerval)부터라고 주장한다. 그러므로 초현실주의자들에 대한 평가를 올리고, 오늘날 살아 있는 시인 중에서는 이브 본느프와, P. 엠마뉴엘, 미쇼, 샤르(Char)를 높이 평가한다. 세계적 입장에서는 이름도 처음 들어보는 몇몇 시인들을 꼽고 있는데, 하나는 포르투갈의 페소아(Pernando Pessoa), 멕시코의 파즈(Octavio Paz), 유고슬라비아의 포포(Vasko Popo)를 든다.

나는 다시 말을 걸었다.

"동양의 시를 읽으셨나요?"

"불어로 번역된 것은 거의 다 읽었다고 생각되는데, 워낙 얼마되지 않는 번역이라서요. 한국시가 혹시 번역됐나요? 한번 보고 싶은데요. 워낙 깜깜해서."

"없다는 것 같습니다."

"마음에 드는 것 있으면 당신 것이나, 그 밖의 시를 한 열 편 가량 번역해주셨으면 좋겠어요. 당신을 안 기회로 한국의 시에 대한 좀더 뚜렷한 개념을 갖고 싶습니다. 시 잡지도 있으니까 발표할 수도 있고 하니 말입니다."

"고맙습니다. 그러나 그게 쉽습니까. 어디 두고 생각해봅시다."

"가끔 전화하세요. 좀 더 여유있게 얘기했으면 좋겠어요."

"만나봤자 별로 구체적인 질문거리가 없습니다. 만난다면 그저 당신과 얘기한다는 즐거움은 있겠지만."

"그게 좋지 않아요? 쉬 연락 주세요."

"방학에 시골로 떠납니다."

"돌아오시면 곧 알리세요."

내가 담배꽁초를 재떨이에 쥐어박고 일어서니 그도 의자를 밀어놓고 걸어나온다. 그럴 것 없다고 하나 밑층까지 내려와서 대문까지 열어주고 또한 빙글거리는 웃음을 띠고 전송해준다.

"참, 당신 사진 잊지 말고 보내주세요" 하고 다시 다짐받고 난 나는 오페라 극장 앞의 복잡한 거리에 파묻혀버렸다.

영주(領主)와 같은 작가
—앙드레 모로아(André Maurois)를 방문하고

'우정, 사랑, 결혼' 따위를 다룬 저자로서 앙드레 모로아는 우리나라 학생들에게도 널리 알려졌다. 사춘기에 들어선 조숙한 학생들의 하숙방 책상 앞에서도 그의 책을 흔히 본다. 그는 의식을 갖기 시작한 젊은이들의 혼돈된 사상적 혹은 윤리적 고민을 덜어주는 작가이기도 하다. 독서의 즐거움을 알기 시작한 많은 학생들이 그의 몇 구절을 자랑삼아 인용하는 경우를 흔히 보곤 했다. 결국 앙드레 모로아는 우리나라 젊은이들에게도 퍽 애독되는 작가임엔 틀림없다.

소월의 고향 사람들이 소월을 자랑삼아 들고 나오듯이 내가 지금 와 있는 이 지방 프랑스인들도 같은 지방에 사는 모로아를 들춰내곤 한다. 아름다운 허영심 때문일 것이다.

7월 21일, 세계 여러 나라에서 모여든 40여 명의 젊은이들을 태운 버스는 녹음이 우거진 넓은 언덕길을 한없이 꼬불거리며 이미 세계적으로 알려진 이 작가를 찾는 즐거움에 초조한 듯했다.

약속한 시각인 오후 4시, 우리 일행은 넓은 포도밭과 목장들이 내려다보이는 언덕 위에 의젓이 서 있는 옛성에 다다랐다. 이 성 속

에 작가 모로아는 30여 년 전부터 창작생활을 하고 있다. 미처 성
내에 들어가기 전에 몇십 필의 얼룩 젖소들이 뜰 앞에서 풀을 뜯어
먹고 있었다. 이런 광경은 벌써 이 작가가 얼마나 윤택하고 도시의
생활과 멀어져 있는가를 말하는 듯했다.

현관 앞에 나와 한 사람 한 사람 악수를 하며 맞이하는 이를 보
고 나는 즉각 그가 바로 모로아라는 작가임을 알았다. 이미 흔해 빠
진 문학 입문서를 통해 그의 사진과 익숙해 있었기 때문이다. 그러
나 사진과는 달리 그의 머리카락은 백발이었다. 체구도 생각했던
것보다는 작은 편이다.

객실에 들어가 그는 간단한 이야기를 끝내고 서재를 지나 이미
음식이 마련된 넓은 홀로 우리를 안내했다. 여러 하인들과 하녀들
이 부지런히 술과 음식을 권하기에 바쁘다. 역시 백발인 그의 부인
은 자꾸 열심히 먹으라고 권한다. 벽 사방에는 가지가지 책이 꽂혀
있고 적당히 배치된 테이블 혹은 탁자들 위에는 그의 조상들인 듯
한 사진과 자기의 초상들이 놓여 있었다. 깔끔히 뒤로 넘긴 백발의
작가, 그의 엷은 하늘색 와이셔츠, 빨강빛 넥타이, 짙은 회색빛 양복,
이 호화로운 성, 그 안의 장식, 조촐히 마련된 칵테일, 그를 보살피
는 십여 명의 하인들, 이러한 것만을 보아도 그가 현대와 씨름하는
작가라기보다 품위있는 영주라는 인상을 더욱 갖게 한다.

그의 핏줄은 순수한 골로아(Gaulois)가 아니다. 그는 원래 유태인
이다. 그러기에 나치가 프랑스를 점령했을 때는 유태인 학살을 모
면하기 위해서 미국으로 도망해야 했다. 그는 부유한 가정에서 태
어났다. 운이 좋아 알랭(Alain)이라는 훌륭한 철학선생을 고등학교
때 만날 수 있었던 그는 그 스승의 고귀한 휴머니즘 정신을 받아들
였다. 대학을 마친 그는 자기 아버지의 뒤를 이어 한 공장의 주인이
되었다. 그러나 그는 실업가로 태어난 사람이 아니었다. 그의 정열

은 오직 문학에 있었다. 사장이란 일을 어린 나이에 맡아 보았기 때
문에 문학생활의 출발은 비교적 늦어 31세에 처녀작을 발표했다.

그는 어떠한 카테고리에 속하는 작가일까? 처음 그의 출발은 소
설가였다. 몇몇 그의 소설 중에서도 『풍토(Climats)』는 가장 성공한
작품이라 한다. 그러나 상상력을 많이 요구하는 소설보다도 사실에
치중하는 '전기작가'에 더 적합한 사람이었다.

『샤또브리앙』을 비롯한 여러 작가, 학자들의 전기 중에서도『바이
런』,『조르쥬 상드』 등의 전기는 그의 문학적 금자탑을 이룬다. 그
밖에 그의『영국사』는 또한 그의 명성을 높이는 작품의 하나이기도
하다. 그는 이미 20세기 초엽의 프랑스 문학을 장식한 한 사람으로
서 '영생'의 레떼르와 같은 아카데미 회원이 되어 있다. 그는 생성
하는 인간이라기보다 완성하는 인간이라 할 것이며, 고민하는 작가
라기보다 조화를 찾는 작가이다.

대부분의 방문객들이 공짜 샴페인과 맛있는 안주를 바쁘게 먹는
동안 앙드레 모로아는 한쪽 구석 안락의자에 파묻혀서 질문을 받기

시작했다.

폴란드의 시인이라는 나이 많은 친구가 우선 입을 열었다.

"당신이 전기라는 문학장르를 선택하게 된 이유는 무엇입니까?"

"난 전기만을 쓰지는 않습니다. 소설도 많이 썼지요. 그러나 작품을 쓰는 동안에 나는 전기라는 장르가 나의 기질에 맞는다는 것을 알았습니다. 나는 전기를 통해서 한 위대한 작가, 사상가의 생애를 호적처럼 기록하려는 것이 아닙니다. 어떤 사람의 일생을 통해서 생의 문제를 캐나가는 것이죠. 이것도 일종의 소설입니다. 상상력을 덜 필요로 하는 소설이지요."

다음엔 부리나케 이탈리아 친구가 입을 연다.

"원자탄의 시대에 들어선 오늘날 문학은 자기 가치를 어느 정도 보존할 수 있다고 생각합니까? 문학의 존재이유가 동요됐다고 보지 않는가요?"

"우리는 오늘의 위기를 알고 있습니다. 과학의 놀라운 진보를 나날이 보고 있어요. 그러나 원자탄이 터져서 인간 종족이 멸망하지 않는 한 인간의 일정한 가치는 변하지 않고 남아 있는 것입니다. 물론 전통적 가치 중에서 어떤 것은 재검토돼야 하고 이미 수정되었지만, 가령 사랑·충성·명예·우정과 같은 것은 영원한 가치로 남는 것입니다. 아무리 과학이 발달해도 이러한 것은 귀중한 가치지요. 전통적인 것이라고 모두 낡은 것은 아니지 않아요?"

이번엔 프랑스의 한 여학생이 질문한다.

"독자에 대한 태도는 어떠한 것입니까?"

"그것은 간단합니다. 많은 사람들이 공감을 갖고 내 책을 읽어주길 바라는 것이죠. 독서를 할 때 한 작품의 약점을 찾아내고 그 작가와 작품을 공격하려는 태도는 정상적인 독서의 자세가 아닙니다. 우리는 한 책을 읽다가 마음에 맞지 않으면 중지합니다. 계속해서 읽는 것은 그 책이 우리를 자극하고 우리를 가르쳐주고 즐겁게 해주기 때문입니다. 참다운 독서는 한 책에서 좋은 것을 찾는 즐거움과 환희에 차 있는 것입니다."

여러 방문객들이 그의 의자에 매달려 있기도 하고 그의 코 밑에 쪼그려 턱을 손에 괴고 열심히 귀를 기울이고 있다. 노작가 모로아는 조용히 침착한 태도로 더듬더듬 대답한다. 약간 피로해 보이긴 하지만 귀찮다는 기색이 전혀 없다. 마치 훌륭한 아버지 혹은 할아버지를 대하듯이 믿음직하고 푸근한 느낌이 간다. 이번엔 기회를 놓치지 않고 내가 입을 열었다.

"예술가는 어느 정도 참여가 가능하다고 생각합니까? 이데올로기적, 정치적 참여 말입니다. 나는 이러한 문제가 가령 프랑스와 같이 안정된 사회 속에 사는 예술가들에게는 별로 중요한 것이 아님을 압니다. 그러나 어떤 사회, 가령 많은 후진국의 예술가들에겐 대단히 절실한 문제라고 생각합니다."

"예술과 참여는 다르다고 생각합니다" 하고 그는 입을 열었다.

"예술가는 어떤 사상, 어떤 정치적 혹은 사회적 이데올로기를 선전하거나 가르치는 데 그 사명이 있는 것은 아닙니다. 싸르트르가 소설에서 실패한 까닭도 여기에 있습니다. 당신이 제기한 문제가 가장 잘 해당되는 작가는 똘스또이의 경우입니다. 그는 사회적 정의를 위해서 그의 이상주의를 위해서 싸운 작가입니다. 그러나 그의 작품 중에서 가장 성공한 작품 『전쟁과 평화』는 그의 그러한 이상주의가 적고 정치성이 없는 작품입니다."

"저 개인으로 말하더라도 예술가가 정치에 너무 관심을 갖게 되면 실패한다는 것을 압니다. 그러나 어떤 사회 속에 사는 예술가는 다음과 같은 딜레마에 빠진다고 생각하지요. 말하자면, 만약 예술가가 예술에만 전력하면 당장 굶고 당장 허우적거리는 이웃 사람들을 한 인간으로서 배반하는 것이 될 것이며, 그렇다고 그 예술가가 정치에 관심을 두고 눈앞의 불행한 이웃을 위해 투쟁하면 자기 사명이며 생의 목적인 예술을 배반하게 된다고 생각해요. 이러한 딜레마를 체험하고 있는 것입니다."

"그것은 결국 선택의 문제에 속하는 것입니다. 확고한 기준이 설 수 없습니다. 정치에 관심을 더욱 가지게 되면 그는 예술을 기권하는 것이고, 예술만을 위해 남들의 불행을 모르는 척하면 그는 당장 이웃을 배반하는 것이지만 어떤 것이 꼭 옳다고 단정을 내릴 순 없습니다. 한 인간이 얼마만큼 예술가일 수 있는가 하는 점에 달려 있습니다. 그 사람의 결단에 문제의 핵심이 달려 있겠지요."

물론 나는 내 질문이 보편적인 회답을 얻으리라고 전혀 기대하지 않았지만 이 문제는 특히 한국과 같은 후진국, 자유가 박탈된 공산권 진영에 사는 예술가가 안은 큰 고민임을 알고 있기 때문에 답답해서 물어본 것이다. 나는 기회를 뺏기지 않고 다시 두 번째 질문을 던진다.

"당신은 우주가 조화로운 한 생명체라고 생각합니까? 생명체란 사람이나 동물 같은 것을 의미하는 것이 아니고, 하나의 통일된 존재로 보고 있습니까?"

"그렇다고 결정적으론 말할 수 없습니다. 학문, 특히 과학은 확고한 법칙에 의해 자연이 지배되고 있다는 것을 많이 밝혀내고 있습니다. 과학은 몇 날 몇 시에 일식이 있다는 것을 미리 알려주지 않아요? 그러나 또한 우주는 혼돈스러운 면이 많습니다."

"조화와 카오스의 칵테일로 보시는군요!"

"지금으로선 그 도리밖에 없습니다."

"당신은 우주가 그러하고 따라서 당신이 종교인이 아니라면 영원한 가치란 성립할 수 없겠군요!"

"영원한 가치는 반드시 종교적인 것이 아닙니다. 그러나 우리가 어떤 아름다움이나 어떤 사랑 속에서 비록 순간적인 것일지라도 영원을 포착한 느낌을 갖게 되지 않아요? 저는 바로 이런 것을 가리키는 것입니다. 물론 인간의 한계가 있지요."

"앙드레 말로는 예술을 '반문명'이라고 정의했는데요?"

"어느 정도 그렇지요. 예술은 인간이 개재한 자연이라고 봅니다. 그러므로 추상화같이 자연이 없는 예술은 위대한 예술이라고는 생각하지 않지요."

"먼저 한 질문과 약간 중복이 되지만 종교가 없이 어떠한 모럴이 성립될 수 있다고 생각합니까?"

"날이 추울 때면 나는 아침 해가 떠도 이불 속에서 나오기 싫습니다. 그러나 나는 일곱 시가 되면 벌떡 일어납니다. 의지가 본능을 억누르는 것이지요. 인간이 자연을 이겨내는 것입니다. 물론 인간의 의지에는 한계가 있지만 그 한계 내에서 인간은 자연을 이겨낼 가능성이 있습니다. 왜 그렇게 해야 하나를 물으면 나도 그 이유를 모릅니다. 그러나 바로 이 의지가 모럴이 되는 것입니다."

"그럼 스토이즘과 좀 가깝군요!"

"조금이 아니라 바로 스토이즘입니다."

이때 몹시 자기 차례를 기다리고 있던 스페인 친구가 가로챘다.

"당신의 다음 번 책은 어떤 것입니까?"

"한 출판사의 요청으로 『미국사』를 내가 쓰기로 하고 『소련사』를 루이 아라공이 쓰기로 했습니다. 이 두 나라를 이해할 필요가 있기 때문이지요. 이것은 1917년부터 1960년에 걸친 역사입니다. 그 이유는 미국, 소련 양국에 1917년은 중요한 해입니다. 두 나라가 세계무대에 대두하기 시작한 해입니다. 바로 이 해가 미국이 1차대전에 참가한 해이며, 소련에 혁명이 일어난 해입니다. 이 책은 거의 다

끝났고, 그 다음엔 일종의 '회상록'을 쓸 계획입니다."

"당신이 좋아하는 작가는 누구입니까?"

"발자끄, 똘스또이 그리고 체홉을 퍽 좋아합니다."

"미국 작가 중에서는요?"

"포크너도 좋지만 내 기질엔 맞지 않습니다. 헤밍웨이를 좋아하지요. 그리고 최근의 샐린저를 찬양합니다."

"앙띠로망은?"

"예술은 쇼크를 주어야 하는 것입니다. 앙띠로망은 새로운 비전과 스타일로 이러한 쇼크를 주었습니다. 그러나 내게는 맞지 않습니다. 내 기질에 맞지 않는 것과 가치를 인정하는 것은 다르지요."

이와 같은 가지가지 질문에 차근차근 대답하기를 두 시간 이상, 노작가는 퍽 피로해 보였다. 일행은 그와 일일이 악수를 교환하고 작별 인사를 했다. 베란다에 그가 나타나자 이 지방 신문기자를 비롯하여 여러 방문객들이 연방 셔터를 누르고 그에게 사인을 청한다. 어린애같이 티 없는 허영심이다. 나는 일행을 따라나오는 그의 부인에게 물어본다.

"하루 몇 시간이나 일하십니까?"

"저 분은 7시에 일어나서 점심 때까지 창작하고 오후는 자료를 수집하고 노트하는 일에 시간을 보내고, 밤 12시, 1시까지 일합니다. 우리가 신혼여행을 플로랜스로 갔었는데 아침에 외출하자니깐 일을 해야 한다고 하면서 책상에 매달려 있었어요. 그래서 나도 할 수 없이 호텔에 갇혀 있었지요."

작가 모로아는 그의 생활로 보나 작품으로 보나 또 사상으로 보나 보수적이요 전통으로 완성된 모럴리스트이다. 그는 새로운 것을 가져오는 전위작가가 아니라 깊고 넓고 세련된 교양으로 완성된 하나의 향기 높은 영주이다. 그는 숨이 가쁜 듯하면서도 버스가 우리를 기다리고 있는 성의 정문까지 나와 전송해준다. 버스에 올라선 우리는 서로 의견을 들어본다.

"그의 작품 중에서 무엇이 남을까?"

나의 의견은 이러했다.

"그의 작품은 문학사에 남을 것이다. 그러나 제목만이. 그의 몇몇 작품은 노년기에 이른 교양있는 지성인에게 틈틈이 읽히게 될 것이다."

신념에 찬 아방가르드(전위) 작가

-앙띠로망의 대표 로브-그리예(*Alain Robbe-Grillet*)를 만나서

쌩-제르맹-데-프레(Saint-Germain-des-Prés) 광장을 건너 바로 남 북쪽으로 난 골목길을 들어가면 좌측 셋째집이 좀 기울어져 있다. 정문이라기보다도 후문에 가까운 인상을 주는 작은 문에 '심야출판 사(Maison de Minuit)' 라는 코딱지만한 문패가 붙어 있다. 이 출판사 가 바로 베케트(Becket), 끌로드 씨몽, 미셸 뷔또르 그리고 로브-그 리예와 같은 새로운 문학의 기수들을 발견해내고 그런 작가들을 키 워내는 그 유명한 전위적 출판사인 것이다.

문을 열고 들어가니 전깃불도 없는 컴컴한 곳에 부딪친다. 겨우 더듬거려서 또 하나의 문을 밀면 불이 환하게 켜 있는 빈 방, 새도 나온 책들이 한구석에 쌓여 있다. 아무런 인기척도 없다. 좁고 삐뚤 삐뚤한 층계를 오르면 유리문 너머로 젊은 타이피스트가 테이블 앞 에서 머리를 갸우뚱하며 본다.

"로브-그리예를 만날 수 있을까요? 4시라고 했지만 제가 좀 빠르 게 온 것 같군요."

"약속이 있으셨어요?"

"4시쯤으로 되어 있었는데요."

아리따운 타이피스트는 수화기를 든다. 수리 발톱같이 긴 손톱이
앵두알같이 빨갛다.

"참, 성함을 무엇이라고 할까요?

"박입니다."

타이피스트는 수화기를 놓기가 무섭게 말을 전한다.

로브-그리예

"지금 손님이 와 있는데 잠깐 기다리시지요."

나는 들고 갔던 책가방을 바닥에 놓고 타이피스트의 테이블 앞에
있는 의자에 마주앉는다. 창가로 내려다보이는 조용한 골목길은 마
침 비가 오고 난 뒤라 산뜻해 보인다. 테이블 밑으로 살짝 꼬인 채
비친 타이피스트의 다리가 약간 색채를 띤 상아 젓가락처럼 날씬하
다. 아무도 없는 이곳에서 젊은 아가씨와 마주앉아 있는 것이 어색
해진다. 잠시 동안 나는 시장에 끌려온 촌닭처럼 고개를 이리저리
돌려본다. 벽에 붙여놓은 책장 위에는 책들과 광고가 되잖게 흩어

져 있다. 이 방과 통해 있는 큰 방이 눈에 띈다. 그쪽에서 사람 기척이 난다. 모가지를 빼고 들여다보니 중년의 남자가 한 책상에 엎드려 무엇을 쓰고 있다. 이제 볼 것을 다 보고 난 나는 심심해진다. 한 10분이 지났다. 담배를 꺼내 타이피스트에게 내민다.

"감사합니다만, 괜찮습니다."

여인은 상냥스럽게 거절한다. 혼자 담배를 몇 번 뻐끔거리니까 요란하게 전화 벨이 울린다.

"지금 올라오시랍니다. 삼층 계단을 올라서자마자 좌측 방입니다."

"고맙습니다. 아가씨"하고 나는 타이피스트의 방을 나간다.

광맥같이 좁고 컴컴한 층층대를 몇 발자욱 더듬거리니 위에서 젊은 친구가 별안간 공처럼 구르듯 아랫층으로 내려간다. 나는 마치 로브-그리예의 작품 제목처럼 '미궁 속에서' 허우적거리고 있는 느낌이다. 몇 걸음 더 더듬거리니 좌측 방의 문이 열리고 키가 크고 체격이 촌놈 같고, 얼굴빛이 과히 희지도 않고 콧수염을 기른 친구가 맞이한다.

"드디어 만나보게 됐군요. 어서 들어오십시오."

"어쨌든 이렇게 다시 만나게 되니 반갑습니다."

나는 '다시'라는 말을 했다. 왜냐하면 작년 이맘때 어느 강연 장소에서 이미 그와 인사를 한 일이 있기 때문이다.

"미안합니다. 터키에서 보낸 편지 받으셔서 아시겠지만 8월에 빠리에 돌아왔다가 즉시 브라질과 칠레에 갔다가 얼마 전에 돌아왔어요."

"유명하게 되면 바쁜 법이지요."

"지난 봄 제가 터키에 가 있는 동안 보내준 내 한역(韓譯) 책은 아직 못 받았어요. 그런데 참, 당신은 남한이요 북한이요?"

"아니, 제가 그 책을 사장한테 맡겼는데요?"

"그 친구 자기가 가지려고 어디 감춰뒀나 봐요. 나에게 그 책과 또 『사상계』에 나온 특집호를 하나씩 보내줄 수 있어요?"

"물론이지요. 제가 책임지고 보내드리지요. 그런데 참, 미안합니다. 아니 창피해요. 허가도 없이 마구 번역을 해서. 한국은 아직 국제출판협회에 가입되지 않았긴 하지만요. 아직 우리 사정이 그러니 양해하세요."

"한국선 다 그렇게 번역한다더군요. 그렇지만 책이라도 저자한테 하나 보내줘야지요. 하기야 번역권을 받기 위해서 자기 책을 번역 못하게 하는 것보다는 아무래도 자기 책이 번역되어 읽히는 게 낫지만요."

수염난 그의 코가 내 코에 마주 닿도록 허리를 구부리고 큰 소리로 말하는 그의 솜씨는 점잖지 않다. 점잖지 않다기보다 빼는 투가 도무지 없다. 털털한 성격이 완연하다. 시골 태생이라서 그럴까? 어쩼든 배짱이 맞을 것만 같다.

그의 사무실은 문학편집 책임자의 방으로서는 너무나 초라하다. 꼭 감방을 연상시킬 만큼 작다.

"여행 많이 하시지요? 일본에도 벌써 몇 년 전에 갔었지요? 영화 돌리러?"

"제가 쓴 시나리오를 가지고 일본인 제작가와 돌려보려고 했는데, 그 친구 말이 내 시나리오가 너무 지적이라면서 좀 수정하자고 하기에 내가 거절해버렸지요. 못 찍었어요."

"왜 한국에는 안 왔어요? 이왕이면 좀 구경하시지. 많은 서양인들이 일본까진 오면서도 한국엔 여간해 안 오는 데 기분이 나빠요. 볼 건 별로 없겠지만, 그래도 좀 알라고 하세요. 한국인들은 그런 데서 약간 소외감을 느낄 것입니다."

"아니, 참, 이번에 어쩌면 한국에 갈지도 몰라요. 일본에서 찍으려
던 내 시나리오에 의한 영화를 찍으러 말입니다. 일본서 찍으나 한
국에서 찍으나 마찬가지로 되어 있으니까. 이건 아직 막연한, 아주
막연한 계획이긴 하지만."

그는 막연하다는 말을 강조하는 것 같다.

"어쨌든 당신이 한국에 가시면 좋겠습니다. 일본의 인상은 어떠
셨나요? 요새 일본 여행이 유럽에서도 대단한 것 같은데?"

"글쎄요! 시골은 좋아합니다. 그러나 도시는 엉망이요. 미국 도시
처럼 바람이 많이 불고, 큰 빌딩이 있는가 하면 너절한 집들이 있
고, 도대체 질서가 없어요. 서양 문명과 동양은 너무나 달라요. 우리
는 역시 빠리, 리스본, 로마 같은 도시가 좋아요. 한 도시로서 조화
를 가졌거든요. 그런데 동경만 해도… 큰 빌딩 옆에 거지 같은 납작
한 집들이 있고… 그게 뭐요?"

작가 로브-그리예의 말투는 점잖은 사람들이 점잖은 사람 앞에서
는 쓰지 않는 일종의 학생들간의 말투, 속말이다. 나는 이런 말투를
듣고 미소가 떠올랐고 덩달아 긴장이 확 풀린다. 그가 말을 할 때
표정을 마구 쓰듯이 나도 되지 않게 어느덧 손짓을 마구 하며 대꾸
하고 있었다.

"아니, 일본 문화 같은 것에 대해선?"

"시골은 좋습니다. 그리고 경도(京都) 같은 곳에 아직 남아 있는
옛 고적, 옛 집들 같은 것도 볼 만하고. 가령 아사구사(朝草)같이 그
냥 영화관, 오락장만이 빽빽히 들어선 곳이 좀 재미있달까…."

그는 대답을 제대로 하지 않고, 꼭 어린애같이 한다.

"한국엘 가보세요. 서울은 동경보다 훨씬 시시하지만, 사람들은
좀 다른 인상을 줄 거요."

"서울도 동경하고 대동소이하다던데, 그 분위기가 말이요."

"거지같이 납작한 집들이 더 많긴 해요."

이러는 동안에 이미 두서너 번 전화벨이 울린다. 로브-그리예는 그때마다 잠깐 기다리라고 한다.

"만나자는 친구들이 많아서, 원."

"이거 미안합니다. 바쁘실 텐데 붙잡고 늘어져서."

"아니에요. 그런데 참, 당신은 구체적으로 이곳에서 뭘 하세요? 얼마나 더 있어요?"

그는 갑자기 잊었던 생각을 되찾은 듯이 다정하게 묻는다.

"빌빌하지요. 말라르메를 공부 한답시고 좀 뒤적거리고 있어요. 글쎄요, 얼마나 있게 될지는 두고 봐야 알지요."

"당신이 하는 공부의 테마, 참 재미있어요."

"그런데, 참, 이거 형식적인지 모르지만, 우리 잡지를 위해 당신에 관한 기사를 쓰려 하는데 몇 가지 물어보겠습니다. 하도 인터뷰도 많이 하셨기 때문에 이미 당신의 대답은 짐작이 가고 별 특별난 질문도 없지만"하고 나는 준비하고 온 몇 가지 질문을 적은 쪽지와 카드와 펜을 포켓에서 꺼냈다.

"시간이 바쁘니 빨리 대충 묻겠어요. 당신의 소설관은, 아니 문학관은 여태까지의 문학사 중에서도 유별나고 극히 오리지널한데, 도대체 그런 생각을 어떻게 하게 됐어요? 무슨 영감 같은 것 말예요."

"글쎄요…. 그런 것 별로 없습니다. 쓰다보니 그렇게 됐어요."

"아니, 그래도 가령, 무슨 책을 읽다가 혹은 그림을 보다가, 신문 쪽지를 읽다가 혹은 무슨 구경을 하다가 별안간 생각나는 것이 있지 않나요? '요것 봐라, 이런 것 재미있겠다!' 하고 번개 같은 생각이 나오곤 하지 않나요?"

"특별히 지적할 순 없지만, 아마 카프카의 작품을 읽는 동안에 그렇게 됐을 거요."

　"당신은 작품을 쓸 때, 무엇을 의도하나요? 아름다움을 찾나요? 철학을 찾나요? 난 당신 작품들 특히 『질투』에서 조형적인 미에 매혹되는데요. 당신은 미에 대한 개념 같은 것이 있나요?"

　"난 무엇을 표현해보려고 쓰지 않습니다. 그저 느낀 것을 적어요. 다 쓰고 나기 전에는 무엇이 될지 전혀 알 수 없어요. 난 이론가가 아닙니다. 구체적인 목표를 세우고 쓰지 않아요. 느끼는 것을 기록할 따름이오. 이론가가 아니라니까요. 나는 기술자 출신이오. 조형미를 느낀다는 것은 좋은 관점입니다. 남들이 아름다움을 느끼면 좋을 따름이지요."

　"많은 비평가들은 당신 작품에서 현상학을 발견하고 야단법석인데요?" 하고 나는 허허 웃어버렸다.

　"공연히 야단들이죠. 난 도대체 현상학이 무엇인지도 전혀 모르는데요."

　"앙띠로망의 수법은 같은 투의 묘사만을 반복하게 될 위험성이 있지 않을까요?"

　"그렇지 않습니다. 내 작품들도 모두 달라요. 처음 것에서부터 최근의 『스냅』에 이르기까지."

　"당신은 문학에 어떤 기능을 부여하십니까? 더 나아가서는 예술에?"

　"문학, 예술은 무슨 얘기나 생각을 '전달(메사쥬)'하는 게 아닙니다. 하나의 포름(형식)을 찾는 것이지요."

　"그러면 싸르트르의 문학관과는 영 반대군요?"

　"물론 그렇습니다. 그러나 우리 문학, 내 것 그리고 내 친구들 것이 엄밀한 의미에 있어서 가장 현실에 참여하고 있는 것입니다. 무엇을 고래고래 소리 지르진 않지만요. 참다운 혁명은 새로운 포름에서 출발하는거요. 우리는 새로운 눈과 감수성을 갖고 있어요. 대부분의 교수, 비평가들은 새로운 것을 이해하려고 하면서도 전통적인 가치를 떼어버리지 못해요. 그들은 현대문학을 모릅니다. 낡았어요. 선생감들이지요. 우린 완전히 전통과 고별했죠. 시인 A씨, 비평가 B씨는 아직 전통파요. 그런 친구 왜 만나요?"

"당신이 좋아하는 작가, 시인은?"

"플로베르가 프랑스 작가로선 좋고…."

"레알리스트적이면서도 투명한 그런 점요?"

"대개 그렇습니다. 그리고 외국 작가로선 카프카, 또 시인으로선 말라르메…."

이때 나는 말을 가로채서 물었다.

"말라르메의 어떤 점을 좋아하십니까?"

"잘 모르겠어요. 어쨌든 포름에 대해 노력한 것이 있는 것 같아서. 참, 아까 당신이 올라올 때 뛰어내려가던 젊은 친구가 필립 쏠레르스라는 작가인데, 그 친구 한번 만나보시오. 당신이 말라르메를 연구하신다니까. 그 친구가 말라르메에 관해 뭘 하나 썼는데 말라르메와 내 작품의 차이점을 말하고 있습니다."

비평가 혹은 대학교수들과 얘기할 때와 작가들과 얘기할 때를 비교해보면 극히 인상적인 것은 전자들이 모든 것을 선뜻선뜻 선명하게 설명하는 데 반하여 후자는 그런 점에서 영 떨어진다. 작가들은 명석하게 자기를, 작품을, 문학을 설명 못한다. 로슈포르 여사를 만났을 때도 같은 것을 나는 느꼈다. 후자가 작품을 쓰는 일이 전문이라면 전자들은 그것을 설명하는 일이 직업이니 당연할는지도 모른다.

"당신은 그 차디찬 작품만을 쓰는데, 철학적인 고민 같은 것은 없어요? 물론 있을 텐데…."

"물론이지요. 그런 것은 딴 글에서 씁니다. 내가 NRF지(誌)에 쓴 것 읽어봤어요?"

"앞날의 문학에 대한 전망은? 앙띠로망의 길을 걷게 되리라고 믿나요?"

"그것을 확신해요. 작품이 많이 팔리는 게 문제가 아니요. ××같은 작품들은 백만 부씩 막 팔립니다. 그러나 그건 아무 소용없어요. 문학사엔 전혀 남지 않아요. 아무 것도 새로운 것을 가져오지 않는 걸요."

이 소설가의 이러한 신념은 공연한 공포거나 자기만족이 아니다. 실상 오늘의 프랑스 문학을 얘기할 때 이 작가 그리고 그 친구들을 빼놓고서는 말할 수 없다. 이 작가가 오늘의 프랑스 문학사의 대부분을 차지하게 된 것이다. 그뿐 아니다. 알고 보면 세계 어느 곳에서도 새로운 것을 찾고 노력하는 젊은 작가들이 이 시골뜨기 같은 콧수염 난 작가를 읽고 연구하지 않는 데가 없다.

그런데 이 작가는 1922년에 태어난 젊은이이며, 1935년에야 비로소 문단에 나왔고, 그후 모든 작품이라고는 금년에 나온 단편집 『스냅(Instantanés)』을 합해서 두껍지도 않은 5권의 작품밖엔 없다.

"많이 쓰고 많이 팔리기만 하는 것은 소용 없어요" 하는 그의 말은 결국 자신에 차 있다.

우리는 함께 타이피스트가 있는 방으로 내려왔다. 출판사 사장이 마침 나타나자 인사를 시킨다. 옆에는 두 명의 너절한 젊은이가 책 몇 권을 들고 앉아 기다리고 있다. 작가 로브-그리예를 만나러 온 것이다. 데뷰를 꿈꾸는 친구들인 것 같다. 보기에는 꺼벙하지만 혹시 내년쯤, 저런 친구가 무슨 문학상을 받게 될지도 모른다.

나는 기증받은 그의 책 『스냅』과 그의 콧수염 난 사진을 받아들고 '미궁 속에서' 나왔다.

'누벨 바그'의 여류작가
- 크리시안느 로슈포르(Christiane Rochefort)를 찾아서

"여보세요!"

"누구시지요?"

축 늘어진 여자의 음성이 말을 받는다. 나는 그 집 하녀가 아닌가 하고 성급한 추측을 내린다.

"무슈 박입니다. 크리시안느 로슈포르 여사를 찾는데요."

"아! 무슈 박이세요? 제가 바로 크리시안느 로슈포르입니다. 편지 받으셨군요."

"이렇게 처음으로 전화를 통해서나마 인사를 하니 반갑습니다."

"우리 집이 아니고, 까페라도 좋겠나요? 저… 까페 드 플로르 (Café de Flore) 아시나요? 27일 화요일 5시 반이면 괜찮을까요? 그 집 가르송(웨이터)한테 물으시면 절 압니다."

"아, 그 유명한 까페 말이지요. 그럼 27일 5시 반에!"

전화를 끊은 나는 약간 얼떨떨했다. 한번 들어가보지도 못한 그 유명한 까페에서 되지도 않는 불어로 많은 사람들에 둘러싸여 인터 뷰를 할 생각을 하니 말이다. 약속한 날까지 며칠 동안 나는 그 여 사의 작품을 다시 한 번 훑어보고 도서관에 가서 그의 약력을 뒤적거린다.

금년 가을 누벨 바그의 영화제작자인 바딤이 제작하고 여배우 바르도가 열연하며 지금 샹젤리제 거리에서 많은 관객과 많은 돈을 긁어모으고 있는 영화 『기사의 휴식(Le Repos du guerrier)』의 원작 소설은 바로 내가 만나고자 하는 크리시안느 로슈포르 여사의 처녀작이다.

철학자 니체가 여성에게 붙인 별명 '기사의 휴식'이란 용어를 그대로 사용한 이 작품은 그 뜻으로 봐서 우리말로 번역하려면 휴식이란 말보다 '휴식처'란 말이 여성을 가리키는 데는 더 실감난다.

이 작품은 1958년도 '누벨 바그(Nouvelle Vague)' 문학상을 탄 이후로 큰 성공을 거두었다. 이 처녀작을 통해서 로슈포르 여사는 벌써 문학사에도 취급되고 있으니 말이다. 그리고 현재 이 작품을 원작으로 한 영화가 성공한다는 점만으로도 그 작품의 매력을 증명할 것이다.

빠리에 사는 한 처녀는 돌아가신 숙모의 유산을 정리하려 작은 도시의 한 더러운 여관에 머문다. 어느 날 여인은 착각을 해서 옆방 문을 연다. 그것은 자기 방이 아니었다. 그 방에는 육중한 남자가 침대에 죽어 누워 있었다. 깜짝 놀란 여인은 대뜸 여관 주인에게 사실을 알린다. 경찰이 나타나 여인은 처음에 살인죄의 의심을 사게 되나 차츰 알리바이가 증명되어 마음이 놓이게 된다. 그 동안 죽은 줄 알았던 남자 르노는 병원에서 기적적으로 살아난다. 자살에 실패한 것이다. 괴상한 인연으로 해서 알게 된 그 절망과 알콜 중독자가 살아났다는 사실을 알게 된 여인은 그래도 딱한 생각과 호기심에 병원을 찾아간다.

여인이 찾아갔음에도 불구하고 자살을 방해했다고 욕하는 그 남자는 소같이 생긴 야만인이며 무식하고 지독한 알콜 중독자였다. 그는 티끌만한 예의도 모르는 짐승 같은 남자에 불과했다.

살아난 르노는 알지도 못하는 그 여인에게 대뜸 담배를 사내라, 술값을 치르라 한다. 여인은 자기도 모르게 담배를 사내고 술값을 연방 치른다. 젊은 처녀는 자기도 억제할 수 없이, 이 야수 같은 남자에게 마치 자석에 빨려드는 쇳가루같이 끌려버린다. 여인은 옷을 새로 사서 남자에게 갈아입히고 빠리의 자기 집으로 데려온다.

르노의 세계는 오직 알콜과 성에 국한되어 있다. 그는 여인의 침대에 누워 언제나 술병을 입에서 떼지 않고, 심심하면 여자를 끌어안을 뿐이다. 여인은 밤중에도 술을 사러 빠리의 거리를 서성거려야만 했다. 르노의 술 치닥거리에 가지고 있던 적금이 날아가버리고 생활이 엉망이다. 그러나 여인은 그 야수를 떠날 힘이 없다. 빨려든 것이다. 과거에 사귀던 애인도 집어치우고, 오직 르노를 위해 모든 것을 바친다. 여자의 돈으로 르노는 침대에 자빠져서 마시고, 먹고, 자기만 하면 된다. 그러나 그는 가끔 얻어들은 서푼짜리 철학의 명구절을 뇌까릴 줄 안다. 그는 철학적 절망자로 자처하는 것이다.

이런 생활에 지치고 지친 여인의 입에서는 르노의 귀에 거슬리는 소리가 가끔 나온다. 그러자 르노는 이 집에서 어디로 나가버리려 한다. 그러나 여인은 그를 놓칠 수 없다. 왜 그런지, 그 원수 같은 르노를 놓칠 수 없다. 놓쳐선 안된다. 여인은 그 야수를 꼭 자기가 차지하고 싶다.

여인은 이 폭풍우 같은 생활을 겪고 나면서 르노의 생활을 고치려고 애쓴다. 많은 곡절이 있은 후 드디어 르노는 거꾸로 자기가 그 여인을 떠날 수 없음을 안다. 르노는 여인의 안내로 그의 생활의 전부에 가까운 알콜 중독을 고치기 위해서 병원에 입원하기를 승낙한

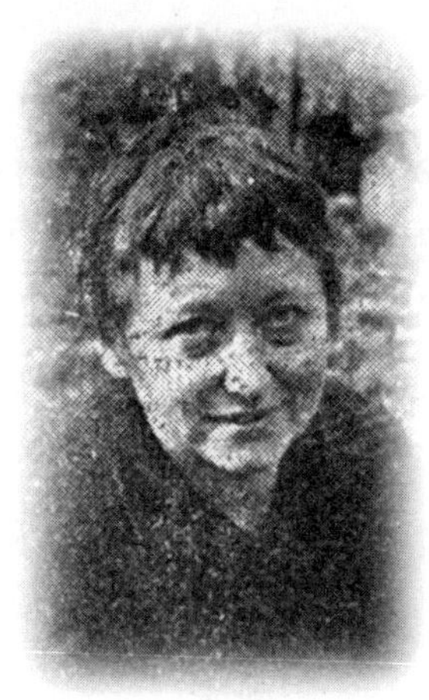

크리시안느 로슈포르

다. 그러나 작가의 말에 의하면 르노는 죽게 된다. 왜냐하면 알콜 중독자가 입원한다는 것은 죽음을 의미하기 때문이다.

악한(惡漢) 소설에 가깝고, 거의 에로 소설에 가까운 이 작품의 가치는 어디 있는가? 첫째 대담한 여성세계의 표현에 있는 것 같다. 여성으로서 여성의 세계를 이렇게까지 적나라하게 표현한 것은 프랑스 문학사에선 아마 로슈포르 여사가 처음인 것 같다. 그러나 더 중요한 것은 이 작품이 하나의 사회 풍자를 하고 있다는 것이다. 작가는 소위 절망한 철학의 냄새를 풍기는 서푼짜리 가짜 지식인을 그리고 부르주아의 사랑에 대한 터부를 폭로한 것이다. 그것을 공격한 것이다. 마지막으로-이것은 작품의 가치를 가장 높이는 점이다-이 작품의 특색 있는 문장, 문체 그리고 그 전체의 억양에 있다.

『기사의 휴식』이 가짜 지식인, 부르주아의 사랑에 대한 터부를 풍자한 것이라면, 1961년에 풍속소설상을 탄 두 번째 작품 『세기의 어린이들(Les Petits Enfants du siècle)』은 현대 생활 특히 현대 도시인의 생활을 풍자한 것이다.

　빠리 교외에 대나무같이 솟아나는 십여 층의 한 아파트에 사는 노동자의 딸로 나는 태어났다. 내 밑에는 동생들이 우글우글하다. 부모는 애들을 사랑하기 때문에 그렇게 낳은 것은 아니다. 자녀 수당이 있는 프랑스에서는 아이를 많이 낳으면 오히려 생활이 윤택해지기 때문이다. 부모는 내 동생을 하나 나면 텔레비전을 살 수 있고 둘을 낳으면 냉장고를 살 수 있다.

　나는 이런 가정에서 엉망으로 자랐다. 나는 내 주위에 있는 여러 노동자들과 사랑이라곤 티끌만치도 없이 걸리는 대로 잔다. 그러다가 나는 아이를 갖게 된다. 나는 결혼한다.

　이 작품은 처녀작에 비해서 과히 평이 좋지 않다. 그러나 현대 생활을 풍자한 재미있는 작품임엔 틀림없다.

　로슈포르의 작품은 아직 이 두 작품뿐이다. 그러나 그녀는 벌써 프랑스의 오늘의 문단에서 한 자리를 차지하고 있는 것이다.

　27일 5시 반이 되기 5분 전 나는 까페 드 플로르로 들어간다. 이 까페는 까페 오 두 마고(Café aux Deux Magots)와 함께 싸르트르를 비롯하여 소위 실존주의자의 집합소로서 유명하다. 오늘은 거의 여행객들이 차지하고 있지만.

　가르송에게 여사가 있느냐고 물었다. 아직 오지 않았다 하기에 나는 오는 대로 알려달라 하고 한 자리를 차지하고 커피를 시킨다. 얼마 후 바지에다 두터운 스웨터를 걸치고, 그 위에 다시 오버를 걸친 중년의 여인이 내게 다가온다. 황인(黃人)이 혼자 앉아 있으니 대뜸 알아본 모양이다. 머리는 단발에 가깝고 반가죽 장화를 신고 있다. '이것봐라, 역시 실존주의자의 냄새가 나누만!' 하고 나는 비꼰다. 얼굴에 주름이 꽤 졌으니 신선한 여성적 매력을 대뜸 느끼지 못하는 게 서운하다. 역시 마담(부인)이니 할 수 없다. 카운터 가까운 벽에 붙여놓은 소파에 앉자마자 질문을 시작한다.

"이 까페에 오는 사람들은 작가들인가요?"

"작가, 신문기자, 출판업자 그리고 여행객 등이 대개 모입니다."

"여사께서는 매일 오시나요?"

"자주 옵니다."

"영화 「기사의 휴식」이 성공했으니 좋으시죠. 그리고 부자가 되시고?"

"제가 하고자 한 점, 즉 부르주아의 모럴을 풍자한 점을 잘 살렸다고 생각해요. 연극을 각본해서 상연했을 때는 실패했습니다. 돈은 안 생겨요. 벌써 각색권을 팔아먹었으니 나와는 상관없지요."

여전히 넙죽넙죽 생글생글 웃는 로슈포르 여사에게서 지극히 서민적인 친밀감을 느껴 마음이 편하다.

"당신 작품을 읽으면 그 풍자적인 요소가 눈에 띄는데요?"

"그렇습니다. 전 첫 작품에서 부르주아의 사랑에 대한 터부를 폭로하려고 했어요. 두 번째 작품은 현대 생활, 특히 이태리 같은 데서 최근에 볼 수 있는 도시인들의 생활 말입니다. 이태리는 그런 점에서 프랑스보다 심해요."

"당신의 첫 작품을 엊그제 읽고 나서 최근 페미나상을 탄 작품 『남부』를 읽었는데 사랑을 다룬 점에 약간 근사한 점이 있다고 생각하는데요. 그리고 또 18세기 라끌로의 『위험한 관계』도 말입니다."

"『남부』와는 다르지요. 그러나 『위험한 관계』는 그럴 수 있지요. 난 그 작품을 참 좋아합니다."

"저도 참 좋아해요. 서너 번 읽었지요" 하고 나는 장단을 맞춘다.

"그리고 첫째 작품 속에선 문체와 억양 같은 것에 노력이 어지간히 보이는데요."

"예, 그 작품이 언뜻 보기에는 속어로, 회화체로 되어 안이한 것 같을지 모르나 난 한 구절절 한 구절을 여간 노력해서 쓴 게 아닙니다. 절대로 거리의 회화를 그대로 작품이라 할 순 없습니다. 쓴다는 것 자체로 모든 것은 변화해요. 말하는 것과 쓰는 것은 영 딴판인 걸요. 난 언어에 대해서 무척 흥미를 가지고 있습니다. 이에 대해 많은 주의와 노력을 해요. 불어는 너무 짜이고 체계화되어서 살아 있는 현실을 생생히 표현하기 어렵습니다. 이에 비해 영어는 좋아요. 작가에게 많은 자유가 있으니까요."

"언제부터 작품을 쓰기 시작하셨나요?"

"어려서부터 밤낮 썼습니다" 하고 그는 한 손을 들면서 어린 모습을 흉내낸다.

"그러나 출판은 전혀 안했어요. 내가 만족하지 않으면 고치고 버리고 서랍에 넣어둡니다. 전 정식 교육을 많이 받지 않았어요. 타이피스트, 신문기자 별 직업을 다 가졌어요. 서민 속에서 성장했습니다. 집안이 좋은 집에 자라난 친구들은 흔히 안이해서 아무렇게나 써서 대뜸 출판하지만, 그래선 안돼요."

"빠리지엔느(빠리태생)이신가요?"

"토박이입니다."

"이번 공꾸르상을 탄 작품에 대한 의견은?"

"난 만족합니다. 문학적인 새로운 것은 없지만, 그 여자는 진짜 자기가 할 얘기가 있어요. 그 얘길 한 것입니다."

"누보로망에 대해선?"

"아무튼 나는 모든 실험적인 노력, 개혁적인 시도를 다 좋아해요.

한 시인을 두고 말하기보다도 이런 의미에서 초현실주의도 높이 평
가합니다."

"작품을 통해서 하고자 하는 것은, 근본적으로 말해서?"

"잠을 깨우는 것입니다. 많은 사람들이 눈을 감거나, 잠을 자고
있어요. 많은 친구들은 고의적으로 말이오."

"문학이 능동적인 것을 가져온다고 생각합니까? 말하자면, 당신
은 인생에 의미를 발견했어요?"

"아직은 아닙니다. 그러나 감추고 살거나, 잠자듯이 살거나, 가만
히 있는 것보다는, 잠을 깨고, 소리라도 질러야지요. 적어도 말이
요!"

"페시미스트이시군요?"

이때 여사는 그저 쓴웃음만 짓는다.

"정치에 관심이 있으세요?"

"어찌 관심을 갖지 않을 수 있겠어요? 인류는 대단히 경계할 시
대에 살고 있어요."

두어 시간 많은 잡담을 주고받고 난 후 나는 자리를 뜨면서 말
한다.

"『사상계』를 될수록 빨리 보내드리도록 하지요."

"참 보고 싶어요. 한국 글씨와 말, 알지는 못하지만."

까페를 나온 나는 캄캄한 쌩-제르맹-데-프레의 큰거리에 흡수되
어버렸다.

전쟁의 계시 — 시인 삐에르 엠마뉘엘(*Pierre Emmanuel*)과의 대화

오래 전부터 전쟁 속에서 자라난 시인 엠마뉘엘을 만나고 싶었으나 그의 작품을 잘 알지 못했던 까닭에 오랫동안 미루어두었다. 그의 시선집과 그에 대한 비평을 읽는 데 게으른 탓도 있고 해서 그를 만나기로 마음먹은 것은 이럭저럭 1년이 지난 후였다.

랑데뷰를 정하고 그를 처음 만난 것은 지난 3월 5일, 그가 거의 책임을 맡다시피하고 있는 자유문화회의본부(The Congress for Cultural Freedom)에서였다.

호랑이 눈처럼 번쩍거리는 눈을 가진 거대한 체구 앞에 앉아서 나는 무한한 정열, 무한한 힘에 압도됨을 느꼈다. 나의 체구가 나약해서만은 아닌 듯싶었다. 그는 내게 질문을 시작할 여유도 주지 않고 먼저 말문을 열더니 한국의 정부, 역사와 같은 것을 이것저것 물어댔다. 그가 알고 있는 한국이란 거의 백지에 가깝다는 사실을 알고서 좀 섭섭한 느낌이 들었다. 새삼스럽게 우리나라의 중량이 너무나 적음을 깨달았다.

우리의 대화는 동양과 서양의 비교라든가 또 그 두 세계가 장래 도달할 전망 같은 데로 옮겨졌다. 시인인 그를 만나 시에 대한 애기, 문학에 대한 얘기는 한마디도 나올 틈이 없었다. 우리는 오늘날 대단한 위험을 내포하면서, 한편 대단히 흥미로운 역사 속에 끌려들어가고 있기 때문이다. 우리들은 어떤 민족, 어떤 문화의 전환기에 당면하고 있는 것이 아니라 인류 역사상 처음으로 인류와 인류의 운명이란 명제하에 이루어지고 있는 전환기에 참여하고 있는 것이 아닌가. 어느 누구도 이 움직임에, 이 발전에 무관심할 수 없는 것이다. 왜냐하면 우리는 나의 운명과 인류 전체의 그것과 떼어서 생각할 수 없을 정도로 전 인류는 광명과 암울 사이를 배회하고 있으니 말이다.

이럭저럭 한 시간이 되도록 얘기하는 중에도, 인터뷰를 하러 갔던 나는 오히려 인터뷰를 당하는 입장에 놓여 있는 처지였다. 그만큼 그는 한국에 대해서, 동양에 대해서 좀더 알고 싶어하고, 또 한 아시아인, 한 한국인인 나의 의견 같은 것에도 흥미를 갖고 있었던 것이다. 그리하여 나는 어떤 여유를 얻어서 마침내 인터뷰를 본격적으로 시작하려고 준비한 질문 카드를 포켓에서 부시럭거리고 있으려니까 그는 정말 인터뷰를 할 작정이냐고 묻는다. 인터뷰에 대해서 자기는 지긋지긋하게 생각한다고 덧붙인다. 물론 인터뷰를 하러 온 것임을 말하자 다음으로 미루자 한다. 이때 그는 무슨 마음이 들었던지 나를 며칠 후 자기 집 점심 식사에 초대하는 것이었다. 나는 그날 정식으로 질문하기로 하고 그와 일단 헤어졌다.

시인 엠마뉴엘은 1916년 프랑스의 한 지방 에아른에서 태어났다. 이미 여러 자녀를 낳은 그의 부모는 엠마뉴엘이 세상에 나오자 그를 프랑스에 남겨두고 미국으로 건너가고 말았다. 생고아가 된 그는 외조모와 숙부 슬하에서 고독하고 내성적인 소년으로 자랐다. 장래 기술자가 되려고 한 그는 고등학교에서 모범생이었으며 특히 수학에 뛰어났다. 그러나 그는 이미 문학의 세계에 눈을 뜨고 있었다. 처음으로 그를 매혹한 것은 격류와 같은 시인 빅또르 위고였다. 수학적인 정확성과 시인의 매혹을 동시에 타고난 이 소년의 장래는 그의 고등학교 시절의 선생인 라뤼라는 신부에 의해서, 또 한편으로는 몽샤냉 신부에 의해서 마련되었다. 전자가 데까르뜨의 숭배자였는데 반해서 후자는 인도에서 25년을 지낸 철저한 신비주의자였던 것이다. 하나는 인간정신 속에서 통일성을 찾고, 또 하나는 그것을 넘어서 절대를 향해 뛰어든 것이다. 이 두 스승, 이성과 신비의 이 양극에서 젊은 엠마뉴엘의 이상은 끊임없이 동요하고 있었다.

그러나 그의 마음 저울대는 이성을 넘어선 곳으로 이미 기울어지고 있었다. 자기도 언젠가는 그러한 한 사람이 될 생각을 하면서 많은 시와 철학서를 읽었다. 대학에 들어가서 한 여학생에게 홀딱 반했던 그는 얼마 후 잃어버린 유리디스를 찾으러 지옥으로 내려가는 오르페를 시로 쓴 것이다. 이 당시 그는 엘뤼아르(Paul Éluard)를 흉내낸 시를 쓰기 시작했다.

20세가 되던 해 이미 미국 시민이 되어 있던 아버지의 부름을 받아 그곳에 갔다. 아버지는 그를 미국 시민으로 귀화시키려 했으나, 아버지와의 불화를 무릅쓰고 프랑스에 돌아왔다. 이때부터 그는 혼자서 생활을 개척하지 않으면 안될 처지에 놓여 한 지방의 고등학교에서 교편을 잡기 시작했다. 바로 이 당시 그는 인간의 심연을 개척하는 시인 삐에르-장 쥬브(Pierre-Jean Jouve)를 알게 되며 그의 영향은 이 젊은이의 장래에 결정적인 영향을 주었다. 그를 통해서 그는 시의 엄숙성을 배웠다. 그는 아직 자기가 시인의 사명을 타고났음을 발견하지 못한 채, 몇 개월 동안 시작(詩作)을 버렸다.

이러던 중 번개 같은 어떤 계시에 의해서 1938년, 전쟁이 폭발하던 해에 그는 유명한 『무덤의 그리스도(Christ au Tombeau)』를 썼다.

계시의 시인 삐에르 엠마뉴엘

이 작품을 읽은 시인 장 쥬브의 격려와 격찬의 편지와 함께 엠마뉴엘은 스스로 시인임을 발견하고, 그의 시인 경력이 시작되게 된다.

그러나 그가 실제로 문단에 나오게 된 것은 시인 앙리 미쇼(Henri Michaux)의 추천으로 『남부수첩(Cahiers du sud)』이란 잡지를 위해 일하게 되면서부터이다. 그의 20페이지 정도의 처녀시집이 나온 것도 그 당시 일이다. 이 잡지가 '저항시인'들 활동의 본거지임을 잊어서는 안된다. 이리하여 그는 저항시인으로서 활약하기 시작했다.

전쟁은 그의 정신생활에 본질적인 역할을 했다. 그의 기독교적 신앙은 날로 굳어지고 불타오르고 있었다. 그에게 정신의 양식이 된 것은 『성서』, 위대한 신비주의자들, 성(聖) 토마스, 칼 바르트, 성(聖) 오거스틴, 루터 등이었다. 한편, 알베르 베갱(A. Béguin)의 「낭만주의적 혼과 꿈」이란 대논문, 쥬브의 시, 끌로델, 말라르메, 횔덜린, 홉킨스 같은 시인들이 젊은 시인의 정신적 여정을 준비해주었다. 확고한 자기의 세계를 발견한 그로부터 분류(奔流) 같은, 번개와 같은, 불꽃과 같은 신비에 잠긴 육체의 몸부림이 엿보이는 시가 쏟아져나왔다.

그에게 전쟁은 단순한 국가간의, 이념간의 투쟁이 아니었다. 그는 다음과 같이 쓰고 있다.

전쟁은 나에게 정신적 감성을 계시했으며, 그로부터 나는 저항시에서 시작하여 끊임없이 그 계시를 표현하고 있는 것입니다. 나는 고뇌를 말하기 위해서, 그 고뇌를 절대에까지 높이기 위해 그리고 악의 정신을 이름짓기 위해서 시를 썼던 것입니다.

결국 전쟁은 역사적으로 불행한 하나의 사건이 아니라, 악, 선, 신, 인간, 우주의 정신적 계시로서 그에게 나타났던 것이다. 시인 엠마뉴엘은 악(기독교적)을 고발하기 위해서, 그것과 싸우기 위해서 일할 것이다. 그는 전후 미국, 소련을 비롯하여 수많은 나라에 다니며 강연을 했고, 또 한때는 텔레비전 방송국에서 일한 적이 있었으나 지금은 자유를 위한 일꾼으로서 자유문화회의에서 중요한 책임을 맡고 있다.

대표적 카톨릭 시인 엠마뉴엘은 또한 대표적 자유의 시민, 자유의 투사이기도 한 것이다.

중요한 시 작품집을 들면 다음과 같다.

『무덤의 그리스도(Christ au Tombeau)』, 1938

『오르페의 무덤(Tombeau d' Orphée)』, 1941

『분노의 날(Jour de colère)』, 1942

『시인과 그의 예수(Le Poète et son Christ)』, 1942

『비가(Elégies)』, 1940

『소돔(Sodome)』, 1942

『바벨(Babel)』, 1952

오, 대지에서 발산하는 사자들의 기억이여,

땅의 고요에서 올라온 광채여,

너는 흐려가고, 발자국은 과거 속에 사라지니

조국의 황혼에 인간은 외롭다

폭군들은 역사의 마지막 봉우리에까지

강들의 맥박을 복종시키고, 억제했다

………

오, 감옥에 갇힌 형제들이여, 그대들은 자유로워라

불에 눈이 지져져도, 사지가 사슬에 묶여도,

얼굴에 구멍이 뚫리고 입술이 떨어져나가도 자유로워라
그대들은 가지를 자르면 자를수록 더욱 힘차게 무성하는
고형 받았으나 강력한 그 수인(樹人)들이다
특히 인간 나라의 수인들이다.
당신들의 참다운 인간의 시선은 끝이 없고
당신들의 침묵은 대기 속 무서운 평화리니

침묵에 목 쉰 폭군들 위에
당신들 손으로 된 고요한 본당이 있다
폭군들의 우스꽝스러운 질서 위에
구름과 광대한 하늘의 질서가 있다
극히 푸른 산맥들의 호흡이 있다
기도의 자유로운 먼 곳이 있다
굽혀지지 않는 넓은 이마가 있다
그 본질의 자유 속에 천체들이 있다
발전의 거대한 수확이 있다
폭군들 속에 피할 수 없는 고뇌가 있다
그것은 신의 무서운 자유
 -「자유의 찬가(Hymne de la Liberté)」 중에서

꽃핀 과수(果樹) 저 너머 부드러이 도시들을 담은
들판이 바다 쪽으로 뻗었다
마음은 조용한 확신으로 날을 채우고
시선은 끝없이 과수 가지들 사이에 얹혀,
대기에 영혼은 가벼워져 높은 지역 속에 보드랍게 된다

오, 알몸으로 헤엄치는 이의 어깨여,

거기서 그늘과 숲에 번쩍이는 물방울이 미끄러지는구나!

습찬 산맥들은 꿈의 손바닥을 그들의 모양대로 반죽한다

새는 날면서 나그네도 감히 제 발걸음으로 건드리지 못하는

순수한 기다림으로 하늘을 매어단다

가슴은 한없이 넓다, 그것은 침묵을 이룬다. 언덕바지 위

한 육체가 망각의 따사로운 선에 섞인다

그 동안, 꺼진 사람의 추억 같은

가냘픈 인기척이 도시에서 올라온다.

　　　－「미친 시인(Le Poète fou)」중에서

　3월 15일 12시 반, 내가 초대받은 시간이다. 앵발리드 가까운 아파트의 문 앞에서 초인종을 잡아당겼다. 대뜸 여인의 음성이 들리자 문이 열렸다. 하녀였다. 아무 말도 물어보지 않고 들어오라면서 엠마뉴엘 씨의 부인을 만나러 왔느냐 한다. 그의 부인이 중국인인 까닭에 내가 그를 찾아온 중국인인 줄 앞질러 짐작한 모양이다. 아니라고 대답하자 "점심을 함께 하기로 된 분이시군요" 하면서 응접실로 안내했다. 이때 어린 소녀가 졸졸 와서 반가이 인사를 청했다. "아빠한테 말할게요!"하면서 나를 끌고 우선 응접실의 싶숙한 의자에 앉힌다.

　문을 들어선 곳에 화려하게 차린 식당이 있고, 그곳을 건너가면 역시 책이 사방 벽에 꽉 찬 방이 하나 있다. 그곳에서 다시 바른 편으로 접어든 곳이 넓다란 응접실이었다. 하녀가 둘이나 보이는 이 집 살림이 웬만한 것이 아님을 알았지만 이처럼 넓고, 깨끗하고 잘 차려 놓은 아파트에 들어와보긴 처음이다. 하기야 별로 남의 집에 들어가 볼 기회도 없었지만.

응접실 사방에 책이 천정 밑까지 꽂혀 있고, 소파 위, 원탁 위에도 책, 잡지들이 가지런히 놓여 있다. 현대 그림과 우리나라 옛날 할아버지의 갓을 쓴 큰 유화가 벽에 걸려 있다. 대뜸 한국의 화풍을 느꼈지만 한국 작품이라곤 설마 생각할 수 없었던 나는 그 그림이 부인의 나라인 중국 것이려니 속단을 내리면서도, 중국 것치고는 우리나라 할아버지를 너무 닮았구나 생각할 뿐이었다. 나중에 알고 보니 그것은 우리나라 작품이었다. 이 집 시인이 특히 격찬하는 작품이었다.

위층 작은 서재에서 다른 방문객을 맞이하고 있는 아빠에게 내가 왔음을 알리고 온 소녀 나딸리는 다시 데굴데굴 층계를 내려와서 좀 기다리라고 하며 나하고 놀기 시작했다. 순백인치고는 약간 피부가 가무잡잡한 나딸리 양의 윤곽은 비록 어머니가 동양인이긴 하나 동양인인 데가 조금도 없다. 까만 눈이 창문같이 시원하면서 구슬처럼 반짝인다. 그 눈만 쳐다보고 있어도, 세월이 가는 줄 모르게 즐겁고 흐뭇하다. 내가 반해버린 것인가?

원탁에 있는 큰 확대경을 가지고 장난을 시작한다.

"이것봐, 이렇게 하면 저것이 막 커지는데 또 이렇게 하면 하나도 안보이지" 하고 그 확대경을 역시 그 옆에 놓인 컴퍼스의 바늘에 대고 말한다. 그리고는 깔깔대면서 소파 위에서 강아지처럼 구른다. 검정색으로 길게 늘어뜨린 머리가 확 풀려 그의 연약한 얼굴의 절반을 마치 베일처럼 덮는다.

"엄마가 곧 올거야. 오늘 맛있는 생선요릴 한대. 난 참 좋아. 이따가 우리 그것 맛있게 먹자!"

손발로 여전히 바시락거리는 나딸리는 문자 그대로 천진난만한 어린이다.

"너 몇 살이냐?"

"아홉 살. 내가 제일 꼬맹이야. 난 이제 독방을 가졌어. 참 기분이 좋지."

"오빠, 언니들 다?"

"그럼. 아빠 엄마만 빼놓고. 아빠 엄마 침실은 저거야" 하고 소녀는 응접실과 맞닿은 닫힌 문을 가리키면서 말한다.

"왜 그렇지?"

"같이 있고 싶으니깐 그렇지 뭐."

나딸리는 나에게 잡지를 가져와서 보라고 했다. 만화가 많은 어린이 것이었다. 소녀는 이것저것 설명하면서 깔깔댄다. 나는 이렇게 나딸리와 함께 있는 시간이 즐겁게 느껴졌다.

조금 후 윗계단에서 내려오는 발걸음 소리가 들리더니 내가 찾아온 시인 엠마뉴엘이 나타나 나를 안내하고 조용한 윗층 방에서 애기하자고 한다. 안락의자에 앉아 답변할 자세를 단단히 갖췄다.

"당신은 전쟁 속에서 자란 시인이라고 알고 있는데요. 그리고 직접 '저항운동'에 참여했으며, 전쟁의 체험을 시로 표현하지 않았어요? 그런 체험을 통해서 얻은 당신의 생각 즉 시인의 윤리적 책임과 자유라는 문제를 중심으로 이야기를 듣고 싶습니다."

미리를 두 손에 얹고 듣고 있던 그는 큰 숨을 쉬면서 한참 생각하던 끝에 입을 열었다.

"대단히 설명하기가 힘든데…"

"그러면 전쟁은 당신에게 직접적인 체험이었는지 혹은 하나의 무슨 계시라는 의미를 가질 뿐인지요?"

그는 이때부터 질문을 정리해볼 겨를도 없이 말문을 열기 시작했다. 나는 그가 내준 백지 위에 그의 말을 메모해나갈 뿐이었다.

"첫째 그것은 직접적인 체험이었어요. 저는 전쟁을 통해서 인간 고통을, 광증을 알았습니다. 그러나 그것은 그것 이상의 것을 내게 계시해줬지요. 우선 제가 자란 풍토부터 얘기해야겠습니다.

저의 청춘이, 저의 세대가 성장한 풍토는 의미 깊은 것이었습니다. 제 세대(4, 50대)는 오늘의 역사와 긴밀히 관련되어 있어요. 그 역사는 스페인 전쟁과 함께 시작된 것으로, 그 전쟁은 전체주의적 서사시의 한 지평선을 열었던 것입니다. 그 전쟁의 역사적 이미지는 극단적인 것으로서, 극히 마니교(3세기에 나타난 종파로서 우주의 원리를 선악에 있는 것으로 보고, 이것의 싸움으로 봄)적인 것이었습니다.

다. 일종의 극단적 역사의 한 신화였다고 봅니다. 두 개의 극단적인 태도(결국 두 개 다 전체주의적)가 응결되어 있었던 것입니다.

그 관계는 대단히 복잡한 것으로서, 나는 전통적인 감정적 좌파나, 역시 그에 못지 않게-아니 보수파라고 합시다-서로 얽혀 있음을 발견했습니다. 극단적인 면에서는 다 같았던 것이지요. 이러한 것을 깨달은 덕택에 나는 그러한 극단적 대립에서 벗어날 수 있었습니다. 극단화되지 않을 수 있었던 것이지요.

이리하여 나는 전쟁을 통해서 하나의 암묵적인 시련을 받았고, 그 속에서 많은 사람들과 마찬가지로, 지금까지 명백한 진리라고 인정받았던 많은 것을 재검토하지 않으면 안되었지요. 기존의 많은 가치가 흔들렸던 것입니다.

그런 중에 나는 인간이 절대적인 가치라는 것을 알았습니다. 내가 말하는 인간은 한 사람 한 사람 특수성을 지닌 가치입니다. 이러한 생각은 나로 하여금 어떠한 종류의 전체주의와 분리해놓은 것이지요.

유럽에서 반유태인 운동은 나를 모욕했습니다. 내가 주저하지 않고 이러한 운동에 반기를 든 것도 바로 한 개성으로서 인간의 존엄성을 믿었기 때문이지요.

아까 나는 전쟁에서 마니교적인 성격을 발견했다고 했습니다. 나치가 나타난 현상은 히틀러나 그의 추종자가 악인이라는 것만을 의미하는 것은 아닙니다. 그것은 우리 인간들 내부에서 일어나는, 우리 누구나가 내포하고 악의 한 표면화에 불과했던 것이지요. 이런 의미에서 전쟁의 경험은 직접적인 차원을 넘었던 것입니다. 나는 인간 자신 속에 있는 파괴적 요소, 악을 발견했습니다. 물론 그와 동시에 선도 발견했지요. 전쟁으로 나타난 악은 이런 의미에서 암흑이었던 동시에 광명이었습니다.

정신과 역사의 개화는 흔히 사기범인 것입니다. 내가 전후 1947년 모스크바에 강연을 가서 느낀 것입니다. 소련의 좌익 전체주의는 내가 믿고 있던 진리를 주장했지만, 그 주의가 착오였음을 안 다음, 하나의 위선으로 보았습니다. 그러나 이러한 위선은 외부에 있는 것이 아니라, 남에게 있는 것이 아니라, 우리들의 위선, 우리들 자신 속에 있는 것입니다."

"시인으로서 성실과 시민으로서의 의무 가운데서 선택을 상요당할 때는 어떻게 되겠습니까?"

"정치는 단지 상대적인 목적에 속하는 분야입니다. 그런데 나는 절대적 목적에 끌려 있습니다. 영적 본질과 내 정신적 희구의 동일성을 발견하려 합니다. 실상 나도 내가 진짜 무엇인지 모릅니다. 우리는 참된 그것을 찾을 뿐이지요. 남에게 충실하기보다 자기를 속이지 않는 일이 더 어려운 것입니다. 극단적인 선택에 있어선 아무도 기준을 세우지는 못합니다. 그것은 개인의 엄숙한 결정에 달려 있을 뿐이지요.

그러나 자기에게 충실하면서도 시인은 시민으로서의 의무를 수행할 수 있습니다. 나보고 신문, 잡지에 잡문을 더러 쓴다고 비난하는 사람이 있지만, 자기가 옳다고 생각하는 것을 얘기하는 것은 오히려 올바른 태도입니다."

"장래 세계의 전망은?"

"인간 상호간의 이해가 있을 것으로 믿습니다. 동양을 수동적이라고 하고 서양을 능동적이라 말들 합니다. 동양의 수동성은 하나의 지혜로서 지속성을 유지하는 정신이라고 알고 있습니다. 그에 반해서 서양은 언제나 절단 상태에 있습니다. 전자는 평온(sérénité)에서 출발하여 본질에 들어가려고 하며, 후자는 절단 상태에서 그 평온을 지향하는 것입니다. 결국 목적은 같다고 믿습니다. 나는 이 두 개의 정신적 태도가 언제고 서로 참여할 수 있으리라 믿지요."

"역사에 대한, 우주에 대한 비전은 어떤 것입니까?"

"모든 것의 영적인 지향과 영화(靈化)에 있다고 믿습니다."

"그렇다면 떼이야르 드 샤르댕의 우주관과 같지 않아요?"

"그렇지는 않습니다. 그의 비전은 너무나 낙관적입니다. 그러나 나는 어디까지나 악마의 존재를 믿으니까요. 언제나 투쟁이 있고, 위험이 있어요. 영어로 'Man is challenging for himself'라는 말이 있지요. 악마는 우리 자신들 내부에 있습니다. 그것은 파괴적인 힘입니다."

이때 이미 식사 시간이 훨씬 지나고 있었다. 나는 다급해졌다.

"묻고 싶은 문제가 많은데요" 하면서도 나는 그와 함께 식당으로 내려갔다.

"소련의 젊은 시인들과 만났으니 그곳의 현대시에 대해서."

"전문가가 아닌데 어떻게 얘기할 수 있어요. 다음에 좀더 구체적

으로 여러 가지 얘기합시다" 하고 질문을 피한다. 시간이 없기 때문
이다.

식탁에는 그의 아내와 나딸리 양과 또한 시인의 오랜 친구라는
불어 선생인 뽈 양이 손님으로 끼여 있었다. 나는 참으로 가족적 기
분으로 이것저것 즐겁고 흥미로운 얘기를 주고받으며 유쾌한 시간
을 보냈다.

시인 엠마뉴엘은 언제나 소박하고, 그의 모든 몸가짐이 자연스러
워 보였다. 얼마 후 어여쁜 나딸리만을 남기고 밖에 나와 우리는 서
로 헤어졌다. 나는 뽈 양의 호의로 그의 멋진 스포츠카에 얹혀 집으
로 돌아왔다.

의혹의 눈
-대표적 여류 작가 나딸리 싸로뜨(*Nathalie Sarraute*)를 찾아서

하녀로 추측되는 중년 여인의 안내로 나는 객실에 들어갔다. 넓
다란 이 방은 객실이라기보다 서재에 가까운 것 같다. 양쪽 벽 서가
에 아무렇게나 꽂힌 책들에 우선 눈이 쏠린다. 그리고 눈앞에 쎄느
강을 마주볼 수 있게 넓다란 책상이 놓여 있다. 또 한쪽 구석에 침
대 하나와 소파 그리고 안락의자가 원탁 테이블을 가운데 두고 되
는 대로 놓여 있다. 책상 위와 원탁 위에는 담배 꽁초가 수북한 재
떨이가 보인다. 쎄느강 중에서도 이에나(Iéna) 광장의 이 아파트는
빠리에서 제일 가는 부촌으로 알려진 16구(區)의 이름에 손색이 없
다. 나는 빈 방에 혼자 앉아서 창문 밖으로 조용한 쎄느강을 내려다
보면서 작가 나딸리 싸로뜨 여사가 서민 출신이 아니고 오랫동안
변호사란 직업을 가졌음을 상기한다.

담배를 필까 말까하고 라이터를 조물락거리고 있으려니까 문이
열린다. 키는 중키요 이곳 다른 할머니들에 비해서 마른 편인 여류
작가 싸로뜨는 단발머리에 전혀 화장도 하지 않았다. 나는 자리에
일어서서 그녀 앞으로 가까이 간다.

"이렇게 찾아뵙게 돼서 반갑습니다."

하고 나는 겨우 더듬거리지 않고 말을 꺼냈다.

"죄송합니다. 답장을 너무 늦게 해드려서. 그만 당신의 주소를 잃어버렸어요. 그러다가 몇 달 지난 엊그제 우연히 정말 기적적으로 그것이 나타났어요. 미안합니다."

여사의 목소리는 차근차근하면서도 극히 조용하다. 아무런 수식도 과장도 없다. 의자를 가리키면서 나를 그곳에 앉히고 자기는 침대에 걸터앉는 몸가짐에서 나는 이곳 빠리 여성들의 그 유명한 예의나 애교, 약간 어색한 미소조차 찾아볼 수 없었다. 겨울 오후의 햇살에 비친 그의 얼굴에는 다소 피로한 기색조차 보인다. 연령 때문일까? 창작의 노고에서 오는 것일까?

나딸리 싸로뜨 여사는 1902년 소련에서 탄생했다. 그러나 실제적인 모국은 프랑스이다. 왜냐하면 두 살 때 아버지를 따라 빠리에 온 여사가 제일 먼저 배운 언어는 불어니 말이다. 빠리에서 유치원을 비롯하여 초등학교, 고등학교를 나오고, 역시 빠리의 법과대학을 나온 후 영국 옥스포드 대학에서 1년을 수학하고 1939년까지 변호사 생활을 했다. 이러한 경력은 그녀가 당당한 부르주아 계급에 속함을 말해준다.

여사의 처녀작품은 변호사의 직업을 그만두기 1년 전인 1938년에 발표한 『굴동성(屈動性 : Tropismes)』이다. 이 작품은 그의 명성을 대뜸 보장하지는 못했다. 1949년 싸르트르가 서문에서 앙띠로망이라고 이름 붙인 『어느 미지인의 초상(Portrait d' un inconnu)』이 57~8년 경에 등장하여 로브-그리예, 뷔또르 등을 비롯한 소위 앙띠로망이란 새로운 대담한 경향의 작가들과 함께 문학계의 주목을 끌게 되고, 논의되기 시작했다. 싸로뜨 여사는 다시 1953년에 『마르뜨로(Martereau)』라는 소설, 1956년에는 평론집 『의혹의 시대(L' Ère du

Soupçon)』를 발표했다. 1959년에 『유성장식(流星裝飾 ; Le Planétarium)』을 내놓았다. 20여 년 동안의 작품이 전부해서 5권밖에 되지 않으니 극히 과작(寡作)하는 작가라고 할 수밖에 없다. 그러나 이 몇 권밖에 되지 않는 작품으로 수백 명 되는 몇십 권의 작품을 생산한 작가들을 무시하고 로브-그리예와 함께 오늘의 프랑스 문학 아니 세계문학의 크나큰 페이지를 차지하게 된 것이다. 모든 것은 양이 아니라 질이다. 특히 예술에 있어서, 문학에 있어서 그러하다.

『굴동성』은 한 수족관 속을 묘사한 작품이다. 고기들이 서로 얽혀 돌고, 앞으로 가곤 한다. 고기들의 운동생태와 함께 그 생김생김의 상세한 묘사, 물의 정확한 묘사들이 작품의 전부이다. 요컨대 '굴동성'이다. 생물학적 용어인 이 말의 뜻은 '외부의 자극을 받을 때의 오르가즘의 변화'를 의미한다. 작가 싸로뜨 여사의 흥미는 바로 눈에 띄지 않는 세부의 움직임에 집중되어 있다.

이 작품에서 작가는 수족관의 고기들을 묘사했지만 실상 우리들이 살고 있는 세계도 마찬가지가 아닌가? 우리는 정돈된 것을 좋아하고, 심리, 철학, 분석적 기능으로 무장하여 우리들의 많은 인간적 문제 속에서 헤엄치고 있다. 지식을 가진 인간은 자신이 살고 있는 세계를 자신들의 이미지대로 날조해서 바라본다. 말하자면 우리들은 어떤 '틀'을 수없이 제작하고 있다.

그러나 우리의 세계나 인간의 심리, 삶이 그러한 '틀' 속에 들어맞을 수 있을까? 어떤 타입, 어떤 성격이 있는 소설을 만든다면 그 소설은 참다운 인간의 진실을 그려냈다고 할 수 있는가? 인간의 참된 진실은 우리들이 갖고 있는 칸트적 인식 범주로는 알아볼 수 없다고 싸로뜨 여사는 확신한다. 작가로서 그의 관심은 오직 이 '굴동성'의 현미경적인 관찰에 국한되어 있다. 그녀는 그와 같이 해서 발

견한 새로운 진리, 새로운 지식을 우리들에게 보여줄 뿐이다. 그의
섬세한 관찰력은 마치 예민한 기둥시계의 궤종처럼 심리의 지하에
숨은 작은 무의식의 변화를 꼬집어내고야 만다. 따라서 그녀에게는
작품의 이야기가 전혀 문제되지 않는다. 이야기가 없다.

　우리는 이러한 작품의 경향을 이미 조이스, 울프 그리고 프루스
트에서 보았다. 그러나 이 여류 작가는 위의 작가들보다 더욱 철저
히 심리의 하층으로 내려간다. 『굴동성』에 이야기가 없듯이 『어느

미지인의 초상』에도 이야기란 없다. 구태여 그것을 찾으면, 연로한 아버지가 딸과의 대화에서 철든 결혼을 권유하는 줄거리뿐이다. 이 시시한 이야기를 통해서 작가는 그들의 대화 속에 숨은 생각, 표면화되지 않은 심리적 동기, 그 움직임을 잡으려 한다. 작가는 '미소(微少)한 인간 드라마의 먼지들'을 우리에게 보이려 한다. 이리하여 작가는 차츰 더 인간의 어두운, 그늘진 지역을 탐색한다.『유성장식』도 마찬가지다. 천정에 유성장식을 하는 어느 여성의 의식의 흐름이 작품의 주제가 되어 있으니 말이다. 이러한 작품들이 모럴을 가져올 리도 없다. 오히려 기성의 고정된 제 관념을 의심하고 부정하는 데 그 의미가 있다. 오직 꾸준한 진리에 대한 반성과 그것의 탐색이 있을 뿐이다. 여사의 평론집의 제목『의혹의 시대』가 웅변으로 그것을 증명해주지 않을까? 독자들이 이 작가의 문학관을 이해하는 데 도움이 되기 위하여 그의 평론 가운데서 몇 구절을 소개해 보자.

윤리적 명제에 관심을 쏟는 나머지, 문학에 있어서, 태만하고 보수적이고 현실에 대해선 거의 진실하지도 않으며, 거의 충실하지도 않은 태도를 이룩하는 죄, 윤리적인 입장에 봉착하고야 만다.

독자들은 날조되고 조작된 현실과 초라하고 무의미한 외면을 작품 속에서 보고 잠시 동안 흥분하고 기대를 갖지만 그러한 순간이 식고 나면 그들이 헤치고 가야 할 인생도 곤란도 발견하지 못하며, 그들이 마주하고 있는 참된 갈등도 찾지 못한다. 그리하여 그들은 작품 속에서 불만과 불신을 깨닫고 문학 속에서 만족감을 찾으려는 그들의 노력은 실망을 맛보게 된다. 문학만이 독자들에게 줄 수 있는 본질적인 그 만족감이란, 다름이 아니라 그들의 모습, 그들의 조건, 그들의 인생에 대한 더욱 깊고, 더욱 복잡하고, 더욱 냉철하고, 더욱 올바른 지식인 것이

다. 문학이 그들에게 주는 이러한 지식은 독자 자신들이 그들 자신의
힘을 얻을 수 있는 지식보다 더 깊고 명석하고 올바른 것이다. (…)
　강요되고 관습적이며 이미 사멸된 모든 것에서 빠져나와 자유롭고
진실하고 생명에 가득 찬 것을 향하여 몸을 돌리려고 애쓰는 작품들
은 필연적으로 조만간에 해방과 진보의 누룩이 될 것이다.

여기서 잠시 프루스트의 『잃어버린 시간을 찾아서』의 마지막 권
인 『되찾은 시간』 속의 구절을 회상해서 작가 싸로뜨 여사의 전통
을 밝혀보자.

　참다운 예술의 위대성은, 노르프와가 불렀던 향락가의 유희와는 반
대로, 다음과 같은 현실을 다시 발견하고 다시 포착해서 우리로 하여
금 그것을 알게 하는 데 있다. 그런데 우리는 그 현실에서 멀리 떨어
져 살고 있으며, 우리가 그 현실에 대치하는 관습적 지식이 더욱 짙어
지고 그것에 침투할 수 없게 됨에 따라 우리는 그 현실과 더욱 더 멀
어져간다. 우리는 자칫하면 그 현실을 영원히 알지 못하고 죽게 될 위
험성이 많은데, 그 현실이야말로 지극히 단순히 말해서 우리들의 인생
인 것이다. 참된 인생, 마침내 발견되고 밝혀진 인생 따라서 정말 살아
있는 유일한 인생, 그것은 문학이다.
　모든 사람은 예술가와 마찬가지로 어떤 의미에서 매순간 그 인생을
갖고 있다. 그러나 모든 사람들은 그 인생을 보지 못한다. 왜냐하면 그
들은 그것을 찾지 않기 때문이다.

우리는 여기서 싸로뜨 여사와 프루스트의 문학관이 얼마나 가까
운 것인지를 알게 된다.
　"많은 평론가들이나 또 일반인들이 당신의 작품을 앙띠로망에 분

류하는데요. 어떻게 생각하세요? 만족하신가요?"

나는 인터뷰를 시작한다.

"전통적인 수법으로 계속해서 소설을 쓸 수 없다고 제일 먼저 말한 것은 실상 나였지요. 당연합니다."

말솜씨나 몸가짐의 작은 동작 하나하나가 모두 점잖은 품이다. 끝없이 침착한 여사는 믿음직한 어머니와 같은 안도감을 준다.

"하지만 가령, 로브-그리예와 당신의 작품세계는 상당히 다르다고 생각하는데요. 세부적인 것에 대한 미시적 주의력은 같겠지만, 로브-그리예가 외부 표면에만 그 관심을 집중하는 데 반해서 당신의 세계는 내부로, 오직 심리적인 지층으로 내려가고 있는 것 같습니다. 그렇지 않아요?"

"그렇지요. 그러나 이런 점에선 정반대지요. 외부와 내부의 차이지요. 그러나 주의를 기울이는 태도에 대해선 마찬가집니다. 대상과 그것을 보는 작가의 태도는 같지만 그것을 보는 각도가 다르다고 할까요."

"당신은 평론집 속에서 문학의 즐거움은 새로운 것, 즉 다른 어떤 것으로도 표현해주지 못하는 새로운 지식을 발견하는 데 있다고 했는데?"

"그렇습니다. 만일 카프카와 그의 작품이 없었더라면 우리는 그러한 세계를 몰랐을 것입니다. 따라서 발견과 창조는 별다른 게 아니죠."

"로브-그리예의 작품에서 놀라운 아름다움을 느낄 수 있는 것 같은데?"

"조형적 미랄까, 아름답습니다. 그러나 작가는 아름다움을 찾는 것이 아니라 참된 것을 찾아야지요. 아름다움은 어디까지나 부산물로 그쳐야 하는 것이에요."

"하지만 제 개인의 경험으로 보아도 작품을 읽을 때 감동을 찾기 위해서 읽을 때가 있습니다. 특히 소년 때 말예요. 어떤 작품을 읽으면서 가슴이 뛰곤 하지 않아요? 가령 싸르트르의 작품만 해도 약간 그런 점이 있었지만…. 그러나 앙띠로망의 작품에선 전혀 그런 것이 없지 않습니까?"

"물론 그런 작품이 가치가 없다는 것은 아닙니다. 그러나 자꾸 그런 것만 되풀이할 수 없어요. 그런 것을 백 번 써봤댔자 밤낮 모방에 지나지 않아요. 예술가는 새로운 것을 개척해야 합니다. 새로운 현실과 진리를 보여주어야 해요."

이때 여사는 자리에서 일어서서 좋은 백포도주를 마시지 않겠느냐 한다. 술을 거절하자 토마토 주스는 어떠냐고 다시 의사를 타진한 다음, 침실에서 일어서서 책상가로 가더니 잔 두 개를 들고 자기는 술을 내게는 주스를 권한다. 나는 염치없이 꿀꺽 한 잔 마신 다음 다시 말을 이었다.

"작품의 가치를 역사적인 입장에서만 평가하시나요?"

"그렇진 않지요. 훌륭한 고전들은 지금도 여전히 새로운 진리를 보여준답니다. 다만 그런 작품과 같은 것을 같은 식으로 쓰다가는 언제까지 모방이란 말이지요. 그런 모방한 작품은 전혀 무의미합니다."

"작품을 쓸 때의 동기랄까? 출발점이랄까, 인스피레이션이랄까, 그런 것은?"

"기분이 좋으면 노래하고 싶듯이 남이 모른다고 생각한 것, 내가 처음으로 봤다, 알았다고 생각한 것이 있으면 그것을 자연히 쓰고 싶어지죠. 거의 생리적인 것이라고 생각합니다. 이름을 내기 위해서 쓴다는 생각은 손톱만큼도 없어요."

"당신과 같은 소위 앙띠로망의 작품은 테마가 한정될 것 같은데요. 그리고 어째서 하필이면 A라는 테마 대신에 B라는 테마를 택해야 하는지 그 이유가 성립되지 않아요. 얘기가 없으니 말입니다. 가령 지금 내가 이렇게 손짓을 하고, 얼굴을 찡그리는 것 가지고도 얼마든지 긴 소설을 쓸 수 있지 않겠어요?"

"그렇지만, 내가 작품을 쓸 땐 내가 가장 잘 아는 것, 명확히 느낀 것을 택하게 될 뿐입니다."

"조이스, 울프, 프루스트, 카프카의 영향을 받았나요?"

"카프카는 아닙니다. 전쟁 후에야 비로소 그의 작품을 읽었으니까요."

"참 언젠가 어느 신문에서 당신이 소련에 다녀와서 쓴 인상기를 읽었는데, 그것에 대해서 좀?"

"한 가지 놀란 것은 혁명 전까지는 문맹률이 80퍼센트였는데 지금은 하나도 없다시피 하니… 그것만은… 역시 해놓은 건 많아요. 참 지금 싸르트르가 그곳에 여행갔어요. 그 사람 퍽 그 나라에 대해 흥미를 갖고 있습니다."

"여사께서는 정치에 관심이 많으세요?"

"흥미있어요. 당연하지요. 특히 신흥국가들에 대해서."

"정치와 문학의 관계는?"

"그것은 영 다른 것입니다. 문학은 참여할 수가 없어요. 그렇기 때문에 스딸린 시대의 소련문학이 별 수 없는 것이지요. 요즈음은 좀 나아지는 기색이 들지만."

"문제는 신흥국가, 특히 가난한 후진국가에선 예술가의 고민이 크다고 보는데요."

"잘 알아요. 중국 같은 곳을 상상할 수 있지요. 이럴 때 예술가는 50년이고 100년이고 예술을 위해선 기다려야지요. 당장은 계몽하고."

"현대 문명에 낙관적이세요 혹은 그 반대인가요?"

"글쎄요. 두고 봐야 알지요. 그러나 어쨌든 물질문명이 우리의 생활을 무한히 편리하게 해준 것은 사실 아니겠어요?"

하고 그녀는 반문 비슷하게 던진다. 그의 약간 창백한 두 손은 여전히 두 무릎 위에 가만히 놓여 있었다.

"원래가 소련 태생이시지요? 물론 실질적으로 완전한 프랑스인이지만 인간인 만큼 모국에 대한 향수 같은 것이 있을 텐데요. 미국에 있는 중국인들은 5대, 6대까지 내려오면서 중국어를 쓰고, 죽으면 시체를 본국으로 보냅니다. 사람의 감정이란 묘하지요. 소련 말 하세요?"

"예. 내 어머니는 더구나 모스크바에 남으셨다가 거기서 돌아가셨으니 더욱 노스탤지어를 느낍니다. 우리 부모님은 이혼해서 난 아버지를 따라 빠리에 왔지요."

"무얼 믿으시는 것 있으세요?"

"없습니다, 불행하게도. 당신은?"

"저도 없어요. 애써 찾지만 재수가 있어야지요. 가끔 허전하시지 않으세요? 가령 문학작품을 쓰다가도 '이것이 무슨 뜻이 있나?' 하고 스스로 묻게 되지 않으세요?"

"그런 때가 있지만, 그러나 지금 사는 인생을 살기도 벅차요. 얼마는지 좋고, 나쁘고 한 게 있으니까. 우리가 눈으로 보고, 귀도 듣고 하는 이 지상에도…."

"너무 폐가 많아서!"

"외국에서 쓸쓸하실 텐데 그럴 때면 더러 전화하고 놀러 오세요"
하고 여사는 마치 어머니같이 말한다.

여류작가 싸로뜨 여사가 자기 저서를 하나 꺼내 나를 위해 사인을 하는 동안 나는 자녀가 있느냐고 물었다. 집안이 빈 절간같이 조용하기 때문이었다. 딸만 셋이라서 좀 섭섭하다 한다. 큰딸은 연극

비평가로서 『르 몽드』지에 평을 쓰고 두 딸도 각각 직업을 갖고 있다 한다. 나는 집을 나오기 전 한마디 더 묻는다.

"상당히 과작이신데 다음 소설은?

"최근에 원고를 넘겼습니다. 『황금의 열매』라는 제목의 작품인데 여기엔 사람의 그림자도 나오지 않고 오직 의식의 반사만을 그린 것입니다. 나오는 대로 한 권 보낼게요."

나는 모처럼 이 여사 앞에서 어딘지 모르게 따뜻한 것을 느끼며 그녀와 헤어졌다. 답장을 쉽게 받지 못했던 나는 그녀가 자부심이 많고, 거만해보이기까지 한 것으로만 상상했기 때문에 아마 더욱 그러한 정을 느꼈을는지도 모른다. 이 객실의 인간의 온도에 마침 기우는 석양의 일광이 장단을 맞추는 것 같았다.

4

기행

황색의 땅, 불멸의 혼 - 스페인 기행

동화의 세계, 신비로운 달

그림엽서와 같이 깨끗하고 곱다는 스위스를 많은 사람들이 동경하고 또 보고자 한다. 그러나 나는 그림과 같은 나라는 그림엽서로서도 충분히 만족할 수 있을 것 같아 가까운 곳에 머물고 있으면서도 굳이 가고 싶은 생각이 통 나질 않는다. 그 대신 내가 보고 싶은 나라는 이탈리아, 스페인, 이스라엘 그리고 아프리카 같은 나라들이다.

봄과 초여름에 걸쳐 빠리에서 상연된 스페인 작가들의 몇몇 극을 본 다음부터는 스페인에 대한 나의 관심은 더욱 커졌다. 그 작품들은 발레 잉크란(Valle Inclan)의 두 작품과 또 하나는 나를 열광적으로 매혹시키고 만 로르까(Lorca)의 『피 묻은 결혼식(Noces de Sang)』이다. 이 시인의 작품 하나만으로도 스페인은 나에게 충분히 동경의 대상이 된다고 믿는다. 그러나 동경은 그것이 이루어지지 않을수록 더욱 강하고, 안타깝게 만든다.

이런 안타까움 속에 있던 나에게 뜻밖의 기회가 생겼다. 모로코에서 열리는 '제 문화의 대면'을 테마로 한 어느 국제적 모임에 초청받게 되었던 것이다. 나는 스페인과 아프리카의 한 나라를 볼 수 있게 된 것이다. 솔직히 말해서 그 모임 자체에는 거의 관심이 없었다. 오직 가보고 싶던 곳에 발을 디뎌볼 수 있고, 은근히 애태우던 호기심을 채울 수 있으리라는 생각으로 가득 차 있었다.

8월 2일 지독히 만원인 밤열차를 타고 스페인의 국경에서 100여 km밖에 떨어지지 않은 남부 프랑스의 소도시에 사는 친구의 집에 닿은 것은 다음날 아침이었다. 친구 어머니가 정성껏 차려준 점심을 먹고, 그 친구 내외와 또 한 친구를 합해 네 명이 그곳에서부터 자동차로 7,500km의 긴 여정에 나섰다.

지중해에 접한 피레네 산맥의 스페인 국경에 닿은 것은 밤 10시였는데 꼬부라진 으슥하고 험한 국경도로에는 10여 km에 걸쳐서 자동차들이 세관 통과를 기다리고 있었다. 3시간 반이 지난 다음날 새벽 한 시 반이 돼서야 겨우 우리 차례가 되어 나는 처음으로 스페인 땅에 들어왔다.

옛날 일본 군인들과 같은 복장을 한 스페인 경관들과 군인들이 세관에서 어슬렁거리는 모습과 낯선 스페인어 간판들이 스타일이 다른 건물들 사이에서 눈에 띈다. 그러나 한밤중이라 무엇 하나 구별이 잘 안된다. 국경에서 10km 가량 떨어진 마을에 들어오니 골목골목 물단지 같은 것을 비롯한 여러 가지 기념품을 진열한 상품들이 보이고, 호텔과 까페에서는 사람들이 그때까지도 왁자지껄한다. 'r'자 발음이 유난히 귀에 거슬리는 스페인 말이 수다스러워 보이는 스페인 사람들의 입에서 떼굴떼굴 굴러나온다. 그리고 국경을 넘어서자 더욱 더운 것 같고, 도로가에는 대나무만큼 큰 갈대들이 우거져 있다. 벌써부터 잔디와 같이 포근한 프랑스의 땅과는 달리 어딘가 헐벗고, 억센 느낌이 든다. 우리가 처음 다다른 마을의 호텔은 모두 만원인데다 더이상 자동차를 달리기에는 너무나 지친 우리들은, 손짓, 발짓, 눈치로 어느 스페인 사람이 가르쳐주는 대로 국도에서 처진 시골길을 한 4km 더듬거렸다. 여름철의 높은 하늘에는 유난히 달빛이 밝다. 그 달빛이 우거진 갈대밭에 엎혀 있는 것도 같다. '이것이 바로 그 달이구나' 하고 나는 즉각적으로 빠리의 무대에서 보던 시인 로르까의 달을 회상했다. 이따금 모두가 흰빛으로 된 가옥들 한두 채가 달빛 아래 환영처럼 보인다.

잠자는 스페인 땅을 우리는 첫날 이렇게 더듬거렸다. 겨우 몇몇 가옥이 붙어 있는 마을에서 호텔을 발견했지만 달빛만을 빼놓고는 모두가 잠들어 있었다. 벨을 누르고, 문을 흔들어도 아무 기척이 없다. 마치 우리가 어느 동화 속에 나오는 세계를 더듬고 있는 기분이었다. 벌써부터 나는 스페인에서 일종의 신비스러운 힘에 끌려들어가고 있었는지도 모른다. 주인을 부르다 못해 지쳐 정처없이 다시 자동차를 돌리려 하자 2층에서 문이 열리더니 주인이 안내를 해, 우리는 호텔 방에 각각 자리잡았다. 이미 2시 반이 넘었다.

자연을 버티고 선 광대한 풍경

선잠을 깬 아침식사를 하고 다시 길을 나선다. 호텔 값, 식사 값이 프랑스보다 싸다. 담배 값도 그렇다. 나는 이제부터 마음껏 담배를 피울 수 있어 좋았다. 뜨겁고 티없는 햇빛 아래 스페인은 그 자체를 가리지 않고 드러내 보인다. 더위와 우거진 올리브 나무들 그리고 흰 벽의 지붕과 판판한 가옥들의 스타일이 개성을 보일 뿐 도로는 어디를 달려도 프랑스 못지않게 잘 다듬어졌다. 오직 그 넓은 들과 고원과 산에 녹음이 짙지 않은 것이 스페인다운 억센 생활을

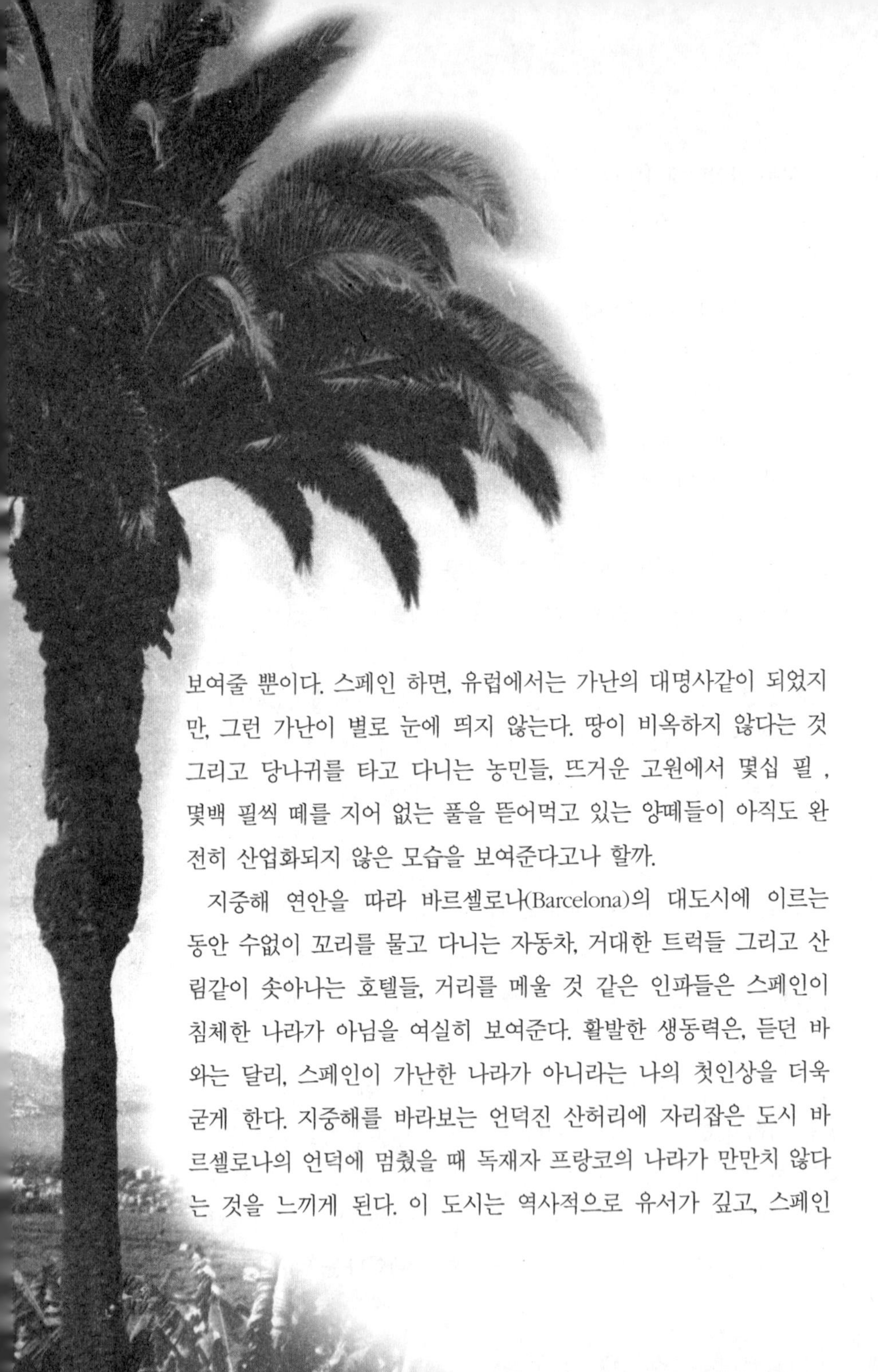

보여줄 뿐이다. 스페인 하면, 유럽에서는 가난의 대명사같이 되었지만, 그런 가난이 별로 눈에 띄지 않는다. 땅이 비옥하지 않다는 것 그리고 당나귀를 타고 다니는 농민들, 뜨거운 고원에서 몇십 필 , 몇백 필씩 떼를 지어 없는 풀을 뜯어먹고 있는 양떼들이 아직도 완전히 산업화되지 않은 모습을 보여준다고나 할까.

지중해 연안을 따라 바르셀로나(Barcelona)의 대도시에 이르는 동안 수없이 꼬리를 물고 다니는 자동차, 거대한 트럭들 그리고 산림같이 솟아나는 호텔들, 거리를 메울 것 같은 인파들은 스페인이 침체한 나라가 아님을 여실히 보여준다. 활발한 생동력은, 듣던 바와는 달리, 스페인이 가난한 나라가 아니라는 나의 첫인상을 더욱 굳게 한다. 지중해를 바라보는 언덕진 산허리에 자리잡은 도시 바르셀로나의 언덕에 멈췄을 때 독재자 프랑코의 나라가 만만치 않다는 것을 느끼게 된다. 이 도시는 역사적으로 유서가 깊고, 스페인 전쟁 때 공화군의 봉기가 있었고 많은 학살이 있었던 곳이다. 그리고 이 도시를 중심으로 한 지방은 스페인에서도 부유한 곳에 속한다 하지만, 도시 주변은 물론 어디를 가도 우후죽순처럼 솟아나는 건설 현장은 스페인이 활발히 성장하고 있음을 느끼게 한다.

바르셀로나에서 우리는 내륙으로 접어들어 수도 마드리드로 향했다. 수백 킬로미터의 거리를 두고 거의 사막에 가까운 고원의 연속이다. 도중에는 자라고자(Zaragoza), 레리다(Lerida), 구아달라하라(Guadalajara) 같은 큰 도시가 없는 것도 아니지만 전체적으로 한없이 뻗은 헐벗은 평원의 연속이다. 산림이라고 해야 겨우 작은 잡목들이 엉성할 뿐. 그러나 놀라운 것은 여름철이면 메마르고 뜨거운 땅인데도 거의 사람의 손이 가 있다. 스페인 전체를 덮은 듯한 올리브 나무들이 높은 고원 아니 수천 미터의 산정에도 있고, 그렇지 않은 땅엔 과수나무들 혹은 보통의 수목이 자라고 있었다. 경탄하지 않을 수 없었다. 일하고 있는 스페인, 어려운 자연의 조건과 싸워 이겨나가고 건설하는 스페인이다. 길가 양편 사람들이 그림자도 보이지 않는 무한하게 뻗은 포도밭엔 무르익은 포도알들이 수확을 기다리고 있었다. 이따금 한두어 채 석회석 농가들 주변에선 당나귀나 말들이 오락가락하며, 트렉터 등이 눈에 띄고, 밀을 거두어 그것을 타작하는 모습이 보인다. 광대하다는 것, 그것이 또한 스페인의 특색인 것만 같다. 비좁고, 궁색해 보이지는 않는다.

수백 킬로미터를 어디로나 아무리 달려도 먼지 하나 없이 정돈된 도로 위에는 끝없이 꼬리를 물고 밤낮으로 자동차와 트럭들이 달린다. 황토같이 억센 평원을 가로질러 서 있는 그 땅을 닮은 충충한 석회석의 도시들이 뜨거운 태양과 억센 자연에서 버티고 서 있다. 외관은 아담하지도 않고 깨끗해 보이지도 않는 도시지만 막상 들어가면 어떤 현대 도시 못지않게 호화롭고 윤택해 보이며, 어떤 도시에 가도 건설하는 모습이 수없이 나그네의 시선을 끈다. 이곳에서 또한 눈에 띄는 것은 전투복을 입은 군인들이다. 도시 가까이 흔히 있는 병사(兵舍) 정문에는 한결같이 '모든 것을 조국에' 라는 글자가 붙어 있다.

흙색 먼지에 고달픈 마드리드

5일 자정이 지나 마드리드에 닿았다. 넓은 국도로 들어가면서부터 느낀 마드리드는 네온에 덮인 평원이란 인상이었다.

미리 연락이 있었던 동반자들의 스페인 친구집을 우선 찾았다. 프랑스에서 학교를 나온 프란시스코라는 이 엔지니어는 보통 스페인 사람처럼 명랑했다. 결혼한 지 얼마 안되는 그는 어려보이는 아내와 더불어 우리를 맞아준다. 도심 지대에서 약간 처진 새로 지은 아파트에 사는 그는 우리를 극진히 접대한다. 간단한 식사와 맥주, 코카콜라 등을 내놓는다. 옆방에서 잠자던 그의 노부모도 함께 나와서 배가 고플 터이니 음식을 많이 먹으라고 손짓 발짓으로 권한다. 스페인 사람들은 퍽 친절하고 정다워 보인다. 귀여운 며느리는 맥주를 따르면서 늙은 시어머니에게 손가락질하면서 무엇을 또 가져오라고 명령도 한다. 그리곤 자기는 시부모 앞에서 자기 남편 프란시스코의 무릎 위에 깡충 뛰어 앉는다. 우리에겐 무척 어색하지만 어딘지 모르게 귀엽고, 매력있어 보인다.

스페인 친구가 정해놓은 호텔에 짐을 풀고, 독신자인 우리의 한 동반자와 나는 잠깐 호텔 근처의 밤거리를 구경했다. 새벽 2시가 넘었는데도 마드리드의 이 중심가엔 사람들이 아직도 오고가고 있었다. 거리며 건물들은 모두가 낡아만 보이고 어수선해 보인다. 밤이라서 그럴까. 호텔마다 경관 복장을 한 문지기들이 정문 앞에서 오락가락하며 야간 근무를 서고 있는 것도 유럽의 다른 곳에선 볼 수 없는 스페인의 특색이다. 아직 이 나라가 딴 나라들에 비해 뒤떨어졌다는 증거가 되는 것 같다.

다음 날 아침 눈을 비비며 억지로 잠을 깼을 때 이미 마드리드는 북적거리고 있었다. 상점이나 거리는 아담하고 산뜻하며 깨끗하지는 않다. 아침 식사를 한 까페에서 했는데 출근 시간이라 그런지 줄을 늘어서서 빵과 커피를 들고 있는 사람들이 꽉 차 있다. 까페 역시 말쑥하고 청결하지는 못했다.

시내를 자동차로 한 바퀴 돈다. 웅장한 석조의 거리는 역시 스페인이 유럽의 한쪽임을 말해주는 듯싶다. 우리는 급히 남쪽으로 향했다. 마드리드의 교외에도 엄청나게 많은 건물들이 새로 서 있고 또 솟아나고 있다. 이 수도를 북쪽에 두고 멀어지면서 바라볼 때, 전체가 흙색 먼지에 고달픈 듯했다. 스페인은 유럽의 다른 곳에 비해서 유난히 더위에 부대끼며, 자연적 조건도 불리하다는 생각이 든다.

정이 가는 백성들

눈을 감고도 안심하고 100여 킬로미터의 속력을 낼 수 있는 국도를 한나절 달리던 우리는 자동차의 간단한 고장으로 해서 바이렌(Bailen)이란 작은 도시 근처에서 진땀을 뺐다. 찌는 듯한 태양 밑에 자동차를 세워놓고 가까이 있는 농가에 물을 얻으러 갔다. 당나귀를 타고 옆에 물단지를 달아매고 다니는 농민들이 보인다. 스페인의 시골에서 농민들의 교통수단은 바로 이 시인 같은 당나귀들이 맡고 있다. 물을 얼마 얻어서 가까스로 우리는 바이렌 시까지 자동차를 몰고 갔다. 예정에 어긋났지만 할 수 없이 차를 수리 공장에 맡기고, 자그마한 도시 바이렌을 구경했다.

이미 저녁 때가 되어 있었다. 때마침 무슨 축제가 있다는 이곳에는 집시들 한 떼가 괴상한 옷차림을 하고, 당나귀와 함께 이 도시의 교외 거리에서 쉬고 있었다. 황인종인 나를 본 사람들은 이상한 듯이 자꾸 쳐다보고 수군거린다. 흔히들 중국인이냐고 묻는다. 신발을 신지 않은 집시의 아이들이 사진을 찍어달라고 포즈를 취한다. 그 중에는 코를 흘리고 남루한 옷을 입은 애들이 돈을 달라고 따라다닌다. 동전 한 푼을 받고는 신이 나게 소위 플라멩코(스페인의 민요) 한가락을 멋있게 노래한다. 까페에 함께 앉아 있던 여러 사람들이 껄껄대면서 박수를 보낸다. 이런 점으로 보아 스페인은 서민적이요 쾌활한 민족인 것 같다.

역시 석회석 흰 가옥들이 꽉 차 있다. 지붕이 납작해서 꼭 흰 궤짝을 나란히 세워놓은 것 같다. 2, 3층의 이 가옥들 창문가 혹은 베란다 앞에는 제라늄을 비롯한 꽃화분들이 나란히 걸려 있다. 딴 곳

에서 찾아볼 수 없는 아름다움이 있다. 더워서 그런지 집집마다 문 앞에는 의자를 내놓고 거리를 구경한다. 겉으로는 별로 아담해 보이지 않지만 커튼을 친 정문(正門)을 슬금슬금 들여다보면, 그 궤짝 같은 집안은 꽃무늬 타일로 모두 알뜰히 장식되어 있고, 중심에는 안뜰이 있어, 그 안뜰에는 꽃과 나무들이 심어져 있다.

우리는 투숙한 호텔에서 저녁을 먹고, 다시 밤거리를 구경갔다. 교외(郊外)의 집시들은 당나귀를 세워놓은 채 포대기를 깔고 남녀가 짝을 지어, 어린애를 끼고 땅바닥에 잠을 자고 있었다. 가끔 나팔소리와 같은 소리를 내며 당나귀들이 운다. 그 울음 소리는 밤의 평원 아득한 곳에까지 처량히 울린다.

상가가 화려하다. 사람들이 왁자지껄한다. 대부분이 까만 머리의 아름다운 스페인 아가씨들이 득실거린다. 옷차림도 모두 깨끗하고 기분도 명랑해 보인다. 아무튼 정이 가는 백성들이라 생각됐다.

그라나다와 마라가와 지브롤터

호텔의 레스또랑에 돌아와 시원한 것을 마시면서 어느 스페인의 나그네 얘기를 들어본다. 스페인은 아직 딴 유럽에 비해 뒤떨어지고, 특히 산업 부분에선 그렇지만 매년 급속도로 발전하고 있으며 실제로 배고픈 사람은 없다는 것이다. 올리브 수목을 비롯해서 농업의 현대화는 착착 진척되고 있다 한다. 실상 나도 남들이 말하는 '스페인의 가난과 비참'을 찾아볼래야 찾아볼 수 없었다. 나의 동반자들은 4년 전에 이미 스페인을 다녀간 적이 있었는데, 그들 말에 의해도 4년 전과는 완연히 변했다는 것이다. '스페인은 부자다'는 것이 그들의 결론이었다. 이렇게 부흥하는 스페인을 증명이나 하는 듯이 우리가 투숙한 국도가의 호텔에는 몇십 척의 거대한 트럭들이 멈추고, 운전수들이 성찬을 먹으며 하룻밤을 쉬고 있었다. 물론 스페인의 국도를 달리는 그 많은 여행객들의 자동차 대부분이 프랑스 마크가 붙은 것이니 프랑스인들과 비교하는 것은 아직 빠른 것임에 틀림없지만 스페인의 생활수준도 우리에게는 너무나 부러운 것이 아닐 수 없다.

한 가지 스페인의 고민은 그 넓은 땅의 대부분이 극소수 지주들의 손에 쥐어지고, 이곳 지주들은 모두가 왕자와 같은 생활을 하고 있다고 스페인의 나그네가 설명한다. 모로코의 모임에서 만난 어느 고등학교 선생인 스페인 사람에게 스페인의 발전을 놀라운 듯이 칭찬삼아 얘기했다. 그러나 그는 말하기를, 물론 발전은 많지만 이탈리아의 그것에 비해서는 아무것도 아니라고 하면서 현정부에 대한 불평을 갖고 있었다.

자동차 고장으로 지방의 모습을 다소 볼 수 있었던 우리는 다음 날 아침 다시 남쪽으로 향했다. 그라나다(Granada), 마라가(Malaga)의 대도시를 보호하고 있는 2천여 미터 고지의 높은 산맥을 한없이 꼬불꼬불 돌면서 나는 다시금, 올리브 수목의 큰 규모와 관목으로 덮인 산들, 그 사이에 10리마다 한두 채 보이는 빨간 지붕, 흰 벽의 농가들로 꾸며진 스페인 특유의 아름다움에 매혹당한다. 다시 강조하거니와 그 높은 산들까지도 사람의 손이 가지 않은 데가 없고, 개척하지 않은 데가 없다. 나는 이런 것을 보면서 우리나라도 얼마든지 개척할 여지가 있다는 확신을 얻었다. 그라나다에서는 인류가 낳은 예술품의 절정 가운데 하나라는 아랍인들이 세운 모스께(회교사원)의 한 옛 성도 알함브라(Alhambra)를 구경하고, 다시 지중해 연안을 따라 마라가라는 큰 도시를 거쳐 지브롤터(Gibraltar)로 향했다.

어느 해변을 가도 사람들이 밤낮으로 웅성거리고, 10층 이상의 최신 호텔들이 꽉 들어서 있다. 이런 것을 볼 때마다 너무나도 우리가 뒤떨어져 있음을 절실히 느낀다. 피로한 우리는 목적지인 지브롤터까지 미처 가지 못하고 에스테포나(Estepona)라는 연안가의 작은 도시에 멈췄다. 이곳은 시골에 불과하지만 우리네 시골을 상상해서는 안된다. 호텔이 모두 만원이라서 값싼 호텔을 찾았다. 그러나 더운 물 찬 물이 어디서도 나오고, 아담하게 차려져 있다. 밤에는 또한 당나귀들의 울음 소리가 나팔 소리처럼 들린다. 아침에 커튼을 열고 밑을 내다보니 집집마다 까만 옷을 입은 부인들이 나와 거리를 쓸고 있었다. 아마 이렇게 해서 스페인은 깨끗한가 보다.

그날 아침 우리는 지브롤터에 도착했다. 지브롤터는 스페인이지만 실상은 1704년부터 영국의 식민지권으로 된 작은 도시이다. 스페인 사람들이 영국보고 도로 내놓으라 해도, 영국인들은 싫다는 것이다. 이래서 유니언 잭(Union Jack)이 하늘 높이 휘날리고 있다. 그 항구를 들어갈 때는 세관을 통과해야 한다. 북쪽에는 스페인인, 남쪽에는 영국 경찰들이 나란히 서 있다. 항구엔 아직도 육중한 철근 콘크리트의 토치카들이 드문드문 지중해를 향해 있다. 이곳이 바로 2차대전 때 독일군의 지중해 침입을 막는 데 절대적인 역할을 한 곳이다. 왜냐하면 지브롤터는 대서양에서 지중해로 들어오는 목구멍인 까닭이다. 세관의 막대기를 하나 넘어서면 거리 이름도 대뜸 영국이고, 상점의 간판도 그렇고, 대부분이 영어를 쓴다. 공원에서는 영어를 지껄이는 꼬마들이 떼를 지어 장난을 하고 있었다. 상점을 기웃거려보니, 하다 못해 밀짚모자, 조화 같은 것 중에 일본제가 있었다. 지독한 친구들이라 생각하지 않을 수 없다.

모로코로 가는 연락선이 지독히 만원이었던 까닭에 이곳에서 하루 머물 수밖에 없었다. 차를 몰고 다시 영국 땅을 나와 스페인에

도로 들어갔다. 이 포구에서 100km 가량 떨어진 알제시라스 (Algeciras) 항으로 구경가기 전에 별장들이 나란히 서 있는 해변에 멈춰 우리는 한나절 바닷물에 몸을 적셨다.

저녁에 찾아간 알제시라스 항의 한 호텔 주인 아주머니는 전형적인 스페인 여자랄까, 퍽 수다스럽고 쾌활하다. 집안 식구 얘기, 자기가 살아온 얘기 그리고 빠리가 무척 아름답다는 얘기를 한없이 퍼붓는다. 나와 같이 갔던 친구 부인이 이 호텔에서 파자마를 놓고 모로코로 떠났다. 20일 후 다시 이곳에 들렀을 때 주인 아주머니는 깨끗이 그 옷을 다려서 기다리고 있었다. 이것만으로도 스페인은 든든한 기반을 가졌다고 생각한다.

불멸의 혼 스페인

새로운 것을 볼 때 편견을 가져서는 안된다. 허심탄회한, 백지 같은 동심으로 모든 것을 대하지 않으면 보나마나다. 왜냐하면 편견을 가지면 새로운 것 속에서도 자기가 보고 싶은 것, 알고 있는 것만을 보기 때문이다. 얻는 것이 없다. 이미 스페인에 마음이 끌렸던 나이지만, 편견을 버리고 객관적인 눈으로 보려고 애썼다. 그러나 나는 한마디로 말해서 스페인에 매력을 느꼈다. 이 매력은 모로코 일주를 끝내고 다시 스페인을 거슬러올라갔을 때 더 커졌다. 단시일 동안 일부 지방만을 미사일같이 빠른 속도로 지나간 스페인을 내가 얼마만큼이나 이해했으랴마는 그만큼 더 깊은 이미지를 심어 주었다.

스페인의 매력, 그것은 프랑스의 그것과는 전혀 판이하다. 이러한 차이는 다시 스페인에서 피레네 산맥의 산간 지방을 지나 프랑스의 뽀(Pau)라는 도시로 들어갈 때 더욱 완연했다. 피레네 산맥을 넘어서면, 마치 뜨거운 햇볕이 쏟아지는 들에서 녹음이 짙은 공원으로 들어가는 기분이다. 녹음이 짙은 프랑스와 헐벗은 스페인, 기름진 프랑스와 메마른 스페인. 이와 같이 2,000여 미터의 피레네 산맥은 스페인과 그 나머지 유럽을 여러모로 갈라놓는 높은 벽을 이루고 있다. 그러나 스페인 땅을 밟아보고서야 나는 이곳에서만이 고야(Goya)의 그림이 나올 수 있고, 돈 키호테란 기사를 꿈꿀 수 있고, 로르까의 시와 극이 쓰여질 수 있고, 우나무노(Unamuno)의 철학이 싹틀 수 있고, 오르테가 이 카세트(Ortega y Casset)의 사상이 움틀 수 있음을 느꼈다.

명성, 영광, 불멸이 스페인의 혼 속에 맥박처럼 뛰고 있다. 유럽의 합리주의가 전적으로 흡수될 수 없는 혼의 나라란 인상이다. 프랑스보다 약간 적은 506,787평방킬로미터의 땅에 인구는 남한보다 과히 많지 않은 약 삼천 만인 스페인은 우선 넓은 땅을 갖고 있다. 유럽의 다른 지역보다 약 백 년이 뒤진 스페인은 1850년에야 비로소 철로가 가설됐는데 그것은 프랑스의 자본가에 의해서였다. 실상 스페인의 현대화는 프랑스, 영국, 네덜란드 등의 손에 의해 이루어졌으므로 20세기초까지는 하나의 식민지와 같은 위치에 있었다. 16세기에는 남미의 대부분을 비롯하여 여러 식민지를 가졌던 그 스페인인데, 현재의 후진성은 그들의 비합리주의적 사상에 그 근원이 있는 것 같다.

스페인의 현대 사상가인 우나무노, 오르테가 등은 이러한 스페인을 현대의 세계로 이끌어가려 했다. 오늘날 지식인들은 합리주의자들이며 이들은 과거의 봉건적 사회질서의 잔재와 싸우며 현대화에 박차를 가하고 있다. 피카소의 그림으로 불멸화된 게르니카란 도시에서 히틀러 군대가 한 폭격의 도움을 받아 결정적인 승리를 얻었던 프랑코 장군의 독재가 아직도 스페인으로 하여금 서유럽에서 유일한 독재 국가로 남게 하지만, 오늘의 스페인이 이러한 진통를 겪어가면서 더욱 부유하고 더욱 자유로운 나라가 되려고 애쓰는 모습을 나는 짧은 여행을 통해서나마 절실히 느꼈다.

베일 쓴 여인의 나라 모로코

카메라를 피하는 당제 시민들

지브롤터에서 모로코의 북쪽 문호인 당제(Tanger) 항에 내린 것은 8월 8일 오후 2시 경이었다. 여기가 아프리카의 땅, 모로코의 영토인 것이다. 스페인도 유난히 덥지만 이 땅에 내리자 등이 타는 듯 덥다. 달라진 것은 기후와 국명뿐이 아니다. 기독교의 세계에서 회교의 세계로 온 것이다. 외모와 습관과 기후만이 달라진 것이 아니라 근본적으로 다른 세계에 온 것이다.

태양과 바다의 나라, 윤택한 나라 모로코란 말만 잔뜩 듣고 온 나는 우선 더위에 지쳐버린다. 아랍인들의 가옥, 도시들도 스페인의 그것들과 마찬가지로 주로 백색으로 되어 있지만, 그리 산뜻하지 못하다. 그리고 지붕이 모두 판판한 것이 특색이요, 이른바 아라베스크 디자인은 모스크(회교사원)는 물론 모든 건축물에서도 볼 수 있다. 모로코의 어떤 도시에 가도 마찬가지지만 이 항구에도 신도시와 메디나(Medina)로 구별된다. 신도시는 주로 프랑스인이 사는 곳이요, 메디나는 아랍인 도시이다. 신도시는 유럽의 어디 못지않은 의젓한 거리지만 메디나는 언제나 미궁과 같고, 그 주위는 반드시 벽으로 싸여 있다. 그리고 메디나에는 들어가는 문이 있다. 이 메디나에 멋모르고 갔다가는 대뜸 길을 잃어버린다. 그만큼 문자 그대로 미궁과 같은 것이다. 반드시 안내인을 필요로 한다.

간단한 음료수를 마시고 우리는 그 메디나를 잠깐 들여다보았다. 이곳에 오면 벌써 의복이 다르다. 양복을 입고 있는 이는 별로 없고, 모두가 두루마기 같은 아랍 의상인 자블라(Jabella)를 입고, 터번이나 혹은 붉은빛 탕건 모양의 모자를 쓰고 있다. 비좁은 메디나의 거리에는 냄새가 심하다. 거리 양쪽에는 더위에 지친 남루한 아랍인들이 땅바닥에 앉아 무표정하게 우리를 바라본다. 여인들은 대부분 눈만 남기는 베일을 쓰고 조심스럽게 우리를 살핀다. 당나귀를 타고 가는 이런 여인에게 카메라를 댔더니 정신없이 도망쳐버린다. 동반자들이 함부로 사진 찍지 말라고 주의를 주기에 얼떨떨했고 무색해졌다. '후진국,' 갑자기 이런 생각이 떠오른다.

야자수, 오렌지 나무 혹은 올리브 나무들이 거리에 그늘을 마련해준다. 바다가 내려다보이는 카스바(Kasba : 많은 도시에 카스바란 것이 있는데 이것은 옛날 성곽시(城郭市)로 적을 방비하도록 되어 있다)를 잠시 둘러보고 우리는 모로코의 수도 라바(Rabat)로 차를 몰았다. 도로는 유럽 어느 곳 못지않게 어디를 가도 잘 포장되어 있다. 이만해도 모로코의 실력을 알 듯했다.

문맹자가 많은 모로코

메마른 허허벌판이지만 올리브 나무, 포도원들이 관개(灌漑)를 통해서 자라고 있다. 들 사방에는 많은 양떼들, 많은 당나귀들이 널려 있다. 그 가축만으로도 든든해 보인다. 호박만한 참외, 씨 없는 수박들을 실은 트럭들이 오고가며, 당나귀를 타고 양 떼, 염소 떼를 지키는 목동들이 드문드문 보인다. 메마르고 더운 아프리카의 이 모로코는 살기 어려운 곳임에 틀림없다. 그러나 한국의 가난에 비해선 넓은 땅과 양 떼만으로도 윤택해 보였다.

수도 라바에 닿은 것은 저녁 8시였다. 이미 어두웠다. 네온에 싸인 고층건물의 줄을 따라 우선 목을 축이려 까페에 들어갔다. 모두가 불어를 유창하게 한다. 나는 이곳에 있는 우리 대사관에 전화를 걸었다. 그러나 이미 퇴근시간이 훨씬 넘은지라 통화가 되지 않았다. 친구들을 끌고서 나는 자동차를 몰고 직접 대사관을 찾기로 했다. 태극기가 붙은 대사관 앞에서 모로코 고용인을 만나 그의 안내로 대사관에서 근무하는 황남자(黃男子) 씨의 아파트를 찾았다. 이런 객지에서 뜻밖의 친구를 만난 기쁨이 컸다. 황남자 씨는 우리에게 호텔을 소개해주고 음식점을 안내해줬다. 모로코에 한국인이 여행인으로서 오기는 내가 처음이라 하니 얼마나 우리나라가 갇혀 살고 비활동적인가를 말해주는 느낌이었다.

황남자 씨의 말에 의하면 모로코의 평균 국민소득이 170불이라 하니 우리보다 월등하게 높음을 알 수 있다. 그러나 많은 재산이 아직도 프랑스인의 손에 있으며, 교육, 기술 등 여러 부분에서 프랑스인들의 도움을 절대적으로 필요로 하고 있다 한다. 모로코에선 금년에 처음으로 5명 혹은 6명의 의대생이 나왔고, 행정요원이 부족한 이 나라는 대학을 나오기가 무섭게 요직에 대뜸 앉게 된다니 아직도 교육 수준이 낮음을 알 수 있다. 문맹자가 80%요, 금년부터 의무교육을 실시한다고 한다. 그러나 프랑스에서 완전히 교육을 받은 젊은이들의 지적 수준은 어떤 나라에 가도 뒤지지 않을 것이다. 바로 이러한 지식인들이 지금의 모로코를 담당하고 있다.

현대화된 도시와 토착적인 의상

다음날 아침 나는 친구들을 호텔에 남겨두고 대사관을 찾았다. 아담하고 조용한 공관에는 신기준 대사와 신기흠 씨가 열심히 일하고 있었다. 그곳에서 나는 신 대사의 분에 넘치는 대접을 받고, 새삼스럽게 커다란 동포애를 느꼈다. 공관에서 나와, 일 주일 전에 득남한 황남자 씨의 부인과 아기를 만나보고 황남자 씨의 초대로 우리 일행은 라바에서 30여 킬로미터 떨어진 해변가에서 귀한 이곳 음식을 푸짐하게 대접받았다. 나도 그랬거니와 내 동료들인 프랑스 친구들이 미안해서 어쩔 줄 모른다. 황남자 씨 덕분에 내가 으쓱해진 셈이다.

가장 현대적인 도시인 라바에서도 아랍인들은 거추장스러운 아랍 의상을 하고, 여인들도 베일을 쓰고 있다. 프랑스인들과 오랫동안 함께 살며, 그들의 교육을 직접 받고 있으면서도 과거에서 벗어나고자 하지 않는 그들의 고착성에 의아심을 느낀다. "나는 나고, 너는 너다. 알게 뭐냐. 난 내가 사는 식으로 살겠다"고 말하는 것만 같다. 그 숨막힐 듯한 베일을 벗어던지고, 스커트나 원피스를 입을 꿈도 꾸지 않고, 두루마기 같은 옷 대신에 간단한 노타이 셔츠를 입을 생각을 꿈에도 하지 않는 것 같다.

이러한 현상은 화려한 마천루 같은 도시 카사블랑카에 갔을 때도 똑같이 눈에 띈다. 화류계 여성처럼 자기의 정조를 완전히 버리는 것도 딱한 노릇이지만, 과거에 집착만 하는 것도 아무런 의미가 없지 않을까? 남의 것을 솔직히 받아들일 수 있는 아량과 또 그러한 용기 없이는 발전은 상상도 할 수 없는 것임에 틀림없다. 최신 빌딩 바로 옆 골목에는 당나귀를 타고 다니는 사람들이 우글우글하다. 모로코의 지식인에게도 큰 일이 남아 있구나 하는 생각이 들었다.

도처에 걸어놓은 모로코 왕의 사진

카사블랑카 다음의 목적지는 옛 수도인 마라케슈(Marrakech)였다. 페스(Fés)라는 또 하나의 옛 도시 다음에 모로코의 수도였던 도시다. 따라서 역사적 유물이 많다. 올리브 나무에 덮인 평원에 자리잡은 남쪽의 큰 도시다. 이곳에 도착한 것은 밤이었다. 프랑스인이 경영하는 호텔에 들었는데 이 친구는 모로코에 대한 혹평이 대단하다. 걸핏하면 프랑스인보고 식민주의자라고 욕하고, 압박하면서도 프랑스인들이 아쉬워서 어쩔 줄 모른다고 불평한다. 이러한 얘기는 큰 홀에 걸어놓은 젊은 모로코 왕의 사진을 보고, 저것을 꼭 붙여야 하느냐고 물은 데서 시작됐다. 모든 곳에 이 멋쟁이 왕의 사진이 붙어 있었다. 하다못해 이발소, 사진관에도. 그러나 이러한 프랑스인의 말과는 달리 모로코인들은 프랑스인들에게 퍽 친절해 보이기도 했다. 어떤 안내자들은 '우리는 다 같은 친구'라고 강조하곤 한다. 나의 동반자들이 프랑스인이었던 까닭에 모로코인들이 그들을 대하는 태도로 보아 확신할 수 있었다. 적어도 겉으로는 그러함이 확실하다.

잠자리에 들어가기 전에 이곳 메디나의 근처 광장에 나가, 모로코 특색인 부로세트라는 양고기 꼬치를 사시 지녁식사로 때웠다. 그것은 대꼬치에다 양고기를 꽂아 석쇠에 구운 다음 큰 빵을 쫙 쪼개서 그 속에 넣은 것으로 거리에 서서 먹는다. 양이 무진장한 이 나라의 육식은 거의 양고기이고, 또 그만큼 충분한 것 같다. 밤거리에는 아랍 의상을 입은 사람들이 우글우글하다. 땅바닥에 앉아 코란을 설명하는 노인을 중심으로 열심히 얘기를 듣는 이가 있는가 하면, 어떤 요술쟁이가 사람들을 모아놓고 고래고래 소리치고 또 한 구석에선 칸델라 불을 켜놓고 옛 이야기를 여러 관중에게 열심히 들려준다. 관중들은 땅바닥에 앉아 세상 돌아가는 줄 모르는 듯이 듣고 있다. 나는 마치 마술의 세상 아라비안나이트의 한 장면을 실제로 구경하는 것 같았다. 거리에는 돈을 달라고 따라다니는 애들이 있었지만 손목을 끌고 극성을 피우지는 않는다.

엄청나게 비싼 수입제품

다음날 우리는 안내인을 사서 이곳 메디나를 본격적으로 구경했다. 메디나의 문을 들어서자 길목이 대뜸 좁아지고 꼬불꼬불하다. 그리고 어딜 가도 벽과 골목 아니 거의 메디나 시 전체가 지붕으로 덮여 있다. 메디나는 하나의 거대한 건물인 듯한 인상이고 그 많은 꼬부라지고 비틀어진 골목들은 한 건물의 낭하와 같다고나 할까. 이곳에 발을 들여놓자마자 당나귀를 탄 사람들이 양가죽과 양털을 비롯한 갖가지 물건을 싣고 비좁은 골목을 오락가락한다. 나는 몹시 긴장하고 조심성 있게 셔터를 누르다가 그만 망신을 당할 뻔했다. 저쪽에서 눈치채고 불쾌한 낯을 하니 말이다.

가죽제품과 양털이 물건의 대부분이고 놋그릇도 많다. 양탄자 같은 것은 엄청나게 염가이지만, 그 밖의 제품, 하다못해 비누, 팬티까지도 대개 프랑스의 수입품이어서 프랑스보다도 고가였다. 역시 식민지임을 여실히 느끼게 한다. 메디나를 구경하고 오후에 다시 안내인을 데리고 오렌지 가로수를 한참 지나 옛 왕궁을 비롯해서 여러 모스크를 구경했다. 모스크에는 회교도 아닌 사람은 절대로 들어갈 수 없게 되어 있다. 문 밖에서 내부를 들여다보면 그 속엔 반드시 분수가 있고, 그 물에 몸을 닦은 신도들이 머리를 땅에 대고 기도를 하고 있었다. 오다가다 무화과를 사먹으면서 구경한 왕궁은

해묵은 올리브 나무 숲에 자리잡고 있는데 그 정면에는 상당히 넓고 깊은 인공 연못이 있어 사철 차고 맑은 물이 넘쳐 흐르고 있다. 이 물은 이곳에서 수십 킬로미터 떨어진 산에서 올리브 나무 사이로 해서 인공적으로 끌어오는 물이었다. 다윗과 싸운 강한 의지와 그 자국을 보는 듯했다.

먼지와 총 연기(煙氣)의 장관–시골의 축제

이날 저녁 마침 바라케슈에서 50km 떨어진 시골에 무슨 축제가 있어 다시 안내인을 데리고 그곳으로 갔다. 넓은 들에 옛 카스바의 폐허가 있는데 그 주변의 사방에서 모인 모로코인들이 있었다. 의복은 여전히 아랍 옷, 여인들은 베일을 쓰고, 양가죽 자루에 물을 담아 그것을 파는 친구도 있었다. 민속춤을 추는 한 무리가 있는가 하면, 노래하는 패거리도 있다. 그 중에서 유난히 볼 만한 것은 알록달록한 아랍 옷을 입은 남자들이 말에 타고, 옛날 장총을 들고는 떼를 지어 달리다가는 어느 지점에 가서 하늘에 대고 발포를 하는

것이었다. 무시무시하면서도 장관이었다. 말이 달릴 때마다 연기가
하늘로 오른다. 이것은 옛날 아랍인들이 스페인을 거쳐 프랑스의
일부까지 점령하던 모습을 상상케 한다. 저런 모습으로 그들은 그
곳까지 정복했겠지. 그러나 아무리해도 중세기의 생활에서 벗어나
지 못한 것 같다. 이런 기사 놀이를 판타지아(Fantasia)라고 부른다.
구경꾼 중에는 당나귀에 타고 있는 사람들도 있고 또 많은 남자들
이 꼬부라진 단도를 옆구리에 차고 있다. 남자가 하는 일종의 장식이
라 한다. 그러나 이러한 분위기 속에서 어쩐지 소름이 끼쳤다. 이 축
제의 모습은 마침 기우는 석양에 한층 더 이국적이게 보였지만, 이러
한 과거의 생활태도에서는 벗어나야 할 것이라고 나는 생각했다.

애교있는 금전 논리

이 구경을 끝마친 우리는 시내로 돌아와 모로코 전문 음식점에
들어갔다. 모로코의 집은 겉에선 추해 보이지만 들어가면 깨끗하고
모두가 사기와 타일로 되어 있고 그 뜰 안에는 분수가 있다. 옛 주
택을 음식점으로 변경한 이곳은 극히 고급이라서 음식값이 너무 비
쌌다. 우리는 그 흔해빠진 박하차를 한잔에 40센트 가량 주고 마시
는 것으로 만족해야 했다. 이 차는 다른 식당에서 10분의 1이면 마
실 수 있었는데.

호텔에 들어가기 전에 안내인에게 돈을 지불해야 했다. 3불이란
돈을 받고서야 겨우 만족해 했다. 이런 수입은 모로코인치고선 큰
수입임에 틀림없다. 남루한 옷에 거의 맨발로 쏘다니는 40세 가량
의 이 친구는 항상 명랑하다. 오다가다 얻어 걸리는 이런 일로 만족
하고 그런 생활로 행복하다고 한다. 다른 직업을 구하지 않느냐고

묻자 이런 생활로 자긴 만족스럽다나.

그리고 나선 억지로 떼를 써서 1불을 더 받은 그의 말이 재미있다. 사람은 다 마찬가지로 프랑스 사람, 한국 사람, 모로코 사람 할 것 없이 모두 형제다. 돈은 전혀 소용없는 것이며, 다만 자기가 돈을 필요로 하는 것이니 그 돈을 자기가 잠깐 맡아둔다는 논리이다. 그 돈이 또 다른 사람에게 굴러들어갈 것이고 자기가 영원히 갖고 있지 않는다. 동양적 논리랄까 모로코의 논리랄까. 논리엔 맛이 없는 법인데 어딘지 애교는 있다.

다음날 아침 마라케슈를 남쪽에 두고 우리 일행은 다시 동북쪽으로 향했다. 우리의 모임이 시작되는 장소인 아즈루(Azrou) 근방의 산장으로 갔다. 이 높은 고지에 접근하자 처음으로 우거진 산이 나타난다. 이곳은 모로코에서 드물게 보는 채목림(彩木林)으로 이루어진 아름다운 곳이다. 2주간의 회의가 진행되는 동안 나는 모로코의 고급관리들, 교사들, 학생들과도 접할 기회를 가졌다. 그들이 강연회를 청취하러 온 덕택이다.

제정일치의 국체(國體)

한국 전체 면적의 배가 넘는 44만7천 평방킬로미터의 모로코는 인구 불과 1,200만밖엔 되지 않는다. 19세기말까지만 해도 각 지방에 영주격인 술탄(Sultan)을 중심으로 한 여러 개의 봉건 사회로 나뉘어져 있는 거의 무정부적이고 무질서한 사회였다. 1912년 프랑스의 보호국이 된 이래 질서가 서기 시작했고 현대화의 길이 트였다. 교육도 초등학교에서부터 대학에 이르기까지 불어교육이 행해지기 시작했다. 그래서 오늘 프랑스인은 영국에서보다 모로코에서 덜 이

국적인 느낌을 갖는다 한다. 1957년 모하메트 5세의 왕국으로 되었는데 그가 작고한 오늘에는 그의 맏아들 핫셈 2세가 젊은 왕으로 있다. 제정일치인 국체를 가진 까닭에 모로코인이면 공식적으로는 모두가 회교도가 되는 것이다. 이 종교는 형식상의 것만이 아닌 것 같아서 실제로 거의 전부 착실한 신자다. 지식인들도 마찬가지다.

이러한 종교적 뿌리는 그들이 쉽사리 베일을 벗지 않고, 양복을 갈아입지 않는 이유이기도 하며 또한 현대화의 장애가 되는 것 같다.

생활이 윤택한 관리들

웬만한 관리들은 대단히 윤택한 생활을 하는 것 같다. 멋진 자가용을 가질 수 있다. 초등학교 교사의 월급이 100불 정도이니 우리나라에 비해 사치스럽지 않을 수 없다. 농민들, 노동자들의 수입에 비해서 너무 많지 않느냐고 물었더니 한 관리 대답이 사실이라며 개혁할 여지가 있다고 변명한다. 주의를 하고 여간해서 공공연히 말은 않지만 지금 사회제도에 대해서 대부분의 지식인들은 불평을 갖고 있음이 확실했다. 이것은 다만 유행이 아니라 당연한 것이라고 나도 생각했다.

하루는 재무부의 국장급되는 관리 부부가 회의에 참석하고 나서 나를 자기 집으로 초대했다. 그의 자가용을 타고 우선 멀지 않은 호숫가에서 배를 타고 놀다가 더위가 가시도록 음료수를 마시고, 다시 몇 군데 명승지를 구경시키더니 자기 별장으로 데려갔다. 아담한 붉은 지붕으로 된 유럽식 별장들이 짙은 산림 속에 널려 있었다. 나는 그런 집에는 유럽인이나 살 수 있는 줄 알고 있었는데, 그의 말에 의하면, 정부에서 관리들의 휴양을 위해 지은 것이라 한다. 그래서 여름과 겨울에 관리들은 이곳에 와 한 달 가량씩 휴식을 한다. 자기 집에서 차와 케이크, 포도를 대접하고, 다시 모로코식 수프를 마시러 가자 한다. 나는 이러한 모로코인의 후덕한 대접에 고마웠다. 실상 모로코인들의 친절한 대접은 프랑스인들 사이에 이름이 높다. 그의 말에 의하면 모로코의 장래는 극히 낙관적이며 현재도 정말로 배고픈 사람은 없다 한다. 그도 그럴 것이, 이 나라 전체에 흩어진 그 많은 양만 가지고도 걱정 없을 것 같기 때문이다.

모로코의 지식인들은 순전히 프랑스인 밑에서 프랑스식 교육을 받고, 프랑스 본국의 최고 대학을 나왔기 때문에 그들의 말솜씨나 논리나 교양이 만만치 않다. 물론 프랑스어를 아랍어 이상으로 잘한다.

마음이 편치 않은 한국의 여행객

이곳에 머무르고 있는 동안 나는 가장 오래된 옛날 수도인 페스와 또 하나의 수도였던 메크네스(Meknes)의 고도를 비롯해서 로마인들이 기원 전에 세웠던 도시 볼리뷰리스(Volibulis) 등을 골고루 구경할 수 있었다. 보면 볼수록 모로코의 밑바닥이 든든하다는 생각이 든다. 회의가 끝나고 북쪽을 구경하고 돌아오면서도 이러한 생각은 더욱 굳어갔다.

물론 모로코는 후진국의 하나다. 그러나 우리는 흔히 아프리카나 아시아의 다른 후진국들을 너무나 낮게 평가하지 않았던가? 우리는 남에게 보일 것보다도 배울 것이 더 많다고 말하는 용기가 필요할 것 같다. 그리고 눈을 떠 남들의 생활을 보아야 할 것이다.

여행자들은 새로운 것을 보면 사진을 찍고 호기심을 채우는 마음에 즐거움을 느낀다. 그들은 유쾌하다. 나도 하나의 엉성한 여행자에 불과하지만, 나는 남들이 즐거워할 때 흔히 우울한 생각에 잠기곤 한다. 나는 한국인이요, 한국인인 나는 또한 서울 그리고 시골, 갈라진 조국의 땅을 한시라도 생각하지 않을 수 없으니 말이다.

　무엇을 배우려면, 그것도 올바로 배우려면 편견이나 고정관념 없이 겸허한 마음으로 대해야 한다. 나도 그렇게 애써보았다. 그러나 내가 보고 느낀 스페인과 모로코는 내 동반자인 프랑스 친구들이 본 것과는 달랐음에 틀림없다. 그들은 프랑스인들이요, 나는 한국 사람의 카메라를 가졌기 때문이다. 한 달 동안의 급한 여행을 마치고 빠리로 돌아와 스페인과 모로코에 대한 이 글을 쓰는 나의 가슴에는 내 조국에 대한 생각으로 가득 차 있을 뿐이다.

폭군 네로의 폐허 - 이탈리아를 찾아

로마에 들어서며

약 12시간의 긴 기차여행에 몸이 피로하였지만 여장을 풀자 나는 곧 밖으로 나갔다. 로마, 로마, 위대한 황제들, 위대한 폭군들 그리고 또한 위대한 영웅들이 몇 세기를 두고 들끓었던 위대한 로마제국에 나는 발을 디디고 있다.

한국의 하늘처럼 높고 맑은 로마의 하늘 서쪽에 불같이 붉고 찌는 듯한 석양이 대리석의 수많은 건축과 수없이 많은 조각들의 숲 사이로 사라져간다.

로마의 상징이요, 로마 황제의 상징이요, 또한 오늘의 이탈리아의 상징이기도 한 거대한 원형경기장(Colosseum)이 바로 눈앞에 내려다보이는 언덕의 작은 까페에 앉아, 로마! 로마! 하고 혼자서 되풀이해본다. 거대함, 웅장함과 아름다움이 압도하는 이 콜로세움에 비하면 피로한 여행자의 호주머니를 털기에 바쁜 까페의 보이들은 너무나 초라해 보인다. 그 옛날, 아주 옛날 저희들 조상들은 한두 푼 잔돈을 긁어모을 생각은 하지 않았으련만.

어느덧 해가 졌다. 한두 개의 별들이 반짝이는 한여름의 높은 하늘에는 반달이 마치 반달처럼 폐허가 된 콜로세움를 비추어 폐허의 음양 굴곡을 더욱 은근히 드러내고 역사, 전통, 인간무상의 감회가 뒤섞인 푸근하고 감개무량한 정서도 빚어낸다.

이탈리아 반도는 물론, 유럽, 아랍 제국, 아프리카 그리고 극동 아시아까지 하나하나 정복하여 문화의 길을 열어놓을 때마다, 그들의 위대성을 축하하기 위하여, 또 그들의 기사적 정신, 영웅적인 정신, 그들의 남성적인 성격을 연마하기 위해서 그 옛날 로마 제국의 전사들이 목숨을 걸어놓고 경기을 하던 이 콜로세움에 수백 필의 사나운 야수들이 도살되어 피를 흘리며 넘어지는 것을 바라보면서 수만 명의 로마인들이 환회에 도취되어 하늘이 무너지게 환성을 지르면서 열광 속에 빠지던 이 폐허, 헤아릴 수 없이 많은 기독교 신자들이 신앙을 위해 잔인하게 순교하던 이곳, 그 잔인성과 그 피바다 속에, 거의 정신 이상이 된 폭군 네로가 미친 듯이 너털웃음을 짓던 거의 폐허가 된 원형경기장 앞에서 나는 한없이 상상의 줄기를 타고 옛 역사를 되살려보고 있다.

군마들의 발굽 소리, 사자들의 울음 소리, 황제들의 호령 소리가 그치지 않던 이곳이지만, 지금 한여름 달밤의 콜로세움은 지나치게 조용할 뿐이다. 그곳을 둘러싼 대로 위로 그것과는 너무나 대조적인 신형 자동차들이 아름다운 아가씨들을 태우고 쉴새없이 연달아 돌아서 어디론가 사라지곤 할 뿐이다. 대제국의 로마인들은 영광과 위대성을 위해서 대리석과 씨름했지만, 오늘의 젊은 로마인들은 아름다운 아가씨들의 백설 같은 육체 속에 생의 보람을 느껴 오직 '돌체 비타(dolce vita : 달콤한 인생)'를 찾고 있는 것일까?

미끄러지는 자동차들을 제외하곤 행인들조차 별로 눈에 띄지 않는다. 내가 앉아 있는 까페에도 손님이 별로 없다. 맥주 한 잔을 앞에 놓고 로마의 안내서를 뒤적거리는 어느 젊은 여행자와 그 옆엔 검은 옷을 입은 로마의 노부인이 두터운 안경 너머로 신문을 읽고 있다.

가로등에 희미하게 비친 거리를 더듬어 안내서를 연신 들여다보면서 나는 콜로세움과 맞붙어 있는 언덕으로 간다. 지금은 거의 아무 것도 없이 다만 몇 개의 원형 기둥들과 수많은 대리석 조각들만이 드문드문 남아 있는 파라티노(Palatino)의 언덕에 올라선다. 이 언덕은 바로 네로를 비롯한 뭇 황제들의 호화롭기 한량없는 궁전들이 서 있었던 곳이며, 이곳이 바로 눈앞에 선 '포로 로마노(Foro Romano)'와 아울러 로마 제국의 수도를 이루었던 곳이다. 그 크기란 불과 세종로에서 중앙청에 이르는 정도의 공간이었음을 생각하면, 그만한 작은 도시가 어떻게 세계를 거의 전부 정복하고, 그만한 위업을 남길 수 있었는지 도저히 납득이 가지 않을 정도다.

잡초와 잔디 그리고 몇 개의 수목들 사이에 과거의 웅장함과 호화로움의 흔적이라곤 오직 산더미같이 큰 대리석 조각들이 뒹굴고 있는 파라티노의 언덕. 그러나 로마의 복판에 있으면서도 한없이 조용하고 적적해 보인다. 두어 사람 드문드문 벤치에 앉아 로마의 서늘해진 여름밤을 즐기고 있을 뿐이다. 옛 궁전으로 올라가는 언덕 으슥한 길을 따라 산책하는 연인들이 이 폐허의 성서를 더욱 아름답게 돋운다. 혼자 떠난 여행이라 이런 곳에 연인도 없이 외톨이로 온 자신의 외로움도 잠깐 느껴진다. 밤새껏이라도 이곳에서 거닐어보고 싶다. 그러나 밤이라 그 내부엔 들어갈 수 없어 아쉬웠다. 파라티노 언덕에서 좀 내려서면 포로 로마노로 통한다. 웅장한 대리석 원주들만이 서 있는 그 폐허에서 야외음악회가 열린다. 그곳에 초대되어 가는 많지 않은 음악 애호가들이 언덕을 내려가는 것을 보면서 나는 첫날 저녁 삼천 년 가까운 시저(황제)들의 도시를 떠나 숙소로 들어간다.

다음날 아침 잠을 깨자마자 나는 콜로세움에 다시 들른다. 여름의 뜨거운 햇볕을 쪼이며 엉망이 된 피로한 발을 이끌고 시간이 가는 줄 모르고 시저들의 도시, 위대했던 로마인들의 대리석 폐허를 다시 더듬는다.

그러나 아무리 불러도, 아무리 찾아도 옛날의 황제들도 없고 옛날의 군사들도 없다. 그 잔인했던 네로도 이미 한 줌 흙으로 남아 있을 뿐이다. 오직 잡초와 어디를 디뎌도 대리석 조각이요, 어디를 보아도 부서진 원기둥들뿐이고 황제들은 흔적이 없고, 그들을 새긴 조각들과 그들의 승리를 장식한 개선문들이 오직 남아 있을 뿐이다.

로마 황제의 기사들은 황제들과 더불어 사라졌지만, 그들의 정신과 의지와 이상과 꿈이 배인 이 대리석들은 영원히 남아 있을 것이며, 영원히 인간의 위대성을 증명해줄 것이며, 영원히 인간의 꿈을 상징해줄 것이며, 또한 영원히 그 아름다움을 지니고 있을 것이다.

로마 제국의 황제들은 없다. 그러나 오늘도 끊임없이 여행객들이 그들을 찾아오지 않는가. 폴란드에서, 미국에서, 일본에서 혹은 아프리카, 인도에서 찾아온 나그네들이 이미 쓰러진 옛 도시의 대리석 폐허를 깡충깡충 뛰어넘으면서 연방 안내서와 남아 있는 원주들과 개선문들을 번갈아 들여다보며 고개를 끄덕이며 깊은 감회에 빠지는 성싶다. 한 무리의 금발머리와 조각같이 어여쁜 큼직한 소녀들이 빨갛게 탄 얼굴을 폐허의 곳곳에서 솟아나는 시원한 샘물에 적시고 목을 축이고는 나무 그늘 밑 넘어진 대리석 어느 석상에 앉아 재잘거린다. '원더풀!' 하는 소리가 자주 그들 쪽에서 들려온다. 대리석 속에 살아 있는 로마는 또한 저 볼록한 소녀들의 가슴 속에도 살아 있으리라.

영혼의 제국-바티칸 궁전

수많은 성당의 돔(Dome), 그 웅장한 모습으로 유난히 행인의 걸음을 멈추게 하는 것은 바티칸 궁전의 돔이다. 로마 시를 흐르는 별로 맑지 않은 테베 강의 좌측에 로마 제국의 옛 도시를 마주본 곳에 국가 아닌 하나의 국가가 있다. 궁전 하나가 하나의 국가를 형성하고 있음은 이상스러운 일이지만, 이것이 어느 강대국에 못지않은 '영혼의 제국'을 이루고 있는 영토 없는 인류의 국가이다. 이 제국의 영토는 바로 수많은 카톨릭 신자들의 마음속인 것이다. 유럽은 물론 소련을 비롯하여 아프리카의 어느 미개한 지역을 가도 카톨릭 신자가 없는 곳이 없으니, 실상 그 제국의 영토는 지구 전체라 해도 무방하리라. 이 제국은 비단 지구에만 그치지 않는다. 죽음 후의 타계(他界), 아니 영원이란 존재 전체의 세계, 영원이란 곳이 바로 그 국이다.

어떠한 주의가 나오고 어떠한 철학이 반항하고 어떠한 유물론이 그 존재를 부정하려 해도, 이 영혼의 나라는 바로 의식을 가진 인간 신념의 소산이고, 적어도 이상에 대한 인간적 갈망의 부정할 수 없는 존엄, 거룩의 상징임에 틀림없을 것이다. 그러기에 무수한 신자를 잔인하게 학살한 네로의 로마 제국은 그 많고 넓은 제국의 영토 중에서 오직 대리석의 폐허만을 남겼지만, 영혼의 제국 바티칸은 적어도 지구상의 헤아릴 수 없이 많은 인간의 마음속 가장 깊은 곳에 더 강하게 생생히 살아 있지 않은가? 그러기에 육체의 환락 속에 살면서 법왕이 되기를 유일한 꿈으로 생각하던 시인 보들레르를 이해하고도 남음이 있을 것 같다.

아침부터 뜨거운 햇볕이 내리쬔다. 이 더위에도 불구하고 아침부터 헤아릴 수 없이 많은 사람들이 이곳에 몰려온다. 몇몇이 혹은 혼자서 혹은 단체로, 한 세계 최대의 이 성당에 와서 무릎을 꿇고 신의 은총을 빌러 오는 이도 많다. 대부분 기하학적인 완전한 조화를 이룬 회랑(回廊)으로 대부분 둘러싸인 성 피터 광장은 들어가는 사람, 나오는 사람으로 우글거린다. 압도감을 느끼지 않을 수 없을 만큼 웅장한 돔들에 카메라를 대는 사람, 회랑의 지붕 위에 수없이 정연하게 세워진 웅장한 성자들의 석상들을 향해 카메라를 돌리는 사람, 돔의 정면을 향해 양쪽 분수를 끼고 한복판에 역시 웅장한 석주가 서 있는 성 피터 광장을 뒤로 하면서 넓은 일직선 도로의 양쪽에 선 작은 석원주를 향해 포즈를 취하는 사람들이 있다.

성당 내부에 들어가면 웅장함과 호화로움에 감탄하지 않을 수 없다. 아름답고 고귀한 대리석, 금과 보석의 성당이다. 사진과 텔레비전에서만 보던 법왕의 좌석에 손을 대면서 나는 엄숙함을 느껴본다. 성당 내에서 엘리베이터를 타고 높이로 보아 돔과 광장의 중간쯤 되는 성당의 지붕에 올라보고 지붕 전면에 나란히 선 사도(使徒)들의 석상이 얼마나 큰지 깜짝 놀란다. 이 지붕 위에서 훤히 내려다보이는 로마 시를 향해 셔터를 누른다. 마치 로마의 지붕에 올라온 느낌이다. 지붕에서 다시 회랑 계단을 따라 돔에 올라간다. 밖에서는 별로 커보이지 않던 젖꼭지 같은 돔 꼭대기 내부는 사람이 왕래할 수 있을 정도니 그 규모가 얼마나 큰가를 짐작할 수 있다. 신도가 아닌 사람이라도 이러한 건물을 계획하던 폭넓은 생각, 이러한 성당을 설계할 수 있었던 건축기술, 과학적 지식, 이러한 조화로운 것을 실현할 수 있었던 기하학적인 두뇌, 이렇게 웅장한 건물을 모두 대리석으로 세울 수 있었던 노력과 박력 또한 장구한 계획력, 이 모든 것이 단층 목조만을 보고 살아왔던 동양인에겐 유달리 깊은 감탄을 자아내게 하고 놀랍게만 보인다. 대리석을 마치 떡반죽처럼 주무르며 놀라운 문화를 낳아 그것을 유지·발전시켜 희랍에서 로마를 통해 오늘날 유럽에서 미국으로 다시 전 세계에 놀라운 문명을 세워나가게 하는 그 동력과 본질을 이 하나의 궁전에서도 찾아볼 수 있을 것 같다. 자신의 장구한 후대만을 위해서가 아니라 영원한 세계를 위해서 살아온 것 같다. 그들의 정신적 척도가 우리와는 달랐던 것이 아닌가? 대리석을 주무르던 그들의 마음 속에는 무의식적이나마 어려운 것을 끊임없이 극복해나가고 자신의 생각을 주어진 혼돈의 자연 속에 거기에 자기 정신의 질서를 고취하려는 박력, 좋은 의미의 정복적인 의지와 노력이 있지 않았던가? 이렇게 생각해보면 그들의 문명은 흔히 애기하는 것과는 정반대로 높은 정신적 이상의 표현이요 증거라 할 수 있을 것이다.

성당을 나오면 좌측 높은 석벽을 따라 아이스크림, 코카콜라, 과일 장수들이 늘어서 있다. 목이 탈 듯한 더위라 많은 여행자들이 달려든다. 수박 조각과 메론 조각을 사먹고 또 오렌지 주스를 연거푸 마시면서 한참 석벽을 따라 돌아 바티칸 궁전의 박물관에 들어간다. 이곳에는 성당에서보다 더 많은 사람들이 입구에 꽉 차서 줄을 서서 기다리고 있다. 지루하고 피로하지 않을 수 없을 정도로 많은 박물관들 중에서도 사람들의 호기심을 가장 끄는 곳은 미켈란젤로의 벽화로 유명한 시스티나(Cappella Sistina) 예배당이다. 발을 디딜 수 없을 만큼 많은 사람들이 구약성서를 화제(畵題)로 한 미켈란젤로의 그 찬란한 그림을 관람하기에 여념이 없다. 비극적인 그러나 장엄한 인간의 생명력으로 약동하는 그림과 조각과 건축과 시의 창조자 미켈란젤로는 우아하기로 유명한 라파엘이나 지적인 것으로 유명한 레오나르드 다빈치 등의 르네상스 거인들 중에서도 개인적으로 가장 좋아하는 예술가이다. 코흘리개 어린 소년시절에 무심코 백과사전을 뒤적거리다가 무엇인지도 모르면서 한 그림을 보고 경이감에 압도되면서 가슴을 두근거리던 당시의 내 모습을 생생하게 회상하면서 나는 군중들 속에 묻혀 미켈란젤로의 바로 그 그림을 실물로 볼 수 있다는 깊은 감회에 젖어 한없이 천정을 바라본다.

라파엘 실 다음에는 계속해서 희랍실, 동물실 등이 있는데 그곳에는 모든 것이 비칠 만큼 투명한 흰 대리석들의 석상이 있다. 서양인들의 그처럼 큼직하고 거칠어 보이는 손을 가지고 어떻게 이처럼 섬세하고 아름답게 대리석을 반죽했는지 아무래도 알 수가 없다.

영원한 로마 제국을 꿈꾸던 황제들의 꿈이 그 웅장함으로 우리를 압도하듯이 영원한 생명을 알려주는 바티칸 궁전의 모든 것도 그 장엄성으로 우리를 경건함으로 이끌어가는 듯하다.

'돌체 비타'

못난 사나이는 아름다운 여성을 동경하며 멋진 여성은 모든 남성의 선망이 된다. 낯설고 말이 통하지 않는 로마의 거리를 어슬렁거리면서 나는 아름다운 로마 아가씨들을 유난히 살피고 이탈리아 젊은 여성들을 각별히 관찰하려 애쓴다.

어떻게 하면 말을 좀 걸어보나? 아무래도 남녀관계란 처음엔 시작이 언제나 서먹서먹하고 멋쩍은 법이기 때문이다. 내 앞에 지나가는 저 여자는 핸드백은커녕 코 묻은 손수건 하나 떨어뜨리지 않는다.

이런 궁색한 사나이도 말이 통하지 않는 고장에선 안내서를 팔에 끼고, 카메라 하나 걸쳐 메고 나서면 형편이 좀 나아진다. 핑계가 되기 때문이다. 거리를 찾느라 빌빌하다가 닥치는 아가씨만 있으면

"시뇨리나(아가씨)!"

하고 말을 건넨다.

"영어하세요?"

불행하게도 대답은 대뜸 영어가 나온다.

지금 로마의 거리를 우왕좌왕하는 어여쁜 아가씨들은 대부분 영국과 미국에서 온 여행객들이고 그 외에 프랑스, 독일, 스칸디나비아에서 온 이들이다. 금발의 성숙하고 건강해 보이는 이 아가씨들은 어디를 가도 떼를 지어 영어로 떠든다. 물론 이런 아가씨뿐만이 아니다. 떼를 지어 오는 대부분의 청년들, 성인들도 대개 앵글로-색슨같이 느껴진다. 마치 로마가 앵글로-색슨의 식민지라도 된 듯싶다. 그들이 돈이 많아서 그럴까? 이탈리아인들은 가난한가?

여행자들인 금발의 나른한 소녀들과 대조해서 좀 볕에 그을린 빛깔에 체력이 풍만해 보이는 아가씨들이 눈에 띈다. 이탈리아 아가

씨들이다.

해수욕을 하기에 알맞을 정도로 아주 가벼운 원피스를 입고 선글라스를 뒤집어쓴 이 아가씨들의 거의 다 드러낸 등을 슬금슬금 훔쳐보면 피부가 군데군데 벗겨짐이 눈에 띈다. 휴가에서 혹은 해수욕장에서 돌아왔음에 틀림없다. 로마에서 앵글로-색슨 아가씨들만 눈에 띄는 것은 로마의 미인들이 가난해서만이 아님에 틀림없다. 그들의 대부분은 딴 곳으로 여행을 떠났거나, 해변에서 즐기고 있는 것이리라.

야자수, 사이프러스, 올리브 나무 등이 흔히 눈에 띄는 로마는 뜨거운 태양과 넓은 베란다와 함께 다소 남국의 인상을 갖게 한다. 선글라스를 쓰고, 거의 벗다시피한 원피스를 입은 로마의 많지 않은 미인들이 역시 선글라스를 끼고 반소매 여름 스웨터를 걸친 시저의 멋진 후예들이 몰아대는 스포츠카 혹은 그 외의 산뜻한 차에 몸을 싣고 매화같이 아름다운 자홍빛 꽃이 함박 핀 가로수 사이로 쉴새 없이 달린다.

길이 좁고 때가 묻고 낡아빠진 옛 로마 시에서는 이탈리아인들의 경제적 여유가 눈에 띄지 않지만 새롭게 계속 솟아나는 호화로운 주택가를 서성거리면 모던하고 호화로운 로마인들의 생활을 예측할 수 있다.

오늘날 이탈리아의 대표적인 영화감독 펠리니의 작품 중에 「돌체 비타(달콤한 인생)」란 것이 있다. 전후 어느 나라 못지않게 놀라운 경제발전을 성취한 이탈리아의 산업 계층의 즐거운 너무나도 즐거운 환락적 생활의 뒷면을 폭로한 사회비평적인 작품이다.

이탈리아의 명배우 가운데 하나인 모니카 비티처럼 아름답고 멋지고 풍만한 로마의 미인들이 스포츠카를 몰고 다니는 것을 보면서 나는 속으로 외친다. '돌체 비타!' 하고.

우연히, 아주 우연히 휴가를 떠난 이름도 낯도 모르는 어느 이탈리아 여성의 아파트에 묵게 되어서 그 아파트의 내부를 자세히 보고 거기서 여로를 풀면서 오늘날 상류 계급 로마인, 로마 여성들의 돌체 비타를 더욱 확인한다.

'산타 마리아!'—문예부흥의 요람지 피렌체에서

둘은 검정색 또한 둘은 회색, 네 명의 수녀들이 내 앞과 옆에서 그 더운 날에도 팔소매 하나 걷을 생각도 않고 바이블을 꺼낸다. 옆의 두 수녀는 바이블을 한 장씩 넘길 때마다 연방 성호를 긋고, 앞의 검정 수녀복의 두 노부인은 자리가 안정됐다고 생각한 뒤에는 큼직한 가방을 열어제친다. 과일, 조림통에 든 음식, 빵, 가지가지 과즙이 든 병들이 가득 차 있다. 비좁고 더운 차 안인데도 그 음식들을 하나씩 꺼내고는 연방 성호를 긋는다. 성호를 한 번 그으면 귤 한 조각이 입에 들어가고, 또 한 번 그으면 빵조각이 목구멍에 넘어간다. 나는 로마에서 피렌체로 가는 기차 속에 있다.

로마에서 아니 이탈리아에서 인상적인 것은 르네상스 양식의 건물들이 주는 수평선의 감각과 많은 대리석 석상과 많은 분수뿐만 아니라 또 하나 빼놓지 못할 것은 자주 눈에 띄는 성직자들과 검정 옷의 신부들과 회색 혹은 흑색 옷을 입은 수녀들이다. 바티칸 궁전을 상징하는 이 성직자들은 더운 날에도 불구하고 거추장스럽고 무거운 그들의 성직자 복장을 하고, 마치 인류의 악을 도맡아 속죄하기 위해서 온갖 인간적인 고통을 참고 견디는 듯 보인다.

"산타 마리아!(성모 마리아!) 산타 마리아!"

여행자가 찾는 명승지엔 '산타'란 말이 붙지 않은 곳이 없다. 그처럼 그리던 피렌체에 폭서를 견디며 발을 내디딘다. 문예부흥의 요람이요, 역사상 찬란한 미술, 예술의 꽃을 피우고 오늘날 서구 문화의 기반을 완전히 닦아놓은 인구 사십 만 정도의 자그마한 이 도시도 '산타'로 장식되어 있다. 산타 디프오레, 산타 마리아, 산타 코로체, 산타 마르코, 산타, 산타 또 산타란 이름뿐이다. 다빈치가, 미켈란젤로가 또 라파엘이 그처럼 절정에 달하는 그림을 그리고, 그처럼 아름다운 수많은 대리석 조각을 남기고, 그 많은 아름답고 으젓한 건물을 남길 수 있었던 것도 바로 이 '산타'의 힘이다. 그들의 예술은 교회와 떼어놓고 생각할 수 없다는 말이다.

기차에서 내려 값싼 여관을 찾아야 했다. 시내 전차를 탄다는 것이 번호가 틀려 두 정거장 가서는 다시 갈아타야 했다. 말이 통하지 않았던 까닭이다. 기차를 갈아타려고 내린 곳이 바로 그 유명한 성당 산타 디프오레 광장이다. 두오모(Duomo)라고 흔히 부르는 이 성당은 12세기말에 시작해서 15세기 중엽에 완성된 것으로 웅장하고, 점잖고, 소박하고, 아름다워 문예부흥의 도시인 이 피렌체를 상징한다. 청, 적, 백의 아름다운 대리석이 마치 모자이크처럼 아름답게 세워진 그 모습은 제아무리 무감각한 사람의 시선도 끌 것이다. 나도 유럽에 있는 얼마 동안 지겹도록 많은 성당을 구경했지만 이렇게 알록달록한 대리석 성당을 보기는 처음이었다.

이 성당을 중심으로 과히 넓지 않은 도로에는 여행자가 모는 차로 꽉 차 있다. 좁은 길과 때묻고 헐어 있는 르네상스 양식의 건물이 빽빽이 들어서 있는 이곳에서 내가 받은 첫인상은 '낡았구나' 하는 것이다. 그림엽서와는 전혀 다른 인상이었다.

땀에 흠뻑 젖고 여로에 지친 나는 우선 여관을 찾는다. 목이 후끈후끈해 죽을 지경이기 때문이다.

짐을 풀고, 샤워를 한 다음 다시 산타 디프오레를 찾는다. 마치

큰 시장이라도 선 것처럼 좁은 이 도시의 골목골목에는 안내서를
든 여행자로 거의 몸 둘 곳 없을 지경이다. 이 성당과 나란히 서 있
는 똑 같은 양식의 캄파니라(종각), 그곳에서 좀더 가면 문예부흥의
꽃을 피게 한 호화롭던 왕가, 메디치 가의 궁전, 아름답기로 유명한
산타 마르코(성 마가 성당)와 그 곁에 산타 마르코 수도원이 있다.
산타 디프오레에서 반대 방향으로 발을 옮기면 꽤 넓은 프라자 디
세뇨라가 있는데 이 광장을 양변에 두고 옛 궁전들이 있으며, 그 속
에는 거의 무진장할 정도로 많은 문예부흥 시대의 거장들 즉 미켈
란젤로를 비롯한 수많은 예술인들의 그림과 조각이 가득 차 있고
때가 끼고 먼지가 묻고, 닳아서 까맣게 윤이 나는 이 광장에는 거의
똑같이 때묻어 더러워 보이는 거대한 대리석 조각들이 가득 차 있
다. 때묻고 아무나 가서 집적거려볼 수 있는 이 작품들은 미켈란젤
로를 비롯한 대중작가들의 예술품으로서 인류의 보배인 것을 잊어
서는 안될 것이다.

　때묻고 낡았다는 것이 이름난 이 도시의 인상으로 그쳐야 하는
가? 이곳 사람들은 수많은 여행자를 끌어들여 막대한 수효에 달하
는 예술품 복사판들을 팔아먹고 사는가?

　다음날은 아침 일찍부터 나가 이름난 박물관, 미술관을 샅샅이
구경하기로 한다. 때묻고 낡은 12, 13, 14, 15세기에 걸친 이곳 궁전
이나 혹은 성당을 들어가면 대중들의 벽화가 아니면 화폭 또는 조
각이 없는 데가 없다. 시간이 갈수록 이곳의 아름다움이 더욱 더 느
껴진다. 이 도시는 내부의 아름다움으로 그치는가? 작은 산을 이룬
보보리 정원을 끼고 이 도시의 지붕이라 부를 수 있는 미켈란젤로
광장의 테라스에 올라가면 황혼에 반짝이는 피렌체의 모습은 아무
리 보아도 절경이 아닐 수 없다. 옛 대리석 집들을 둘러싸고 빨간
기와지붕으로 들어찬 새로운 시의 중심부에는 산타 디프오레의 우

뚝 선 돔과 그 옆의 순수한 르네상스식 예배당이 하나의 중심점을 이루어 사방을 둘러싼 나지막한 산들 사이에 금빛처럼 조화롭게 빛난다. 그 빛깔, 그 윤곽, 그 굴곡, 이리하여 피렌체는 전체가 하나의 아담한 예술품을 이루는 듯하다.

지금 해가 지고 있다. 내가 투숙한 산 언덕 교외 여관의 넓은 정원에는 몇몇 금발 아가씨들이 반바지 등 아주 가벼운 복장을 하고 대리석의 자그마한 조각들로 장식된 정원 테라스에 다리를 팔자 좋게 걸치고는 오늘날 그들의 문명과 안락과 행복을 가져온 하나의 원천인 메디치 왕가와 미켈란젤로의 아름다운 이 도시, 피렌체를 말없이 바라보고 있다. 시내 몇 군데에서 그 많은 산타(성당)에서 종소리가 은은히 들리는데 다 큰 소녀들의 입에서는 가끔 소리 없이 궐련(담배) 연기가 올라온다. 정원 그늘 밑 테이블에 앉아 편지를 쓰는 몇몇 손님들의 모습도 지금 넘어간 석양과 더불어 흐려지는 것 같다. '산타! 산타! 산타 마리아!'

스파게티-피사의 사탑 곁에서

청명한 하늘, 뜨거운 햇볕! 오늘도 이탈리아의 여름은 마치 카루소의 시원스러움과 남성적인 노래 「산타 루치아」처럼 지중해의 감각을 잃지 않고 있다.

십 년 만에 몇 센티미터씩 기울어진다는 사탑이 바라다보이는 자그마한 레스또랑의 테라스와 알록달록한 파라솔 그늘 밑 식당에 앉아 끊임없이 사탑으로 올라가고 내려오는 여행자들을 바라본다.

이탈리아의 상징 가운데 하나인 스파게티를 맛본다. 유명한 그 스파게티는 거의 짜장면과 꼭 같다. 가락국수에 토마토 양념 혹은 그 외의 과히 자극적이지 않은 양념으로 비벼 먹는 것이다. 내 구미에는 안성맞춤이다. 이 음식은 중국을 다녀온 마르코폴로가 중국에서 수입한 것이라고 어느 이탈리아 교수가 설명해준다. 스파게티를 비롯하여 이탈리아 음식은 통고추, 생선 그 밖의 여러 가지가 모두 다른 서구 음식에 비하면 자극적이다. 스페인과 비슷한 점이 많다. 역시 날씨가 더운 까닭이라 한다. 자극적인 음식, 높고 맑은 하늘, 뜨거운 햇살 등은 한국을 연상케 한다.

숨이 막힐 정도로 햇살이 따갑다. 화분과 파라솔로 어여쁜 이 레스또랑의 베란다에 앉아 있으면 몸을 움직이고 싶지 않다. 연방 맥주와 코카콜라와 오렌지 주스를 마시면서 이 더운 날씨에도 불구하고 명소를 찾아다니는 여행자들을 바라보면서 여름을 보내고 싶은 생각이 든다.

지금은 오후 2시 반, 햇볕이 가장 강한 시간이다. 백색의 높은 피사 사탑이 선명한 그림자를 던지면서 그것과 나란하게 의젓이 서 있다. 비뚤어진 그림자는 사탑이 지금도 기울어지고 있는 듯한 착각을 일으킨다. 16세기 지동설을 발견한 위대한 과학자 갈릴레오가 이 사탑에 올라가 그의 법칙을 실험하는 장면을 상상하면서, 나는 깨끗하고 늠름한 작은 이탈리아의 한 도시, 깔끔하고 청결한 인상을 주는 피사의 주변을 권태를 느낄 새 없이 둘러본다. 저녁 기차로 콜럼버스의 고향 제노바로 떠나기까지는 아직 시간이 넉넉한 탓이기도 하다.

터널로 이탈리아 서해안을 지나면서

빠리에서 과히 멀지 않은 조용한 시골에서 여독를 풀고 있는 중이다. 이곳 친구의 아담한 별장 정원의 시원한 나무 그늘 밑에서 지금 나는 펜을 움직이고 있는 중이다.

넓은 보리밭, 한없이 뻗은 포도밭 그리고 깨끗이 포장된 길들이 사방으로 꼬불꼬불 뻗어 있다. 거의 인적이 없는 이 도로 위에 가끔 자동차들이 바람처럼 지나간다. 사방 나지막한 숲으로 둘러싸인 이 넓은 계곡의 평원에는 드문드문 뾰족한 성당들이 빨강 혹은 검정 기와로 덮인 회색빛 농가들을 보호하듯 서 있다. 한여름인데도 이탈리아의 더위는 서울의 더위에 비해서 비교적 서늘하다. 어디를 둘러봐도 풍경화 같은 이 시골은 초록색으로 행복해 보인다. 조용하고 깨끗하고 서늘한 이 초록빛 프랑스의 시골은 아무리 봐도 '달콤한 프랑스'라 하지 않을 수 없다.

'달콤한 프랑스!' 이것은 16세기 로마에 거의 유형(流刑)을 가다시피한 유명한 시인, 듀 베레의 시 가운데 나오는 표현이다. 작년 여름 스페인에서 피레네 산맥을 넘어 프랑스로 들어섰을 때와 마찬가지로 이탈리아에서 알프스 산맥의 터널을 뚫고 남불(南佛)에 발을 디디면서 나는 시인 듀 베레의 '달콤한 프랑스'란 시구를 자꾸 되풀해본다.

'달콤한 프랑스!'

프랑스는 기후로 보나 풍경으로 보나 집들의 섬세한 선으로 보나 아담하다는 인상을 준다. 같은 서구에 속하면서 스페인이나 이탈리아에 비해 여성적이라 할까. 아름다움과 매력은 여성의 독점물일까? 여성의 육체가 아름다움은 말할 필요도 없지만, 근육이 울룩불룩하고 구레나룻이 징그러워 보이는 남성의 육체도 여성의 그것과는 다른, 그것에 못지않은 아름다움을 지닌다. 그것은 다소 섬세한 감각을 가진 여성의 마음을 충분히 끌고도 남음이 있을 것이다.

이탈리아 일부를 여행하면서도 느낀 것이지만, 각별히 사탑으로 유명한 피사와 제노바를 지나 알프스 산맥을 넘으면서 느낀 것은 프랑스에 비해 이탈리아가 남성적이라는 점이다. 프랑스는 언어도 아름답지만, 비록 이탈리아어를 모르는 나지만, 이탈리아인이 손을 흔들어가면서 지껄이는 그들의 말에 귀를 기울이면 그 언어의 아름다움에 반하지 않을 수 없었다. 이 언어의 아름다움도 기후나 풍경이나 하늘이나 대리석이 주는 감각처럼 남성적인 듯싶다. 거의 대부분의 낱말이 강모음으로 끝나는데다가, 끝에서 두번 째 모음에 각별히 악센트를 주는 이탈리아의 언어를 들으면, 마치 아름다운 가곡을 듣는 듯하다.

언어가 노래 부르는 듯한 악센트로 매력을 주듯 이탈리아의 풍경도 한국의 산야를 연상케 하는 변화 많은 산맥들의 아름다움을 느끼게 한다. 제노바에서 로마까지 통하는 기차는 약 150개의 터널을 뚫고 지나야 한다. 이 많은 수효가 다소 이탈리아적, 지중해적 허풍에서 나온 것인지는 몰라도, 피사에서 제노바를 지나 알프스 산맥의 긴 터널을 지날 때까지 나는 한없이 많은 터널의 수효에 놀란다. 기차는 꼬불꼬불 변화 많고 아름답고 험악한 서해안의 선을 따라 달린다. 1분 혹은 2분이 지나지 않아 다시 만나곤 하는 터널을 달리는 기차는 마치 숨바꼭질이라도 하는 듯하다. 어린애들이 숨바꼭질 놀이에 재미를 붙이고 좋아하듯이 나는 이 기차의 숨바꼭질에 유희라도 하는 듯한 즐거움을 느낀다.

터널을 하나 지날 때마다 바로 눈앞 절벽 밑으로 거울인 양 맑은 지중해가 소라 같은 무늬의 바위에 파도를 밀고 가 부서지곤 한다. 그리고 대부분 가파른 벼랑을 이루는 바위들이 바닷가를 따라 서 있기 때문에 모래밭 해변이 별로 없지만 돌체 비타를 즐기는 이탈리아인들, 유럽의 남녀들이 수십 킬로미터, 수백 킬로미터로 뻗은 해변에 알록달록한 파라솔을 펴고 비키니 심지어는 요새 유행하기 시작한 모노키니 수영복을 입은 여자들과 부끄러움을 모르는 남자들이 거의 벌거벗은 채로 휴가의 즐거움을 흠뻑 맛보고 있다.

이처럼 인생을 즐기는 남녀노소들을 아름다운 화폭의 파노라마처럼 즐겁게 바라보면서도 한편으로는 배가 고플 정도로 불행한 한국인들의 모습을 가슴 아프게 먼 이국의 급행열차 속에서 고독히 그려보지 않을 수 없다.

'몰토 베라!(참 아름답군!)'라는 짧은 이탈리아 여행에서 주워 배운 이탈리아 말로 같은 차간에 앉은 두 이탈리아인에게 말을 붙이니 '베라!' 하고 좋아하면서 이탈리아의 인상이 어떠냐고 묻는다. 나는 다소 농담조로 '베라! 몰토 베라! 난 이탈리아를 참 좋아합니다'라고 되지도 않는 이탈리아어와 영어 뒤범벅으로 대답한다. 그러자 그들은 몇 번이고 되풀이해 답변한다. '그라체(고맙습니다)! 그라체!'라고.

내 앞에 앉아 있는 아름다운 두 젊은 아가씨가 마치 창문 같은

시원스럽게 큰 눈 네 개를 깜빡거리면서 차창 너머 아름다운 해변
에 있는 행복한 벌거숭이들을 바라보고 있다. 나는 그들의 아름다
운 두 눈을 선망스럽게 바라보면서 속으로 중얼거린다.
　'베라! 몰토 베라!'

5

파리여 안녕

프랑스의 한국인

늘어난 프랑스의 한국인

8·15 해방 직후 한국 내에서 불어를 제대로 해독할 수 있었던 사람은 약 십여 명 내외라고 짐작된다. 그때까지 두세 명의 프랑스 유학생이 있었던 듯하며 빠리에 머물러 있을 때 해방을 맞이한 사람이 몇 명 있었다고 추측된다. 이나마 작은 수효의 유학생이나 체류자들도 일본의 합병하에 있었던 한국인이었으니 실질적으로 또 형식적으로 프랑스에 한국인은 없었던 셈이다.

섬나라 일본은 이미 이때 아니 벌써 반 세기 전에 수백 명, 수천 명의 유학생을 프랑스, 독일, 영국 등 선진국가에 파견해서 현대적인 법률, 문학, 기술, 군부 조직을 재빨리 배우고 그 힘으로 한국을 강탈하고 대륙에 진출하면서 과도한 야심 끝에 아시아 전역에 걸친 통치를 꿈꾸다가 패배하고 난 참이었다. 이 사실만 보아도 한국이 얼마만큼 뒤늦게 서양의 존재를 다소나마 알려고 했고 또 알게 되었는가를 짐작할 수 있다. 서양 문명에 대한 각성이 늦었던 것은 우리가 일본에 점령되어 그들에 의해서 계획적인 방해를 받았던 것에도 큰 원인이 있다.

일본의 패배는 한국의 독자적 존재를 국제적으로 인정받는 의미를 가졌으나 우리의 존재가 서양은 물론 대부분의 나라에 다소나마 알려지게 된 것은 불행하기 한량없던 6·25 사변을 통해서였다.

한국의 여권과 한국 국적을 갖고서 프랑스에 유학생들이 들어오기 시작한 것은 실상 6·25 사변 후 1953년에 한두 명이 있었고, 그 몇 년 후에 두서너 명이 있었는데 십여 년이 지난 현재에는 대략 200여 명의 한국인이 체류 중이다. 유럽에서 몇 년 전까지만 해도 한국인은 프랑스에 가장 많이 있었다. 아마 현재도 독일에 간 광부를 제외한다면 프랑스가 가장 많은 수를 차지하고 있는 줄로 알고 있다.

한국인 체류자는 대략 두 가지로 나누어볼 수 있다. 학생과 그 밖의 사람들. 후자에 속하는 사람들은 대사관 직원과 그 가족들 외에 8·15 이전부터 살았던 몇 명과 유네스코 직원, 프랑스 사람에게 출가한 몇몇 부인들, 식당 경영자, 한국어 교수, 물리학 교수 등이 있고, 이 밖에 좀 애매한 성분에 속하는 사람들, 즉 학교에 다니진 않지만 그렇다고 확실한 직업을 갖고 있지도 않은 화가들, 음악가들, 재단사들이 있는가 하면, 학교를 이미 마쳤던가 혹은 한국에서 마치고 직접 이곳의 어느 연구기관에서 일하고 있는 사람들이 있다. 그 밖에 이삼 년 전부터는 기술 원조의 경우로 일년 내내 이곳을 거쳐가는 사람들이 십여 명 있는 듯하다. 신부 혹은 수녀들도 아마 비학생의 부류에 넣어야 할 줄로 생각한다. 이 중에는 유도 교사로 와 있는 분들도 있다는 말을 들었다.

이러한 부류를 제외하면 나머지는 학생들인데 말하자면 대학을 비롯한 여러 종류의 학교에 실제 등록을 하고 수업을 받든가 혹은 학위 논문을 준비하는 사람들을 말한다. 전공 분야는 양재를 비롯해서 신학, 미술, 음악, 농학, 생물학, 언어학, 미술사, 미학, 사회학, 건축학, 의학, 심리학, 철학, 불어, 불문학, 정치학, 사학, 법학, 경제학 등 다방면에 걸쳐 있는 것 같은데 그 중에서 가장 많이 차지하고 있는 것은 법학, 정치학 그리고 불문학이 아닌가 짐작된다. 불문학이 많은 것은 확실한 방향을 잡기 전에 불어의 완전한 습득이 필요하기 때문이 아닌가 추측된다.

에뜨랑제(이방인)의 괴로움과 슬픔

학생들은 물론 체류하고 있는 한국인들이 초기에 겪는 문제는 무엇인가? 첫째 언어 능력의 부족이라고 생각한다. 정확히 학생에 속하지 않는 사람들은 말할 것도 없거니와 한국의 대학에서 불문과를 우수한 성적으로 나온 사람들이라도 이곳에 오자마자 대학에서 강의를 마음놓고 들을 만한 준비가 되어 있지 않다. 불문과 출신이라도 일이 년 후쯤에야 강의(대학에서)를 어느 정도 마음놓고 듣고 노트를 할 수 있게 된다는 사실에 비추어보면 학생들의 고충이 어떠한가를 짐작할 수 있으리라. 언어 능력의 부족은 특히 인문학과에서 치명적인 타격이 되지만, 그 밖의 학과에서도 고충을 가져온다는 것은 추측하고도 남는다. 비록 학생이 아닌 화가나 음악가들 또는 공관 직원들은 영어나 그 밖의 임시 변통 수단 가지고 충분히 지장 없이 지낼 수 있지만 언어에 지장이 없다면 훨씬 더 많은 효과를 얻을 수 있을 것임은 뻔한 논리가 아닐까?

둘째 곤란은 언어 능력을 전혀 떠나서 말한다 해도 실력의 부족이라고 생각된다(이건 물론 필자 개인의 경험을 통해서 말하는 것이니 오해가 없기를 바란다). 한국의 대학, 중·고등학교, 초등학교의 수준

이 낮은 데서 오는 현상이다. 이곳 학생들 이상으로 초등학교에서
부터 노력한다 해도, 나쁜 시설, 교원과 교수들의 일반적 수준의 저
하, 책 없이 나올 수 있는 대학, 경제적·정치적·사회적 불안 속에
서 허덕이며 자라는 것이 큰 이유가 될 것이며 또 하나는 거의 모
든 학문이 서양 문화에 기초를 둔 까닭에 그 사고방식을 배워야 되
는데 거의 몇 권 혹은 몇 페이지 안 되는 책을 통해서만 두서없이
흐리멍텅하게 배우고, 또 더 큰 원인은 영어를 비롯한 독어 혹은 불
어 등의 외국어를 속성(速成)으로 배우는 데 거의 대부분의 정력과
시간을 보내야 하기 때문이다. 그렇기 때문에 유학생들 거의가 대
학 혹은 대학원을 마치고 오지만 언어 능력을 전혀 떠나서 생각해
도 이곳 대학과정인 이른바 리쌍스(Licence) ─ 이것은 미국 혹은 한
국 등의 학사 B.A.(Bachelor of Arts)에 해당하는 것으로 '바깔로레
아'를 마친 다음에 예과를 합쳐 삼 년 만에 끝낼 수 있는 것인데
삼 년에 끝내는 학생은 프랑스인들 중에도 삼분의 일에 못 미치고,
사 년 혹은 오 년 후에야 얻게 되는데 미국의 M.A.(Master of Arts ;
문학 석사)와 동등한 수준으로 취급한다 ─ 강의를 완전히 이해하고
그것을 준비하는 학생들과 우리의 지식을 비교하면 자연히 뒤떨어
짐을 느끼지 않을 수 없다. 이것은 특히 인문계에서 절실히 느껴지
는 문제라고 믿는다(거듭 말하거니와 이런 관점은 필자의 개인적인 경
험을 통해 말하는 것임은 물론이다. 모든 학생들이 다 같은 경험을 했다
고 할 수 없다).

언어 능력, 총체적인 지식 즉 독서의 결핍에서 오는 곤란에 이어
한국인들의 합리적 사고방식의 훈련 부족을 들지 않을 수 없다. 이
합리적 정신의 부족은 비단 한국인에 한한 것이 아니고, 아시아 출
신을 비롯해서 같은 서양 문화권에 사는 미국인들까지도 느끼는 것
이라 생각한다. 근대 합리주의의 근원을 이루고, 오늘날 서구문명의

사고의 기초를 세운 데까르뜨를 조상으로 하는 프랑스인들의 정신
은 아나똘 프랑스의 다음과 같은 말로 상징된다고 볼 수 있다.

"분명하지 않은 것은 프랑스적이지 않다."

학과에 따라 다소 차이는 있지만 비단 수학, 물리학에 있어서도
근본 정신은 똑같은 원칙에 서 있다고 생각한다. 예를 들어보자. 학
업은 교수들의 강의와 조교들이 지도하는 연습으로 크게 나눌 수
있는데 전자는 종합적인 것을 대변하고 후자는 분석적인 훈련을 나
타낸다. 이 두 방향에 따라 학생들은 자기 과목에 나타난 프로그램
을 다각도로 광범위하게 공부해야 한다. 6월에 학년말 시험이 있는
데 이것도 두 가지로 구분된다. 일단 필기시험에 합격이 되면 구두
시험을 치르고 두 난관을 통과해야 합격이 된다. 필기시험(대개 4시
간 동안 실시됨)에는 제출된 문제에서 다시 문제를 제기하고 그것을
논리적으로 전개해야 한다. 해당 문제에 대해서 지식이 있어야 함
은 말할 필요가 없지만, 단편적인 지식을 가졌다 해도 이론적인 전
개가 되지 않을 때에는 영점이나 마찬가지다. 이런 방식은 수학 시
험이나, 물리학 시험도 같은 원칙에서 이루어진다고 믿는다. 말하자
면 시험은 하나의 짧은 논문작성이다. O/X식, 백과사전적 지식만으
로는 도저히 시험관들의 구미를 당길 수 없음은 뻔하다.

그 다음 구두시험은 요행히 필기시험에 합격한 자들을 색출해내
는 의미도 있겠지만, 문필력 외에 구두력을 테스트하는 것이다. 시
험관 앞에서 제비를 뽑아 걸린 문제를 약 십 분 가량 정리해서 조
리있게 답변해야 한다. 분석과 종합의 끊임없는 훈련을 받으면서,
솔직히 필자 개인적으로, 차츰 습득하는 동안에 일종의 지적 환희
를 느끼곤 했다. 내가 미련했던 까닭인지 모른다. 그러나 분석과 종
합을 통해서 이론적으로 연결이 되어야 비로소 지성은 만족하고,
지성에 납득이 되어야 정신이 밝아진다. 우리는 이러한 훈련이 영

점에 가까울 정도다. 우리는 너무도 직관에만 만족하고, 산만한 경험에만 옳고 그름의 기초를 두고 살아온 것 같다. 참다운 지성은 경험을 기초로 하고 실험을 실증으로 하되 그것이 경험을 넘어서 논리적인 밑받침을 가져야 한다. 여기에서 비로소 과학이 시작된다고 믿는다.

넷째로 더 근본적인 고충이 대부분의 한국인들을 괴롭히고 있다. 경제적인 고충이다. 공관에 있는 사람들, 직장을 갖고 있는 사람들, 몇몇 사람들, 몇몇 연구기관에 있는 사람들, 그 밖에 기술 원조계획에 의한 장학생과 십여 명 되는 일반 장학생들을 제외하고는 거의 모든 학생들은 이른바 자비 유학생에 속하지만, 특히 인플레이션이 심한 오늘의 국내 실정으로 보아 집에서 송금을 제대로 꼬박꼬박 받을 수 있는 학생은 별로 많은 것 같지 않다. 대학의 일 년 수업료가 인문계는 10여 달러에 불과한 무료에 가깝고, 일반 식당의 오분의 일 정도 가격의 학생식당을 이용할 수 있지만 아무 것도 하지 않아도 이럭저럭 최소한 한 달에 150달러 정도는 가져야 마음놓고 공부할 수 있다. 그러나 이 액수는 한국의 대학교수 월급의 3배에 가까운 것이니 이곳 학생들의 실정을 짐작할 수 있다. 그렇다고 미국과는 달리 아르바이트를 한다는 것은 거의 불가능하다.

고독하게 비치는 조국

난관에 또 난관이 겹쳐 심리적 고충이 있다고 추측한다. 이미 대학 출신이며, 그 후 대개 1년 혹은 3~4년 후에 이곳에 왔으니 이곳 학생들에 비하면 아저씨, 아주머니 정도의 연령에 가깝고, 그 이상의 나이를 가진 분도 적지 않다. 그렇게 얻기 어려운 패스포트를 들고 김포 공항에서 그리운 부모, 형제, 친구들과 쓰라린, 기약없는 이별을 하면서 찬란한 꿈과 굳은 결의를 하고 와서 부딪쳐 보면, 말이 잘 안되어 답답하고, 피로하며 하루 이틀 나이는 쏜살같이 먹는데 마음대로, 계획대로 학업은 진행되지 않고 경제적으로는 그날그날 위협을 받으니 장기적이며, 계획적으로 공부하기가 힘들다. 내 나이에 비해 어린애 같은 이곳 본국 학생들에 비해 자신의 나이를 고려할 때 다소 열등감을 느끼지 않을 수 없다. 나이는 찰 대로 찼으니 장가도 가고 시집도 가야 하겠지만 경제적 능력이 없다. 비록 마음이 맞아도 결혼이 성립되기 어려우리라고 짐작한다.

이와 같은 심리적 고충 외에 한국인 고유의 정신적 고충을 느끼고 있다고 추측한다. 가난하고, 정치적으로 사회적으로 항상 불운한 조국, 후진이라는 무겁고 치욕적인 멍에를 멘 조국이 사무치도록 안타깝게 느껴진다. 한국의 존재는 국토분단의 한 표본으로서만, 그에 의해 야기된 비극적 6·25 전쟁을 통해서만 겨우 알려졌고 후진국의 한 케이스로만 알려졌다. 오다가다 한국을 딱하게 생각하고 난처한 입장에 있다고 생각하는 이는 더러 만나도 우리 조국의 문화에 매력을 느끼고 우리 조국의 장래에 관심을 기울이는 사람들은 유럽에서, 적어도 프랑스에선 별로 없는 것 같다. 일본에 매력을 느끼는 사람은 허다하고, 그를 격찬하고 그를 알고자 하는 사람들은 많으며 중국에 깊은 관심과 그의 동태와 비중과 문화와 발전상에 대해서 허다한 사람들이 급속도로 관심을 갖지만 한국을 정말 알고 아끼고자 하는 사람은 거의 전무하다 하지 않을 수 없다. 과거 식민지였지만 지금은 독립국인 허다한 아프리카 국가들, 인도, 파키스탄까지를 합해서 모든 아랍 국가들에도 큰 관심과 관련을 갖고, 캄보디아, 라오스, 베트남을 비롯한 동남아 후진 국가에도 큰 관심과 관련을 갖지만 분단된 한국에 관해선 관계하기를 꺼리는 것 같다. 어쩌다 보도되는 한국에 관한 보도는 데모가 있다든가 정치적 파동이 있다든가, 경제적 혼란이 있다든가, 아니면 태풍의 큰 피해를 받았다든가 하는 따위의 침울한 것들뿐이다. 반쪽은 소련과 중국 또 반쪽은 미국의 영향 밑에서 서로 이를 갈고 있는 조국이 이곳에선 한없이 고독하게만 느껴지고, 사천 만에 가까운 인구로는 몇 번째 안 가고, 별로 우둔하지 않은 민족인 듯한데도 어쩐지 너무나 미약한 존재인 것만 같다. 외국에서, 유럽에서 특히 빠리에서 다소 객관적으로 비쳐 보이는 불우한 조국이, 공부하기에 지친 학생들, 일하고 살아가기에 고달픈 이곳 한국인들의 가슴을 더욱 그늘지게 하는 것만 같다.

나는 결코 비관론자도 아니요 패배주의자도 아니다. 철학자 스피노자의 말대로, 지난 과거를 비관하거나 슬픔에 빠지는 것은 덕이 아니요 그 정반대임을 믿고 있다. 자유와 미래의 좀더 나은 생활은, 인간의 행복은 주어진 것이 아니라 쟁취해야 함을 믿고 있다.

재불 한국인의 사정을 이야기하면서도 오직 부정적 면만을 열거한 것은 좀더 우리의 사정을 객관적으로 파악하고 그럼으로써 새로운 검토와 개선을 암시하기 위해서였을 뿐이다. 사중, 오중의 난관 속에서도 이곳 모든 학생들의 근면과 노력은 자랑할 만한 것이 아닐 수 없으며, 그럼으로써 십여 년밖에 안되는 한국의 프랑스 유학 경력을 통해서 몇 년 전부터 차츰 다방면으로 빛을 내기 시작하고 있으며, 이러한 경향은 해가 갈수록 더욱 밝아지리라는 것을 확신하는 바이다.

빠리여, 안녕!

– '자유의 십자로'에서 작별

까페에 앉아서

내일 모레면 떠난다. 이곳, 내 청년시절의 첫 한 토막을 태웠던 빠리를, 개학이 다시 막 시작되어 활기를 띤 대학가(quartier latin)를. 오늘, 이틀째 빠리의 날씨는 기적에 가깝도록 청명하고 덥다. 4년간 거의 매일같이 들렀던 플라스 드 쏘르본느의 작은 까페에서 친구와 헤어지고 나는 마치 여행자처럼, 길 잃은 사람처럼 발길이 닿는 대로 쏘르본느 대학 주변을, 쌩-미쉘 가(街)를, 웅장한 빵떼옹(Panthéon)이 올려다보이는 스프로 가(街)를 그리고 산책자들로 가득 찬 뤽상부르 공원을 돌며 뤽상부르 광장의 분수를 바라보고, 까페 '뤽상부르'의 걸상 위에 앉았다. 길 건너편의 여러 까페 테라스에 앉은 사람들이 마치 펠리컨같이 보인다. 그러나 이들이 펠리컨과 다른 것은 다만 맥주를 마시거나 알록달록한 의복으로 더 화려하다는 것이다.

손님들의 주문에 미처 응하기 바쁜 이 까페 보이들의 백발 머리 아래 이마 위에는 연방 쟁반 위에 들려 있는 신선한 맥주 유리컵에

UX MAGOTS

지는 이슬처럼 땀이 맺히곤 한다. 유리문 너머로 테라스에 앉아 있는 한 쌍의 아베끄(연인)가 연방 서로 머리를 쓰다듬고, 이따금 그 입술을 비둘기처럼 맞대곤 한다. 소녀의 빨간빛 스웨터가 더운 햇빛 밑에 더욱 눈에 띈다. 보도 위로는 쉴새없이 사람들이 지나간다. 가다가는 끼오스끄(kiosque ; 신문, 잡지 가판대)에서 석간을 들고 간다. 노란 다리로 둘러싸인 네거리의 분수 그리고 넓은 쌩 미쉘 가에는 승용차들이, 여행자의 오토 카들이 또는 족제비같이 달리는 스쿠터들이 꼬리를 물고 지나가고 얽히곤 한다. 자동차의 엔진 소리는 말할 나위도 없지만, 그 많은 행인들의 발자국 소리에 빠리 거리 전체가 웅웅거린다. 4년에 걸쳐 빠리는 온통 화장을 했다. 몇십 년 묵은 때로 까맸던 빠리는 거의 백 퍼센트 백색으로 선명하고 명랑해졌다. 저 건너 보이는 흰 빵떼옹, 손님들이 연이어 개미 떼처럼 기어나오고 들어가는 메트로 뤽상부르의 흰 석조건물이 시시각각 석양으로 변하는 햇빛에 더욱 아름답다.

움직이는 거리

　건너편 책방 쇼윈도에는 헤아릴 수 없이 많은 신간물의 진열로 마치 갖가지 크레파스를 벅벅 이겨놓은 것같이 찬란하고 어지럽다. 구둣방, 의복상, 잡화상 그 밖의 가지가지 상점의 쇼윈도는 피카소 혹은 미로(Joan Miró)의 어느 화폭 못지않게 아름답다. 이 거리 전체가 일 분 일 초를 쉬지 않고 움직인다. 이 십자로 전체가 어수선하게 얽힌다. 모든 것이 얽히고 또 얽히면서 그래도 여전히 또 스치고 풀려간다. 이 많은 혼란, 이 많은 소음, 이 많은 사람들, 이 많은 자동차, 거리에 꽉 찬 이 많은 집들, 영원히 그치지 않을 것 같은 지칠

빠리여, 안녕

줄 모르는 움직임, 아, 모든 것이 또한 아름답게 느껴진다. 이 속에서 우글거리는 사람이 자유롭게 보인다. 이곳에, 그들에겐 행복이 있는 듯하다. 모든 게 살아 있다. 아니 전체가 살아 있다.

이웃 도시에 혁명이 일어난 것도 아니며 지금 당장 프랑스에 전쟁의 위협이 있는 것도 아니다. 그러나 모든 사람들은 움직인다. 움직여야 한다. 그들은 무의식적이나마 삶을 다름 아닌 움직임으로 느끼며 또 그렇게 알고 있다. 움직임에 지칠 줄 모르는 동물, 인간의 본질은 힘 즉 활동성이다. 그러나 지금 이쪽으로 건너오는 저 노인과 저쪽으로 건너가는 저 학생이 아무렇게나 움직인다면, 동쪽으로 달리는 스쿠터와 서쪽으로 달리는 택시가 아무렇게나 움직인다면 움직임은 종말을 고할 것이다. 그들은 쓰러지거나 죽거나 할 것이다. 참다운 움직임, 인간의 움직임은 움직인다는 성질 자체로 보아 본질적으로 무질서한 것 같지만, 또한 본질적으로 있는 것을 깨뜨리는 무질서의 근원인 것 같지만, 이 움직임은 있는 질서, 자연의 질서를 인간적인 질서로 전환시킬 수 있는 힘이라는 데에서만 그 특성이 있다. 그러므로 인간의 힘은 노동이라 할 수 있다. 왜냐하면 노동은 참된 경우에 언제나 창조적이기 때문이다. 이 까페가 생긴 것도, 저 비어 홀이 생긴 것도 바로 이 노동의 결실에 불과하다. 저 분수, 저 쇼윈도, 이 십자로 전체가 아름답게 보이는 본질적인 이유는 그것들이 모두 진정한 의미로서의 '노동' 의 열매이기 때문이다. 창조적이지 않은 아름다움은 없다. 미는 언제나 인간적이다. 언뜻 생각하기엔 여기에서 와작거리는 사람들 중에는 누더기를 입은 사람이라곤 찾아볼 수가 없고, 모두 기름진 얼굴에 싱싱하기 때문이라고 생각되리라. 그러나 누더기가 없어지고 모두가 건강하고 싱싱한 근본적인 이유는 이들의 조상들이 참다운 노동을 해온 데서만 찾을 수 있다. 빈곤의 격퇴, 부의 정복은 끊임없는 창조를, 다시 말하면 인

간이 인간답게, 인간으로서 살아왔다는 증거에 불과하다. 우리는 말할 수 있다. 자유는 바로 진정한 의미에서의 바로 이 노동이다.

신비적 직관

만약 인간이 시간적 한계를 갖지 않고 영원히 존재하는 불멸의 동물이었다면 아무런 노력도 활동도 없었을 것이다. 영원한 존재란 차라리 죽음이나 허무와 마찬가지다. 무엇인가를 더욱 찾고, 한없이 욕망을 추구하며, 젊은이가 미친듯이 사랑을, 불타는 사랑을 찾는 것이 언젠가는 사멸함을 알기 때문이다. 시간적 존재로서, 인생을, 다시는 결코 돌아오지 않는 한순간 한순간을 충실히 채워가기 위해서다. 작품 속에서, 사랑 속에서, 건설 속에서, 노동 속에서 누구나 타고난 무한한 가능성을 발휘하기 위해서다. 가능성으로서 인간은 제각기 선택한 이상을 향해서, 아니 제각기 목표를 향해서 완성하고자 하는 영원한 결핍이요 미완성이요 또한 욕망이다. 참다운 자유는 바로 이 가능성을 힘껏 추구해나가는 데만 있다. 그러므로 자유는 휴식과는 정반대로 쉴새없는 노력이요 긴장된 상태, 아니 긴장된 힘이다. 생명감은 바로 이 창조적이며 고달픈 긴장 속에서만 느낄 수 있다. 따라서 인생이 느낄 수 있는 유일한 행복은 끊임없이 주어진 현재의 상태를 극복해나가는 활동의 힘을 의식할 때만 얻을 수 있는 승리감에 불과하다.

짧은 시간 속에서 최대한으로 삶을 느끼기 위해서, 그 제한된 시간을 충실히 채움으로써만 시간성이 극복됨을 깨달은 인간은 동물을 복종시키고, 땅을 갈고, 도구와 기계를 발명하고, 집을 짓고, 도시를 만들었으며 예술작품과 종교를 발명해냈다. 문화란 다름 아닌

이 같은 인간적 노력의 결정물이다. 아니 예술작품을 발명했다고 하는 것은 잘못일 것이다. 그러한 것을 생각해냈던 사실 속에 시간적 존재로서의 인간, 그 인간이 살고 있는 지구, 그 지구가 떠 있는 상상할 수 없는 우주에 종교적 의미가 있지 않을까? 무엇 때문에 저 많은 사람들이 쉴새없이 움직이고 저처럼 바삐 일해야 하는가? 인생의 아니 인류의 그리고 존재 자체의 궁극적 의미를 이것이라고 지적해낸 사람은 하나도 없다. 영원히 없을 것이다. 그러나 인간이란, 존재란 무엇인가. 결함 있는 것을 채우기 위해서, 보충하기 위해서만, 그것을 실천하는 데서만 뜻을 찾을 수 있는 것만 같다. 이러한 궁극적 의미는 우리의 모든 이성적 해답을 훨씬 넘어서 우리의 신비로운 직감 속에서만 체험된다. 만약에 지성을 넘어선 이러한 신비적인 직감의 세계가 없다면, 만약 인간이나 지구가 나아가서 존재가 미완성이며 하나의 결함이 아니었다면 우리의 자유는 없었을 것이다.

내 의지로 내 생명을 걸고 선택한, 불안에 가득 찬, 피땀을 요구하는 가능성이 없었더라면 내 삶의 의미는 무의미하리라. 빠리에서, 아니 내가 지금 앉아 이 펜을 움직이면서 내다보고 있는 뤽상부르 공원 십자로에서 참다운 자유를 누릴 수 있는 인간들 또 더 나아가서는 그러한 자유의 소산으로서의 문화, 행복의 모습을 나는 새삼스럽게 느낄 수 있을 것만 같다.

자라난 이웃들

두 발 달린 동물 그러나 생각하는 인간은 나를 환상 속에 사로잡았다. 창조적이며 본질적으로 자유로울 수밖에 없는 인간은 항상

반돔 원주

매혹적이고 마술적 힘으로 내 마음을 끌어당긴다. 수수께끼 같은 이 인간이 만들어놓은 문화, 특히 오늘날의 서양문화는 내 심신을 사로잡아놓았다. 나는 모든 것을 알고서 살려고 했다. 모든 것을 명확히 이해하고 싶었다. 나는 서양을 본질적으로, 그 핵심에서부터 이해하기로 결심했다. 그럼으로써 또한 인간을, 인생의 의미를, 내 존재의 절대적인 의의를 알아보기로 마음먹었다.

육체적으로 허약하고 경제적으로 빈곤하기 짝이 없었으며, 정신적으로 외로웠던 만 4년간 나의 생활은 괴로움으로 차 있었다. 오다가다 따뜻한 우정과 솔직한 공감과 극복해냈던 난관들이 준 순간적 환희가 1,500여 일 가까운 괴로움의 망막한 시간적 대양 속에서 마치 푸른 섬들처럼, 길을 가리키는 등대처럼 나를 격려했고 뒷받침해주었다. 나는 30대의 전반을 매일매일 지금 내가 앉아 있는 까페의 주변을 오고 갔으며, 문이 닳도록 쏘르본느 대학을 드나들었다. 뒤늦게나마, 아니 뒤늦었기 때문에 더욱 나는 쏘르본느 대학을 삼켜버리고 싶었다. 내일 모레면 떠나기로 한 지금 내가 얻은 것은 무엇이냐? 가장 왕성하게 활동할 수 있는 4년의 긴 시간을 날려보낸 객지에서 지금 내 손에 남은 것은 무엇이냐? 몇 장의 증서 그리고 나의 논문 출판을 위한 계약서 한 장. 어떤 때는 다소의 만족도 느끼지만 대부분의 경우 내 마음은 허전하기 한량없다.

4년이란 세월은 결코 짧지 않다. 내가 이곳에 도착한 후에 난 친구들의 아들 딸, 프랑소아와 주느비에브가 며칠 전에 벌써 유치원에 가서 배운 상송과 춤을 나에게 가르쳐준다. 내 서투른 불어를 교정하는 경우도 있다. 내가 이곳에 도착했을 때 겨우 바깔로레아(대학입학 자격)를 땄던 어린 친구들이 벌써 대학을 나오고 혹은 교원이 되고 혹은 사회에 혹은 공장에 직장을 얻어 당당한 사회인으로서 생활을 시작했다. 그 당시에 꼬마로만 생각했던 친구들이 사랑에 빠지고, 이어 결혼을 하고 자녀를 갖게 되었으며, 자기 자동차를 사고 자기 아파트를 얻어 안정된 생을 출발한다.

그들도 다른 많은 사람들처럼 서둘렀다. 빨리 유치원을 나오고, 빨리 자라서 또 빨리 대학을 나와 사랑을, 결혼을 했으며 하루바삐 직장을 구하여 빨리 독립된 생활을 하려고 전력을 기울였다. 그들의 이러한 태도는 정당하다. 일 초라도 시간을 낭비할 수는 없다. 그들은 언젠가는 죽어야 하기 때문에 하루바삐 한순간 한순간을 충실히 살아, 그들이 갖고 태어난 무한한 가능성을 최대한으로 발휘해야 하기 때문이다.

고국으로 향하는 길은 멀다

파산에 가까웠던 내 젊음, 누차 자살로 모든 것을 기권, 청산하려 했던 위기를 겨우 극복하는 데만 낭비했던 내 청춘, 다시는 되찾을 수 없는 젊은 시절을 지난 나는 지금 외지 빠리 한복판에서 한낱 늙은 열등생으로 머물러 있다. 나는 슬픔에 잠겨 있는가? 이곳 젊은 이들이 이젠 별로 부럽지도 않다. 이들의 애인, 자동차, 아파트, 월급을 선망하지도 않는다. 아니 그럴 수는 없고 그래서도 안된다. 그들이나 나나 인간으로서 살 자유가 있다. 그러나 자유는 개념이 아니요, 한순간 한순간 각자가 행동으로 실천해가는 개별적인 것이다. 그들이 실천하며 살아가는 자유가 나의 자유일 순 없다. 나는 나대로, 시간적으로, 공간적으로 색다른 자유로서 살아가도록 결정되어 있다. 아니 그러한 곳에서만 참다운 나의 자유를 성심껏, 힘껏 끝까지 살아보자!

지금도 밖에 내다보이는 십자로에는 생명과 기계가 계속 움직이고 얽히며 스쳐간다. 그 많은 사람들, 그 많은 자동차가 완전히 똑같은 것은 하나도 없다. 각 개인은 이 광장과 이 십자로에서 그 어느 것과도 대체될 수 없는 절대적으로 개별적인 삶을 살아가며 개별적인 자유를 실천하는 것이 아니냐? 나는 나를 알고, 남을 알고, 문화의 뜻을 그리고 세계를 이해하고 그것을 표현하는 데 내 자유를 바치기로 마음먹었다. 한국에 가난이 있고 한국 사람들이 불행하다면, 세계에 부정과 악이 있다면, 그것들을 없애는 데 조금이라도 이바지하기로 맹세했다. 모든 사람과 나 자신이 참다운 자유로 살아갈 수 있도록 하는 '노동'에 이 허약한 내 육체와 가난한 내 지성과 아직도 농도 짙지 못한 내 성의를 바칠 결의는 현재도 더욱 굳어간다.

　내일 모레 나는 이곳을 떠난다. 또 낯선 새로운 대륙에 발을 디딜 날을 이틀 앞두고, 내 마음은 새로운 것을 알게 되리라는 희망과 환희 그리고 다시금 이겨나가야 할 물질적 난관들에 대한 불안으로 얽혀 있다. 그러나 나는 이러한 모험과 싸움이 나의 자유임을 믿는다. 4년 동안 낯익은 신문 장사가 지금 막 '르 몽드!' 하면서 까페에 들어온다. 쉰 살에 가까워 보이는 그의 머리는 벌써 반백(半白)이 되었다. 그러나 그는 젊어 보이고 명랑하다. 삶이 자유라는 것을 그는 알고 있는 것 같다.

끝나지 않은 문화 −북미의 인상

　어느 한국인이든 아니 지구의 어떤 사람이든 미국의 도움을 직접 간접으로 받지 않거나 미국의 영향을 입지 않은 나라는 없다. 한국은 물론 2차대전말까지만 해도 소련이나 중국은 무한히 큰 미국의 물질적 원조를 받았다. 나도 추운 겨울 냉방에서 미제 캔디와 추잉껌을 아껴 먹으면서 미국의 소년들을 부러워하며 중학시절을 보냈다. 낙타처럼 서울 바닥을 꺼떡거리고 다니는 GI(미군)들을 멀리서 바라보며 그 자신만만한 힘에 위압을 느끼던 나였다. 많은 사람들이 '샷 넴! 신 오브 비치!' 라고 가끔 소리치며 흙탕물을 튀기고 달리는 지프 차를 피하면서도 그들의 힘과 부에 선망을 느꼈을 것이다.

　인류 역사상 오늘의 미국처럼 큰 힘과 부를 가져본 나라는 없었다. 어째서 이러한 나라가 되었을까? 이미 반 세기 전 독일의 사회학자 막스 베버는 청교도 정신 속에서 그 이유를 찾으려 했다.

　바로 나는 모든 것을 이해하고 싶어하는 사람 중의 하나이다. 오래 전부터 이 나라를 보고 싶었고 알고 싶었다. 15일간 뉴욕에서부터 로스앤젤레스를 버스로 횡단하면서 될수록 아무런 선입견 없이 솔직한 인상을 메모했다. 오늘의 미국을 이룩한 이유를 찾으려 함이 아니고 다만 내 눈앞에 비친 오늘의 미국의 모습을 있는 그대로 잡아냈을 뿐이다. 이처럼 큰 나라를 버스 속에서 혹은 값싼 호텔과 카페테리아만 찾아다니면서 보낸 단 2주일 동안 다 이해했다거나 그 문화를 다 파악했다고는 도저히 할 수 없다. 그러나 몇 가지 스쳐간 인상이 도서관에서 얻고 배운 숫자나 기록의 설명보다 때로는 한 나라에 대한 새로운 면을 신선한 각도에서 보여줄 수도 있으리라고 믿는다.

모델 같은 도시

케네디 공항에 착륙하는 비행기 창에서 내려다본 미국, 뉴욕은 황량하다는 느낌이었다. 회색 혹은 황톳빛의 해안이 한없이 뻗어 있으며, 내륙으로 접어들면서 납작한 가옥들이 끝없이 퍼져 있었다. 멀리 뉴욕 맨해튼의 고층 건물들이 망령처럼 아른거린다. 해안을 덮은 나지막한 잡목들은 남국의 정서를 자아낸다. 공항에서 버스로 시내에 들어오면서 바라본 주택가의 스타일이며 가로수도 역시 이러한 느낌을 더욱 확신케 한다. 유럽의 도시에서 느낄 수 있던 아담한 멋과 초록의 감각을 찾아볼 수 없고 어딘가 거칠어 보인다.

그림엽서에서 본 뉴욕은 어느 곳에서도 찾아볼 수 없는 각별한 미감을 준다. 기하학적 선의 조화가 그것인 것 같다. 그 유명한 맨해튼의 고층 건물들 사이를 걸어보라. 엠파이어 빌딩을 비롯한 끝없이 높은 건물들을 바라보며 브로드웨이 피프스애버뉴(5번지)를 산책하면 그림엽서에서 즐기던 미감은 완전히 사라진다. 어디에도 조화로운 전망을 찾아볼 길은 없다. 그러나 자신이 어느새 완전히 고독하고 하잘 것 없는 존재로 변했음을 깨달을 것이다. 가로수가 없는 뉴욕의 거리는 마치 터널을 뚫고 다니는 느낌을 줄 것이다. 어디를 가도 개성이 없는 비인간적인 도시인 성싶다. 하늘을 뚫을 듯이 높은 이 도시를 세운 힘과 기술에 감동하고 나면 당신은 이 도시가 얼마 동안은 황막하다고 느껴질 것이다. 상하 좌우로 뻗은 무수한 하이웨이, 오직 철과 철로 이루어진 수많은 철교 그리고 그 위를 달리는 철도, 지하를 뚫고 달리는 지하철에 위력을 느끼고 나면 당신은 즉시 피로감을 느낄 것이다. 거리를 산책하다 피로를 풀 수 있을 만한 까페가 없다. 숱한 인파가 서로 어깨를 비비고 스쳐가면서도 서로 대화를 나누고 마음을 통해볼 장소도 분위기도 있지 않다. 강한 네온의 밤거리에서 당신의 적막감과 허전함과 피로는 한층 더할 것이다.

그 많은 인간의 힘과 기술로 이루어진 도시지만, 그 많은 인구가 우글거리는 곳이지만 뉴욕은 아무래도 정말 사람이 사는, 사람이 살 만한 고장이 아니라 마치 거대한 모델(건축모형)을 바라보는 기분을 준다. 오직 워싱턴의 아름다움을 빼놓고는 내가 스쳐본 미국의 대도시는 비인간적인 모델임을 느끼게 했다. 그래도 뉴욕은 전체적으로 다소의 조화를 찾아볼 수 있었지만 시카고는 전체적으로 보이도 함으로 뒤죽박죽인 거대한 철과 벽돌로 된 모델임을 느끼게 할 뿐이다.

하이웨이와 가스 스테이션

뉴욕에 떨어지자마자 나는 편리한 전화시설의 덕을 많이 보았다. 어디에 가도, 아무 데서나 장·단거리 전화를 동전만 넣으면 할 수 있다. 미국의 동전 사용은 비단 전화에 국한되지 않는다. 버스를 타도, 커피, 코카콜라, 샌드위치, 담배, 엽서 등 무엇에고 동전은 만병통치이다. 오토메이션의 편리를 누구나 즐긴다. 이곳에 와서 이처럼 섬세한 일상생활에 이르기까지 기계 문명, 아니 미국 문명의 특색과 그 편의를 멋쩍고 서투르나마 맛본다. 오늘날 이곳 문명생활의 가장 큰 특색은 하이웨이와 그곳을 달리는 자동차에서 찾아볼 수 있다. 이처럼 편리한 하이웨이를 나는 아직 본 적이 없었다. 빠리에서도 그 모습이 큰 것으로 대뜸 눈에 띄던 자동차들이 하이웨이 위에 꼬리를 물고 다녀도 전혀 커 보이지 않는다. 건물도 그렇거니와 길도 자동차도 모두가 크다. 어느 곳이든 길을 나서 보라. 당신은 자동차와 그리고 밤낮 가도 똑같은 수많은 가스 스테이션과 파킹 장소에 파묻히고 말 것이다. 거리거리 이른바 모던한 모텔과 카페테리아에 닿는다. 도로, 자동차, 가스 스테이션 그리고 모텔들이 모두 새것이고 깨끗하고 반짝거리지만 보고 또 보면 어쩐지 지저분하고 단조롭다.

전체감각

단풍이 들어 유난히 아름다웠던 동부의 풍경을 빼놓으면, 로스앤젤레스까지 버스를 타고 내가 지나온 미국은 너무나 살풍경(殺風景)하다. 네브라스카, 네바다는 가도가도 사막이다. 하나의 중심이 없다. 전체적인 감각이 서질 않는다. 물론 미국은 거대한 나라이다. 그러나 전체 감각과 조화의 결핍은 나라가 큰 데 그 이유가 있는 것은 아닌 것 같다. 무수한 공장이 서고, 무수히 모던한 주택들이 서지만 그러한 건설이 전체적인 조화 속에서 이루어지고 있는 것 같지 않다. 힘이 생기는 대로 아무 데고 집을 짓고 정원을 만들고 물품을 생산하는 성싶다. 미국는 산만한 느낌을 준다. 마치 미국인들의 생활이 자동차를 중심으로 고립된 것처럼. 실용적인 앵글로-색슨에겐 역시 미적 감각이 부족한 것 같았다. 깨끗하고 잘살고 힘은 있지만 미국엔 아무래도 매력이 없다.

거대한 캠핑

미국 주택들은 그 산뜻한 것이 특색인 성싶다. 푸른 잔디에 둘러싸인 혹은 푸른 나무에 덮인 1층 또는 2층의 초록빛, 하늘색 또는 흰색의 주택들이 아이들의 동화책에서 보는 것과 조금도 다름없이 산뜻하고 깨끗하다. 신식 주택들도 이러한 산뜻한 감각을 빼놓지 않고 지니고 있다. 그러나 대부분 목조나 시멘트 혹은 유리로 된 이 주택들은 어쩐지 자칫하면 날아갈 것 같은 가벼움을 동반한다. 땅속에 깊이 뿌리 박지 않았기에 언제나 딴 곳으로 움직일 준비가 된 것 같다. 미국은 뿌리가 없다는 생각은 비단 이러한 가벼운 주택에서만 느끼는 것은 아니었다. 가장 큰 고층 건물을 모아놓은 뉴욕에서도, 육중한 도시 시카고에서도 나는 이러한 느낌을 가졌다. 왜일까? 여유있게 앉을 곳도, 오다가다 생각에 잠길 만한 장소도 없으며 분위기도 되지 않는 것 같다. 모든 게 편리하고(돈만 있으면), 모든 게 움직이고, 모든 게 산뜻하고, 모든 게 가벼워 보이는 미국은 걸어가다 동전 넣고 코카콜라 마시고 걸어다니면서 샌드위치로 요기(療飢)하는 거대한 캠핑을 하는 나라인 성싶다.

문화와 기술

과학과 기술을 떼어 생각할 순 없다. 그러나 이 두 분야를 혼동해서는 안된다. 수학의 원리를 발견한 유클리드, 뉴턴, 데까르뜨, 라이프니츠는 기술자가 아니다. 물리 법칙의 발명자 케플러, 갈릴레오는 엔지니어가 아니었다. 아인슈타인과 지금 미사일을 만드는 기술자들을 혼동할 순 없다. 과학자는 생각하는 사람이지만 기술자는 남의 생각을 응용하는 일꾼이다.

미국이 내게 준 인상은 이 나라가 과학적인 나라라기보다 기술적인 나라라는 것이었다. 나는 오늘 이 나라의 놀랍게 발달된 고도의 기술과 그것의 생활화와 또 이 기술의 위력과 그것이 인류에게 주는 편리를 모르지도 않고 찬양하지 않는 것도 아니다. 그러나 내가 이곳에서 느낀 인간의 고독감과 인간 생활의 단조로움은 나로 하여금 다시금 기술문명이 전부가 아니라는 것을 생각하게 한다. 하나의 뿌리 있는 문화는 기술의 발달이나, 풍부한 물질의 위력이나 혹은 그것이 뒷받침하는 육체적 힘만으로는 이루어질 수 없다. 문화는 하나의 우주에 대한, 인생에 대한 통일되고, 뿌리 깊은 사상이다. 미국의 기술과 상상할 수 없는 그의 물질적 힘은 아직도 완전히 뿌리를 박지 못하고 있는 것만 같다. 그물처럼 사방팔방으로 얽힌 도로 위로 수없는 자동차들의 쉴새없는 움직임의 미국은 언젠가는 참다운 정신적 안식처와 생각할 수 있는 조용한 정처로 뿌리를 내려야 할 것 같다.

미국 문명이 뿌리를 갖지 않았다는 것은 오늘의 인류 문화가 그렇다는 것과 다르지 않다.

고향을 버린 사람들

코카콜라 비전

나는 데드 밸리(죽음의 계곡)에 서 있다. 몇백 리 몇천 리를 가도 끝없는 사막지대이다.

갑자기 동쪽 모래언덕 한구석에서 희미한 먼지가 나타나서 자꾸 커진다. 모포로 덮인 역마차가 앞뒤 수비대들의 옹위하에 서부를 향해 가는 것이다. 카우보이 모자에 총탄대를 무겁게 걸쳐 멘 게리 쿠퍼를 대장으로 하는 서부개척 부대이다.

수십 필의 말을 몰고 오는 역마차 부대가 마치 유성이 어디론가 흘러가듯 끝없이 단조로운 황톳빛 사막을 화살처럼 달린다. 움직임 이라곤 없는 원시의 자연 속에 너무나 초라하고 또 너무나도 외로 워 보이지만 그럴수록 그들의 모습은 용감하고 씩씩하고 자랑스러 워 보인다. 이 개척자들의 부대가 내 앞에 가까워지니 그들의 옷에 소복이 쌓인 먼지와 턱 아래로 방울방울 흐르는 땀이 보이고, 게리 쿠퍼의 허리에 매달린 매력 있는 권총 장식에 시선이 가며, 커다란 말의 코에서 숨가쁘게 뿜어나오는 콧김의 냄새가 날 만할 때, 그들의 전면 즉 서쪽 높은 모래언덕에서 역시 먼지를 일으키면서 수백 필의 말을 타고 언덕을 넘어오는 인디언들을 볼 수 있다. 미처 무엇을 생각해볼 겨를도 없는데, 벌써 총 소리, 화살 소리, 인마(人馬)의 아우성 소리가 외로운 사막의 적막과 고독을 깨뜨린다. 이미 수십 명의 인디언은 미처 화살을 쏠 사이도 없이 카우보이들의 총탄에 쓰러져 타고 있던 말에 질질 끌리고 밟힌다. 인디언들도 수가 많고 또 용감하기도 하다. 목숨을 건, 아니 종족의 존속을 건 싸움이니 당연하다. 수십 개의 화살이 개척자들의 가슴과 등에 꽂혔다. 화살에 맞은 개척자들은 겨누던 총대를 떨어뜨리면서 단말마의 소리를 지르며 말 등에서 거꾸로 떨어진다. 이미 아슬아슬하게 몇십 개의 화살을 용케 피할 수 있었던 게리 쿠퍼는 이 말에서 저 말로 빠르게 바꾸어 타면서 양 손에 든 권총으로 연방 명중시킨다. 바로 이때 인디언이 쏜 화살이 말 머리에 명중되어 거꾸러진다. 게리 쿠퍼도 땅에 떨어졌다. 자기가 타고 있던 말에서 뛰어내린 인디언 추장이 시퍼런 단도를 빼어 쓰러져 있는 게리 쿠퍼에게 덤벼든다. 인디언의 칼끝이 게리 쿠퍼의 벗겨진 가슴에 마악 닿으려 할 때 벼락 같은 권총탄이 인디언의 가슴에 명중한다. 이미 쓰러진 헨리가 마지막 힘을 모아 마지막 탄을 쏜 것이다. 추장이 넘어지자 몇 남지 않은 인디언들은 쏜살같이 도주한다. 게리 쿠퍼는 헨리에게 달려갔으나 헨리는 마지막 미소를 억지로 짓고 영원히 눈을 감고 만다. 이때 역마차 문이 열린다. 흰 옷을 입은 오드리 헵번의 아름다운 모습이 나타난다. 그녀는 게리 쿠퍼에게 달려간다. 둘은 잠깐 포옹한다. 헵번의 입술로 게리 쿠퍼의 입술에 묻은 먼지가 깨끗이 닦인다. 적지 않은 희생자를 낸 서부 개척자들은 장엄한 사막의 황혼 속에서 서쪽 지평선으로 사라진다.

얼마 전 이곳 대학의 지질학과 학생들을 따라 사흘간 이 사막을 구경한 일이 있다. 그 동안 나는 끊임없이 여러 서부 활극들을 되살려보면서, 서부 파이어니어들의 모험과 고난과 환희의 동기가 된 정신을 되살려보며 이해해보려 애썼다. 공상을 좋아하기 때문만이 아니며, 상상을 위한 상상을 위해서만도 아니다. 미국을 알고 또 가능하면 이 거대한 존재를 이해해보고 싶었기 때문이다. 아직까지도 흔히 천하게 보이고 또 가끔은 나이브(단순)하게 보이기가 일쑤인 미국인들이 어찌하여 오늘의 부와 힘을 이룰 수 있었는가? 그 근본적인 이유를 어디서 구할까?

미국의 초기 개척자들은 두 부류로 나누어볼 수 있다. 종교의 자유를 위해서 고향을 버리고 막막한 신대륙으로 건너온 청교도들과 그보다 훨씬 많은 구성원으로서 구라파에서 가난에 부대끼다 새롭고 풍족한 생활을 위해서 이곳에 온 사람들이 있다. 모험을 좋아해서 온 사람들도 있었다. 거의 제로에 가까운 원시 대륙을 향해 대서양의 파도를 넘어온 이들의 공통적인 요소는 무엇보다도 개척정신일 것이다. 고향을 영원히 떠났지만 그들은 결코 타락한 사람들, 낙심한 사람들이 아니었다. 그들을 뒷받침해주는 것은 희망이었다. 이런 의미에서 그들은 근본적으로 낙관주의자들이었다.

그들은 이상에 찼으며, 그것을 실천에 옮길 결의가 있었으며, 그것을 위해서는 인디언들의 화살이 가슴에 박혀도 좋다는 용기가 있었으며, 그런 결의를 할 수 있는 에너지와 정신이 있었다. 그들은 그들이 처했던 현실적 조건에 도전하였고 운명에 도전했던 것이다.

이곳에 와서 몇 개월 있는 동안 유난히 귀에 들어오는 낱말이 있음을 얼마 후 의식하게 되었다.

"챌린지(challenge)! 챌린지!"

이곳에서 강의를 한 달쯤 듣고 난 어느 날 같은 반 어느 친구가 묻는다. U.S.C(남가주대학) 철학이 당신한테 '챌린지'하냐고. 나는 '그저 그래'라고 대답은 했지만 그가 쓴 낱말 '챌린지'란 어휘에 주의를 하게 되었다. 운동선수 X가 Y에게 챌린지하고, X시험에 챌린지하며 P학위에 챌린지한다. 누구의 주장을 반박하는 것은 흔히 어택(attack)한다고들 쓴다. 어느 세미나에서 리포트를 하게 되자 한 동료가 무슨 얘길 하겠느냐고 묻는다. 교수의 주장을 반박할 셈이라고 하니까 대답하는 말이 "You are going to attack him, very good!"한다. "반박할 셈이군요, 좋은 생각입니다"란 뜻이다. 나에겐 이 어택(공격)이란 말이 쇼크를 준다. 이 낱말은 앞서 말한 챌린지 (도전)란 어휘와 떼어 생각할 수 없다. 물론 미국인들에겐 이런 낱말이 각별히 자극적이진 않다. 왜냐하면 그들은 부딪쳐본다. 또는 반박한다는 의미로 쓰기 때문이다. 그렇지만 영어 A, B, C 정도밖에 모르는 외국인에게는 우선 어원적 의미를 생각하지 않을 수 없게 되며, 그것을 생각할 때 자극을 받지 않을 수 없다.

내가 다니는 학교의 상징은 트로이안 기사로 되어 있다. 투구와 갑옷에 창을 든 이 기사의 동상이 본부 앞에 우뚝 서 있다. 미국 대학의 대부분이 이런 식의 상징을 갖고 있다 한다. 어떤 선생과 말 끝에 이러한 광경은 퍽 밀리터리스틱(militaristic ; 군국주의적)하지 않느냐고 농담 삼아 물었더니, 좀 그렇다고 한다. 물론 나는 그의 해석이 틀렸다고 생각한다. 이런 양식의 상징은 미국인이 좋아서 쓰는 챌린지나 어택이란 말과 떼어 생각할 수 없는 것으로 안다. 이 것들은 군보다는 다민족인 모험자들의 에너지와 용기와 이상을 표현하는 것으로 믿고 있기 때문이다. 물론 도전, 공격 또 기사들의 상징이 군국주의적인 냄새를 피우지만, 미국인들이 사용하는 의미를 분석하면 오히려 군국주의와는 정반대라고 생각할 수도 있다. 군국주의는 근본적으로 볼 때 참다운 제 실력보다는 무력으로 외부적인 힘에 의지하려는 것인데 비하여 앞서 든 낱말 속에는 온갖 모험을, 죽음까지도 무릅쓰고라도 자기의 실력과 이상을 살리겠다는 정신이 있기 때문이다.

일전에 나는 내가 느낀 점, 즉 챌린지라는 낱말을 미국인들이 쓰기 좋아하는 것 같다고 어느 동료에게 말한 일이 있다. 그는 대뜸 긍정하면서 그 다음으로 많이 쓰는 낱말이 있다 한다. 'obstacle(장애물)'과 'problem(문제)'이라는 어휘가 그것이다. 문제를 느끼고, 그것을 파악한다는 것은 자기 상황과 목적을 파악했다는 뜻이요 장애물을 느낀다는 것은 욕망과 이상이 있다는 것이다. 남은 것은 도전하는 것이요 공격하는 것뿐이다.

챌린지라는 낱말 속에 포함된 정신을 이해한다는 것은 미국을 이해하는 데 중요한 요점의 하나라고 생각한다. 문제는 어째서 끝없이 멋없고 싱거운 미국 음식과 어린애에게 알맞을 달콤한 코카콜라의 관계를 이해할 수 있는가에 있다. 이것을 이해한다면 인사라곤 '하이!'라고 말하는 싱겁기 짝이 없는 이 국민들과 싱겁기는커녕 무시무시한 오늘날 그들의 힘의 관계를 알 수 있지 않을까?

미국인에게는 미적 감각, 모든 것을 전체적으로 볼 줄 아는 조화 있는 감각, 질서 있는 감성이 결여된 것은 틀림없는 것 같다. 그것은 도시를 전체로서 바라볼 때나 또 학교에서 강의 방식이나 학생들의 질문 방식에서도 지적할 수 있다고 나는 생각한다. 그러나 미국인들은 소같이, 황소같이 일한다. 쉴새없는 생활, 쉬지 않고 움직이는 사회라고 그들은 말한다. 자기가 하는 일에 때로는 미련스러울 정도로 덤벼든다. 노벨상 타입이다. 물론 이런 생활이, 이런 문화가 제일이라는 것은 문제이다. 한 가지 확실한 것은 그들이 도전하는 정신 속에 살고 있다는 것이다. 오드리 헵번은 죽음에 도전하며 서부의 사막을 건너와 헐리우드의 여왕이 되었고 게리 쿠퍼는 인디언에게 도전하여 그들의 땅과 생명을 빼앗아 칠백 만 대도시, 로스앤젤레스의 끝없는 하이웨이 위로 휘파람 불며 드라이브하고 코카콜라로 목을 적신다.

나는 오늘(일요일) 학교 도서관 앞에 있었다. 한 시나 되어야 도서관 문이 열린다. 열두 시도 안됐는데 이미 꽤많은 학생들이 하나 둘 모여든다. 도서관 앞 분숫가에 앉아서 캠퍼스의 녹음과 화초 특히 멋없이 키가 크지만 싱거울 정도로 악의가 없어 보이는 열대나무인 종려를 바라본다. 셔츠를 아무렇게나 입고 온 이곳 학생들은 오는 대로 나무 그늘에서 혹은 잔디에 앉아 도서관 문이 열릴 동안 말없이 독서에 잠긴다.

'저들은 도대체 구체적으로 무엇에 도전하는가? 학위에, 벌기 힘든 달러에, 깍쟁이 같은 걸 프렌드에게? 손가락 사이로 영원히 새어나가는 인생의 의미에 대해서는?'

나는 잔디밭에 벌렁 누워, 상하(常夏)의 도시, 구름 없는 로스앤젤레스의 하늘을 바라보며 그 하늘같이 텅빈 공상에 잠겨 있었다.

혹시 이런 공상도 하나의 도전이 아닐까.

고향을 버린 사람들

교내 카페테리아에 앉아 샌드위치를 우겨넣으면서 혹은 종려나무 그늘 밑 잔디에 누워 콧구멍으로 연방 담배 연기를 내면서 나는 가끔 다음과 같이 중얼거리고 있는 스스로를 발견한다.

'저 새낀 쪽발이, 저 자식은 뙤놈, 이치는 엽전 같은데. 저 색신 필리핀에서 왔을까? 저놈은 꼭 인도치 같군, 저녀석은 사우디아라비아 그렇지 않으면 쿠웨이트 자식일거야…'

나의 이러한 쓸데없는 관심은 비단 유색인들에게만 그치지 않는다.

'저 깜찍한 금발머리 계집앤 덴마크에서 왔을까? 저놈의 증조할애빈 아마 노르웨이 가난한 뱃놈이었을지도 모르지. 이 자식 고조할멈은 아일랜드의 가난뱅이 농부의 딸이었을지도 모르고. 저 말대가린 독일에서 왔을까…'

여기 든 이 친구들의 대부분은 물론 미국인이다. 일본인이 일어를, 중국인이 중국어를 모른다. 덴마크인이 덴마크어를 모르고, 영국인이 영어를 모른다. 모두가 유창한 미국어를 하는 백 퍼센트 미국인이다. 그렇다면 내가 왜 이따위 쓸데없는 공상에 잠기고 있는가?

오늘날 2억에 가까워지는 미국인들이 모두 타향 사람들이란 생각이 들기 때문이다. 이 땅에서 '내 고향'이라고 큰소리 칠 수 있는 친구들은 따지고 보면 인디언뿐이다. 그 밖에 모두 고향을 버리고 온 사람들이다. 콜럼버스가 이 대륙을 발견한 이래 몇백 년을 두고 고향을 버린 사람들이 기어들었다. 지금도 끊임없이 그러한 사람들이 이곳을 찾아온다.

2년 전에 왔다는 네덜란드의 젊은 친구 부부를 만났다. 더듬거리는 영어로 이곳에 정착할 생각이라고 한다. 도서관에 몇 푼 안되는 샐러리를 받고 일하면서 야간 학교에 다니고 있다. 두 금발의 녹일 아가씨 역시 엉터리 영어를 지껄이면서 북 스토어에서 책을 팔고 있는데, 눈치를 보니 돈 많은 미국 남편을 찾는 것 같다. 젊고 얌전한 이쁜 도서관학 여강사를 만나 미처 결혼 반지를 보지 못하곤 살살 가까이 하려고 했는데 알고 보니 미국 말을 모르고 영어를 하는 뉴질랜드인이었다. 자기집 아파트에 초대받아 그의 남편과 얘기하고 있는 동안 그들이 이곳에 영주할 계획으로 1년 전에 왔음을 알았다. 자기가 나고 자란 고향을 버리기란 쓰라린 일이다. 사랑하는

부모형제, 정든 사람들을 영영 기약도 없이 떠나기란 슬프고 뼈아
픈 일이다.

그렇다면 왜 이 많은 사람들이 이곳에 왔을까? 고향에서 억지로
끌려온 흑인들을 제외한 이 많은 사람들이 어찌하여 스스로 고향을
버렸을까? 모두가 편하고 윤택하게 잘 살아보자고 생각했을 것이
다. 뒷골목에서 호떡을 팔던 중국 소년도 우물우물하면 포드 한 대
쯤은 굴릴 수 있다. 일본 어촌에서 날생선으로 끼니를 때우던 코흘
리는 소녀도 우물우물하면 저녁에 남편 무릎에 앉아 텔리비전쯤은
볼 수 있다. 서울의 구두 닦던 고아도 재수 좋으면 웬만한 주택 하
나쯤은 살 수 있다. 독일에서 가난하고 학대받던 유태인이 백만장
자가 되었고, 가난한 아일랜드의 농촌에서 감자만 먹던 친구가 대
통령이 될 수도 있다. 미국의 땅은 재수 좋은 사람에겐 노다지요,
미국의 하늘은 희망과 미소로 화려해 보였을지도 모른다.

타향도 정들면 고향이라. 햄버거를 먹고 코카콜라를 마시며, 달러
를 조물락거리고 새로 산 자동차의 먼지를 닦으며, 정원에 물을 주
고, 아기를 낳고, 미국어를 잘 노닥거리게 되니 차츰 재미가 나고
정이 든다. 이젠 타향도 고향이다. 찌그러져가는 스웨덴 어촌의 오
막살이도 차츰 잊혀지고, 아일랜드의 가난한 친구들이 그리울 리
없으며, 시시한 동경 뒷골목의 가족들이 그리 안타까울 리 없다.

노랑이 흰둥이 검둥이 이 모두가 다같이 위와 같은 생각 혹은 그
와 비슷한 또는 좀 다른 생각으로 이곳에 정착했고, 영주를 계획한
것은 틀림없을 것이다. 그러나 고향에서 타향살이 하는 것 같은 검
둥이를 빼놓고는 아무래도 노랑이는 물에 떠 있는 기름 방울 같다.
수효가 적어서일까? 그것도 큰 이유겠다. 그러나 중국인, 일본인은
벌써 수십 만이 넘고 모국어를 한마디도 모르는 2세, 3세가 우글거
린다. 그러면서도 그들은 아무래도 '외국인'처럼 보인다. 이와 반면

에 몇 달 전에 이민온 유럽인들은 겉으로 그렇게 보이지 않을 뿐 아니라 스스로 과히 그와 같이 느끼지 않는다. 빠리에선 흔히 흑인이 금발 소녀의 허리를 끊어지게 안고 다니는 것쯤은 보통이었다. 이런 경치가 미국에선 눈에 띄지 않는다.

내가 다니는 이곳 학교에는 일본인, 중국인 2~3세가 우글거린다. 그러나 그들이 백인들과 과히 가까운 사이로 지내지는 않는다. 아파트 구석에선 어떨지 몰라도 황인 아가씨와 백인 놈팽이가 입맞추는 걸 아직 못 봤다. 동양인들은 동양인들끼리, 아랍인들은 아랍인들끼리 밤낮 저희들끼리 몰려다닌다. 도서관에서는 어린 일본인 2, 3세 한 쌍의 정다운 모습을 보면서 나는 지극히 사랑스럽고 귀엽고 아름답게 느끼는 동시에 어딘지 외로워 보였다. 물 위에 뜬 기름처럼 보이기도 하기 때문이다. 물론 동양인과 서양인들 사이에 많은 결혼이 이루어지는 것을 알고 있다. 그러나 아무래도 그러한 현상은 어쩐지 자연스러워 보이지도 않고, 또 실상 극히 적은 수효이다.

유색 인종이 이 사회에서 완전히 융합되지 못한다는 사실은 다음과 같은 사실에서 더욱 구체적으로 나타나는 성싶다. 관광객의 명물이 되어버린 이른바 '차이나 타운'이라는 미국 내의 독립된 중국을 필두로, 최근 로스앤젤레스의 일본인과 미국인들은 시내 중심에 화려한 '리틀 도쿄'를 건설하느라 바쁘게 신명을 내고 있다. 이 일본인들은 서너 개의 일간신문을 발행하고 있는데, 미국에서 태어나고 일본엔 가본 적도 없는 일본인일지라도 정신적으로는 극동의 섬나라를 조국으로 생각하고 있음을 알 수 있다. 로스앤젤레스에는 적은 수의 한국인이지만 그래도 창고 비슷한 것이나마 의젓한 한국회관이 보이고, '흥사단'이란 간판이 붙은 집도 볼 수 있다. 중국인, 일본인들이 각기 그들의 언어로 신문을 내고 있지만, 이들보다 훨씬 수효가 많은 독일 계통 혹은 북구 계통의 이민자들이 그들의 독자적인 신문을 발행하고 있는 것 같지는 않으며, 리틀 스톡홀름을 세우려 들지도 않고 저먼 타운을 세우려 들지도 않는 성싶다. 어째서 동양인들만이 바락바락 악을 쓰며 독자적인 사회를 형성해가고 있을까?

나의 하숙집 주인은 50년 전 오끼나와 섬에서 이민온 사람이다. 그에게는 이미 대학을 나와 늙어가는 아들 딸, 손자, 손녀들이 수두룩하다. 그들은 일본어를 모른다. 그러나 이 주인의 말은 심각한 데가 있다. 아무래도 이 사회는 정이 들지 않고, 조국으로 여겨지지 않는다는 것이다. 어째서 그럴까?

첫째, 절대다수의 백인 사회가 유색인들을 완전히 받아들이지 않는 데 있다. 둘째로, 설사 그러한 조건이 성립되더라도 색깔이 다르고 너무나 다른 문화적 배경을 갖고 있는 동양인들은 완전히 백인 사회에 동화되고 싶지 않은 잠재의식이 있는지도 모른다. 고향을 버리고 왔지만 그렇다고 새로운 고향을 만들어나가지도 못하는 미국 사회의 유색인들은 아이덴티티를 갖지 못한 애매하고 쓸쓸한 무리인 것같이 느껴진다. 고아라고 할까?

이 같은 주관적인 입장에서 보지 않더라도 유색인들은 내게 흔히 고향 없는 사람들같이 보인다. 아랍인, 동양인 등을 볼 때 흔히 나는 꼬부라진 눈으로 그들을 바라보기가 일쑤이다.

'저 친군 사우디아라비아의 장관 아들일까? 저 친군 어느 석유회사의 자식일지도 몰라. 저 친구가 서울을 떠날 땐 가족들이 김포공항에 나와 하늘의 별을 딸 것 같은 생각들을 했을지 모르지. 저 친구의 아버지는 대만 거리에서 내 자식이 미국 유학갔다고 자랑스럽게 떠들고 다녔을지 모르지. 저치들의 부모들은 시리아에서 혹은 아프리카에서 혹은 서울에서 영광스럽게 미국 간 자식들을 공부시키기 위하여 각기 자기 나라에서 사기도 하고 도적질도 하고 때로는 나라도 팔아가면서 달러를 긁어모았을지 몰라. 왜 나는 이따위 생각을 구태여 백인 아닌 사람들을 볼 때만 하게 되는가? 어찌하여 뉴질랜드나, 네덜란드에서 온 학생이나 이민자들은 평범하고 자연스럽게 보이면서, 하필이면 아랍에서 온 유학생이나, 마닐라, 인도네시아에서 이민온 친구들은 자꾸 이상스럽게만 보이는가? 그들은 똑같이 좀더 잘살아보려고 고향을 버렸을 뿐인데. 어째서일까?

나는 얼굴 색깔을 떠나 각기 그들이 버리고 온 고향의 사회적 사정을 상상해보기 때문이다. 극동에서 혹은 중동에서 온 자녀들이 대개 그 나라의 특권층에 속하는 사람들인데 비하여 유럽에서 온 사람들은 반대로 대개 하층 계급에 속하는 사람들이다. 유색인들이 버리고 온 고향은 가난하고, 부정에 가득 차 있으며, 하루바삐 개발해야 할 사회이지만, 유럽은 비교적 아니 후진국에 비하면 천당같이 살기 좋은 나라들이다. 이곳 유색인들은 각기 버리고 온 제 나라에서 일꾼으로 꼭 필요한 사람들이지만 백인들은 그들이 뒤로 하고 온 사회에서 그렇게 긴요하게 요청되는 사람들은 아니다. 한쪽은 독립만세, 조국애를 고래고래 외치며 가끔 거리에 나가 데모로 아우성을 쳐야 하는 사회이고, 다른 한쪽은 주말이면 모노키니 수영복을 입은 애인괴 해수욕이나 하러 다니면 되는 사회이다. 한쪽에서는 애국심을 뇌까리기보단 자동차나 타고 다니고 싶어서, 또 한쪽에선 주말의 시시한 즐거움보다는 백만장자가 되고 싶어서 모두 고향을 버리고 이곳 미국로 기어들었다. 그들을 나무라고 비판할 수 있는 사람은 아무도 없다. 그들이 설사 철학자가 아니라도 고향을 버리기로 작정했을 때 그들은 그들대로 막연하나마 그들의 인생관, 가치관, 그들의 형이상학적 척도로 판단하고 선택한 것이다. 소크라테스의 할아버지도 그들의 결정을 탓할 권리나 능력이 없다. 그들이 만약 다음과 같이 말한들 무어라고 대답할 수 있겠는가?

"조국이고 독립이고 알게 뭐야! 사회 정의고 휴머니즘이고 그게 다 무슨 궁상맞은 소리야!"

정 급하면 하나님께 물어보자. 불행히도 하나님은 말씀이 없다. 아마 주무시고 계신지 모른지만.

우리는 누구나 궁극적인 질문의 대답에 궁색하다. 따지고 든다면 꼭 애국자가 돼야 하고 자주독립을 아우성칠 필요는 없다. 그러나 가난한 조국과 슬픈 고향 사람들에 대한 마음은 떠나지 않을 것이다. 뉴욕의 호화로운 호텔에서 당신이 주무시기 전에 고향 사람들의 정든 얼굴이, 가난한 서울 거리가 마치 햄릿을 깨우고 괴롭힌 망령처럼, 당신의 가벼웠던 하루 생활에 깊이를 가져올 것이다. 빵이 제일 급하다. 그러나 이 사실은 빵이 전부라는 것을 의미할 수는 없다.

사람은 빵으로만 살 순 없다. 의식적이든 무의식적이든 모든 사람은 아침 이슬 같은 인생에 의미를 찾고 의미를 부여하고자 허덕인다. 만약 의미를 찾지 못한다면 그의 일생은 완전한 허무에 지나지 않을 것이며 완전한 허수아비, 완전한 장난에 불과할 것이다. 만약 당신에게 아무 의미도 없다고 신이 말씀하셨다고 가정하자. 당신은 하루라도 살 수 있을까? 누구나 정확히 무슨 의미를 지니고 있는지 모르고 사는 게 사실일지 모른다. 하지만 누구나 막연하나마 무엇인가의 의미를 찾고 또 그것이 있음을 느낀다. 내 시선이 구태여 유색인에게만 가고, 그들이 고향을 배반하고 온 것처럼 흔히 생각해보는 것은 위와 같은 입장에서다. 그들이 이곳에 와서 물질적으로 안락한 생활을 하지만 정신적으로 외롭고, 괴롭지나 않은지, 삶의 보람을 참으로 느끼지도 못하고 있지나 않은지를 생각해보곤 한다.

"인생의 의미고 가치고 뭐고 다 뭐 말라비틀어진 거야! 잘 먹고 잘 입고 살면 제일이지!"

이렇게 말하면 나는 물론 말이 딱 막힌다. 고향 버린 수없는 사람들이 다 같이 이런 생각에 사로잡히는 것 같다. 유색인들, 특히 동양인들이 이 같은 윤리와 가치 문제에 회의를 갖고 고민하는 것같이 느껴진다. 왜냐하면 우리는 누구나 동물적 인간인 동시에 인간적 동물이기 때문이다.

작년 10월 이 땅에 닿자마자 이곳 학생 전체는 물론 한국인들의 안락하고 높은 생활 수준에 다소 놀랐으며 기뻤다. 궁색한 빠리의 한국 학생들은 물론 유럽 어느 나라 학생이고 쉽사리 꿈도 못 꾸는 아파트에서 미국 학생들과 함께 살고, 한국인도 우물우물해서 대학, 특히 이공과(理工科)를 나오면 한국인, 아니 유럽인의 눈에도 화려할 정도의 생활을 할 수 있다. 기술자로 혹은 사업가로 혹은 샐러리맨으로 혹은 대학의 교수로 혹은 목사님으로 이곳 생활에 뿌리를 박으며 윤택한 생활을 하면서도 한국인 대부분의 마음 속에는 악몽처럼 끊임없이 닥쳐오는 것은 아마도 허덕이는 조국의 그림자일 것으로 나는 추측하고 있다. 아무리 잘살아도 한국인으로서는 이곳에서 정말 자기의 뜻과 능력을 사회에 반영시키지 못할 뿐더러, 이 사회에 적극적인 참여도 하지 못할 것 같다 스스로 마치 하나의 그림자처럼 느껴지지나 않을지 모른다. 고향을 버리고 와 잘살긴 하지만 아직도 뿌리 박을 땅을, 새 고향을 찾지 못하고 버리고 온 태평양 건너 고향 하늘만 바라보는 심정이 이곳 한국인의 심정이 아닐까? 부유하면서도 어쩐지 외로운, 어쩐지 뿌리 없는, 어쩐지 들뜨고 허전한, 어쩐지 가난하다는 것이 이곳 생각 있는 한국인들의 심정이 아닐까?

나는 결코 미국 유학 혹은 영주 혹은 이민을 반대하지 않는다. 한국인은 너무나 소극적이고 은둔적인 국민으로 살아왔다. 이제부터

라도 한국인은 미국은 물론 그 밖의 각지로 모험을 나서는 진취적
인 국민이 되어야 할 것이다. 그러나 한 가지 잊어서는 안될 점이
있다. 근거 있는 생각보다는 허영심에서 해외 유학, 특히 미국 유학
에 가끔 미치광이처럼 날뛴 특수 계층의 어리석은 부모들이 그들의
자녀를 고향에서 쫓아냄으로써 자식의 번영은 고사하고 자식의 일
생을 정신적으로 망치는 일이 있으며 그들을 오히려 불행하게 만들
위험성이 없지 않다는 점이다.

　타향도 정들면 고향이라 하지만 반드시 그렇진 않다. 백 년 천 년
을 살아도 고향이 될 수 없는 곳이 있을 수 있다.

에로스의 절규

20세기에 들어와서 우리에게 가장 큰 영향을 주고 있는 사람은 다음 세 사람으로 생각하는 이들이 많다. 상대성원리를 발견한 아인슈타인, 마르크스주의를 창안한 칼 마르크스, 정신분석학을 제창한 프로이트.

상대성원리는 오늘날 가장 발달된 과학을 가능케 하였고, 마르크스주의는 상상할 수 없을 만큼 사회를 변화시키고 역사의 모습을 뒤집어놓았으며, 정신분석학은 인간에 대한 혁명적인 해석과 나아가서 문화 자체에 대한 관점을 바꾸어놓았다. 영향이 크다는 것과 위대하다는 것은 전혀 다른 문제이다. 이 세 학자들이 윤리적 혹은 정신적 의미에서 위대한지 어떤지는 말할 수 없다. 실상 수십, 수만의 이름없는, 더욱 더 고귀한 인간이 있을 것으로 나는 믿는다. 그러나 위 세 명이 오늘날까지는 누구보다도 많은 '빛'을 물질에 관해서, 사회에 관해서 그리고 인간에 관해서 우리에게 밝혀주고 있음은 부인 못할 사실이다.

내가 빠리에서 얼마 동안 생활할 때 프로이트에 대한 관심과 연구가 깊어가고 있는 것을 목격하였고, 그와 같은 경향의 비근한 증거로서 성이나 정신분석학에 관한 진지한 연구서적과 통속적인 잡지들이 쏟아져나오고 나 자신도 흥미와 관심을 가져본 적이 있었다. 바보가 아니라면 누구나가, 어둠침침한 '에로스'가 지구 어느 구석에서도 머리를 쳐들고, 치마를 한 겹 두 겹씩 벗고 큰 대로로 나타나고 있음을 영화, 신문, 문학, 학술서적, 하다못해 상품 광고를 통해서도 느낄 수 있을 것이다.

나 자신 이만한 것쯤은 알고 있다. 그러나 빠리에서 막상 프로이트에 관한 강의를 듣든가 혹은 정신분석학에 관한 책을 읽든가 또는 책방에서 그에 관한 책을 뒤적거릴 때, 신명이 나면서도 가끔 이 나이에도 불구하고 얼굴이 붉어지곤 했던 경험이 있다. 이곳(미국)에 와서 얼마 동안 꾸물거리면서는 빠리에서 에로스를 대하는 태도는 너무나도 '보수적'이랄까, 품위가 있다 할까 하는 느낌을 갖게 되었다. 미국 사회 특히, 젊은층은 성에 사로잡혀 있다 할까 혹은 압도당하고 있다 할까? 이곳에선 에로스가 흥미의 대상 이상으로 경련과 히스테리를 일으키고 있다는 인상이다.

거리에서 서로 얼싸안거나 진지하고 아름답게 입맞추는 젊은이가 그리 눈에 띄진 않는다. 그러나 '드럭스토어(drugstore)'나 '슈퍼마켓'의 요란한 에로 잡지에서부터 나날이 대담해가는, 아니 정직해가는 상품 광고의 그림이나 혹은 표어에서, 점잖게 표현되는 데이트 분위기에서 그리고 또 놀라운 것은 거리거리에 천하게 흩어진 이른바 고고장(Go-Go Bar)에서, 또 좀더 지적이며 조직적인 것으로는 미국 여러 대학의 이른바 학생들의 '성 클럽'에 이르기까지, '에로스'의 절규가 마치 오랫동안 철조망에 갇힌 야수의 울음 소리처럼 소름끼치게 하면서도 한편 처량하게 들려온다. 퍽 보수적이며 양가집 따님들이 많이 다닌다는 이곳 대학에서 나도 얼마 전부터 빌빌하고 있는데, 일간 교내 신문에는 흔히 'SEX'라는 큰 활자가 눈에 띄며 그에 관한 강연과 논설들이 자주 보이곤 한다.

한마디로 말하면 몇천 년 동안 햇빛을 못 보고, 그늘 속에서 아니 컴컴하고 음침한 방구석에서 쇠사슬에 묶인 노예보다도 더 많은 억압과 천대를 받아온 에로스는 이제 발바닥을 구르면서 그의 해방을 절규하고 있다고나 할까, 발광을 하고 있다 할까?

'자유가 아니면 죽음을 달라'는 데모를 우리는 프랑스 대혁명에서부터 오늘에 이르기까지 귀에 못이 박히도록 들어왔다. 미국의 큰 거리에서 오늘 나는 보이지 않고 들리지도 않는 애절한 데모대를 수없이 목격하고 듣고 있는 것만 같다. '자유가 아니면 죽음을 달라!' 그러나 이 데모대들에게 '무슨 자유를?' 하고 물으면, '빵의 자유'도 아니요 '이상으로부터의 자유', '조국의 자유'도 아닌 '에로스의 자유'라는 대답이 나올 것 같다.

도대체 에로스는 무엇이며, 그것은 어찌하여 인류 역사를 통해서 그렇게 잔악스러운 압박을 받았던 것일까? 그것이 정말 새삼스럽게 해방되어야 하는가? 그렇다면 어째서 그것은 자유를 찾아야 할까?

예닐곱 살 적 소학교에서 집으로 돌아오는 밭길, 논길, 산길을 뛰어다니면서 신나게 합창하곤 하던 생각이 기억난다. '신짝도 짝이요, 불기짝도 짝이요!' 등등. 마연한 것밖에 몰랐던 그 당시였지만은 이러한 '진리'를 내게 가르쳐준 코흘리개 꼬마들 그리고 그것을 따라 뇌까리던 나를 지금 생각하면 플라톤의 진리를 배우지 않고도 프로이트의 학설을 해설하고 있었던 시골뜨기 꼬마 '천재'였구나 하는 생각이 든다.

플라톤은 그의 『대화록』 중 「향연(symposium)」에서 에로스의 문제를 다루고 있다. 플라톤은 등장인물들(소크라테스까지 합해서)의 입을 빌어 그 당시 가장 귀중하고 존경해야 할 에로스 신이 소홀한 취급을 받고 있다는 불평에서 시작하여 에로스의 찬미로 끝을 낸다. 그에 의하면 '그림자'에 불과한 이 세상 그리고 인간은 본질적으로 '결핍'된 존재이기 때문에 그 결핍을 채우려고 한다. 남자는 여자를, 여자는 남자를 이와 같이 상대방의 '짝'을 찾아 결핍을 채우려 한다. 이것이 바로 에로스(사랑)이다. 이와 같은 사랑은 그림자에 불과하며 따라서 불완전한 존재의 모든 것을 설명할 수 있는 원리이며 원동력이다. 플라톤은 평면적인 설명에 그치지 않는다. 짝을 찾는 에로스는 더 나아가서는 그렇게 사랑을 함으로써 육체(현상)를 넘어서 육체 속에 있는 '영혼'으로 하여금 '이데아'의 세계, 그림자가 아닌 진짜(실재)의 세계로 올라가게끔 하는 힘이다. 이와 같이 사랑은 이 세상의 원칙이 되며, 그것은 실상 이데아로 돌아가는 길이요 도구이다. 그러나 적어도 이 세상에서 에로스(사랑)가 모든 것의 원리와 원동력으로 관찰되었다는 것은 중요한 점이다.

어느 교파에서는 담배도 죄(罪)라고 못 피우게 한다지만, 누구나 다 알고 있듯이 기독교의 근본적인 원리이며 궁극적인 목적은 '사랑'이다. 기독교에서 사랑을 아가페(Agape)라고 부르지만, 그것은 플라톤의 에로스와 다른 점이 과히 없다. 다만 아가페는 하나님으로부터 인간에게, 즉 위에서 밑으로 내려온다는 점과 그 사랑(혹은 은혜)이 인간의 이성의 한계를 넘어서 계시되는 비합리성이 다를 뿐이다.

요컨대 플라톤이나 기독교가 넓은 의미에서 다 같이 에로스(사랑, 은혜)를 인간의, 만물의, 우주의 원리와 목적으로 보고 있다는 점이다. 물론 에로스는 말할 나위도 없다. 실상 플라톤이나 예수의 그림자의 그림자도 되지 못하는, 5~6세 꼬마들이라도 바보가 아니라면, 엄마 배꼽에서 나왔다고 해도 잘 납득하지 않을 것이며 다리 밑에서 주워왔다 해도 곧이듣지 않고 눈을 깜박거리며 의문을 풀려고 할 것이다. 사실 내 부모가 아니었더라면 '나'는 없었을 것이요, 당신 엄마 아빠가 예식장에 안 들렀더라면 당신은 없었을 것이다.

서양 철학, 과학, 문화의 할아버지, 할머니인 플라톤의 철학과 그리스도교의 원리가 에로스에 있었음에도 불구하고 2천 년 아니 그 이상을 두고 에로스는 은근히 사랑을 받으면서도 한편 막심한 학대를 받으면서 음탕한 커튼 속에서만 살았다. 거기에는 여러 가지 이유를 들 수 있겠으나 사회 질서의 유지, 공동체의 보존 나아가서 생명 자체의 보존을 필요로 했기 때문으로 볼 수 있다. 왜냐하면 에로스의 해방은 자칫하면 에로스 자체의 파멸을 가져왔을 것이기 때문이다. 역설과 같으나 에로스는 궁극적인 목적과 의미를 이룩하기 위해서 스스로 자숙하고 희생되어야만 했다고 말할 수 있다. 실상은 살기 위해서 죽어야 하다는 역설적인 진리는 어제나 오늘이나, 동에서나 서에서나 다를 바가 없다.

인간의 지식이 축적되고 과학이 발달했다. 따라서 과거의 사회적 조건과 물질적 조건이 달라졌다. 20세기에 프로이트가 나올 사회적, 역사적 바탕이 이미 마련되었다. 프로이트의 탄생을 완전히 우연한 사건이라고는 볼 수 없는 것이다. 과학적 해석이 종교적 혹은 철학적 해석보다 반드시 옳거나 더 우수하다고 생각하는 것은 큰 망발이다. 적어도 인간과 우주에 대한 근본적인 문제에서 과학은 차라리 입을 닫고 겸손해야 한다. 그러나 어쨌든 프로이트가 나타났다. 일개 의사였던 그는 과학적이며 실증적인 입장을 고수하면서 어마어마한 '자유'라든가 '이데아'의 세계, '하나님의 세계'에 대해서는 겸손히 입을 닫고, 인간의 정신적 구조, 행동의 원리를 구체적으로, 실증적으로 관찰했다. 그는 인간의 구체적 행위의 원리를 발견했다. 그것이 바로 '리비도(Libido)', 다시 말하면 다소 좁은 의미에서의 에로스이다.

에로스(리비도)는 모든 인간 행위의 근본적인 힘(동력)이다. 인간

관계는 모두 이 힘의 갈등으로 나타난다. 단순히 물리학적으로 보아도 힘은 발산을 요구한다. 리비도, 에로스는 발산의 상대자 다시 말하면 '짝'을 찾는다. 그것은 곧 생명과 동의어이다. 한 시간 전에 태어난 생명, 그야말로 피도 안 마른 아들이 엄마를 중간에 두고 아버지를 적으로 삼게 되며, 두 시간 전에 난 딸이 아빠를 사이에 두고 엄마와 적대 관계를 갖게 된다. 이 부자간의 적의는 '외디푸스 신화'로서 구현된다. 만약 이성을 둘러싼 부자 그리고 모녀의 투쟁이 현실화된다면 우리는 아무런 가정의 질서, 아니 가정의 성립 자체도 불가능하며 따라서 사회의 안정도 생각할 수가 없다. 무의식적이나마 어떠한 원시적 사회에서도 가정 혹은 민족이란 공동체가 유지되는 한계 내에서 근친상간의 제재를 생각해내게 된 것이다. 이와 같은 사회 제도는 자연적인 성적 욕망인 에로스의 힘 혹은 에너지 배출의 길을 막고, 그 에로스의 자연적 발현을 직접 억압하게 됨은 말할 나위도 없다.

억압을 당한 에로스-에너지-힘은 이성으로 향하지 못하고 가지각색의 양식으로 변모해서 나타난다. 영웅도, 위대한 학자도, 위대한 운동선수도, 위대한 성인 등도 결국은 제대로 배설을 못한 에로스가 변모한 모습으로 나타난 형태에 불과하다. 예술, 과학, 철학, 종교 즉 모든 비자연적인 것 다시 말하자면 문화란 바로 에로스라는 에너지의 변화된 형태에 불과하다. 한마디로 말하면 모든 인간적인 것은 인간과 관계를 갖고 있는 에로스(성)의 변모된 이미지로 볼 수 있다. 여자의 목걸이, 귀걸이, 반지, 남자의 모자, 지팡이, 모든 빛깔, 모든 꿈, 노래 등도 에로스의 은근한 욕망의 표현이다.

확실히 프로이트는 징글징글하고, 음탕하고, 무시무시한 세계를 보여준 '더럽고 추잡한' 친구다. 꿈 많은 중학교 2, 3학년의 소년, 특히 이슬 같은 꿈에 사로잡힌 소녀들은 이러한 사실을 알 때, 부끄러움과 환멸감으로 얼굴이 붉으락푸르락 할 것이다. 실상 누구나 한때는 플라토닉한 사랑을 꿈꾼다. 사랑과 에로스가 딴 것이라 생각하고 싶은 것이다. 소녀들은 착한 왕자로 변한 제라르 필립의 품에 안기는 공주님이 되기를 꿈꾸거나, 이도령에게 안기는 감격에 찬 춘향이가 되고자 꿈꾸며, 소년들은 아름답고 씩씩한 기사나 왕자가 되어 적의 성벽을 무너뜨리고 아버지의 원수인 적을 죽이고 난 다음에 바로 그 왕의 공주와 꿈 같은 사랑에 빠지는 꿈을 꾸기가 일쑤이다. 이처럼 누구나가 로맨티스트이며 '영원한 사랑'과 숭고한 사랑을 꿈꾼다. 프로이트는 이러한 아름다운 꿈을 잔인스럽게도 박살내고 짓밟아놓았다. 그는 사랑은 다른 것이 아니라 바로 에로스라고 말하는 것이다.

그는 잔인하면서도 우리들에게, 인류에게 새로운 광명을 던져주었다. 모든 커튼과 베일을 벗겨 진리의 일면을 보여준 사람이다. 얼굴이 새파래졌다 빨개진 아름답고 착하고 꿈 같은 소녀들이여, 이젠 너무 놀랄 필요도 없고 화를 낼 필요도, 부끄러워할 필요도 없다. 우선 알 것은 알아야 하고 빛을 받아야 하고 잠을 깨야 한다. 영원한 사랑이란 공산당보다 더 빨간 픽션 아니 거짓말이다. 좀 생각해보라. 어떻게 내가 나에게 꼭 맞는 애인을 구할 수 있겠는가? 만약 그렇게 하려면 나는 현재 살고 있는, 아니 과거에 또 미래에도 상상할 수 있는 지구상의 모든 여성을 만나보고 사귀어보아야 할 것이지만 그것은 생각할 수 없고 단지 내 나이와 비슷한 이웃집 복순이에게 반해버리고 그 아가씨를 붙잡고 '영원한 사랑'이라고 하면서 죽자살자 할 수밖에 없고 또 그렇게들 한다. 그것이 실상은 영원한 사랑이란 것이다.

나는 미친 소리를 하거나 참된 사랑을 모욕하는 것이 결코 아니다. 신을 빼놓고는 절대적인 것을 가질 수 없다. 이것이 바로 이른바 피조물인 인간이 가진 유한성을 증명하는 한 증거이다. 모든 인간의 행동과 삶이 에로스에 의해 좌우된다고 해서 인간의 숭고한 정신, 육체적인 성욕을 넘어선 이른바 흔히 말하는 사랑을 모욕도 부정도 하는 것은 아니다. 나는 시시한 복순이를 붙잡고, 절대적일 수 없는 그 아가씨를 붙잡고 영원한 사랑으로 '만들 수'도 있는 복돌이일 수 있다. 절대적이 아닌 것을, 유한한 것을 절대적인 것으로, 영원한 것으로 '만들 수' 있는 가능성을 갖는다는 점에서 인간이 살아가는 의의가 있고 또 그 위대성이 있다. 다시 말하면 파토스인 에로스를 로고스의 사랑으로 창조할 수 있는 힘을 인간은 갖고 있다.

에로스를 해방하라고 미국 거리에서, 아니 세계 모든 구석구석에서 절규하고 있다. 확실히 에로스는 해방되어야 한다. 그러나 그것은 환경과 경우에 따라 맑은 이성에 의해서 바로 프로이트가 던져준 광명에 의해서 컨트롤(제재 또는 통제)되어야 한다. 총각 또는 처녀로 남는 것은 신부나 수녀 등 일부 종교인들을 제외하고는 조물주 하나님의 거룩하신 섭리에 배치되는 죄송스럽고 거만한 행위이다. 남자는 여자를, 여자는 남자를 찾아야 한다. 하지만 이렇게 뒤죽박죽으로 찾는다면 혼란은 물론 에로스 자체의 또 영원한 사랑 자체의 파멸을 가져오고야 말 것이다.

예언자처럼 보기 싫은 사람은 없다. 그러나 다소 앞날을 추측할 수 없는 것도 아니다. 인류가 먼 앞날에 정말로 깨어나 이지적으로 되어 언제나 아침 햇살 같은 맑은 세계 속에 살게 되는 날(또 그러한 때가 되어야만 그렇게 할 수 있다), 에로스는 절규를 하지 않더라도 참으로 자유로운 해방을 얻게 되며, 인류가 행복할 수 있게 될지도 모른다. 그때에는 에로스와 사랑이 안전한 결합체가 되어 수정과 같이 투명하고 장미와 같이 아름다운 사랑이 이루어질지도 모른다.

이국에서 쓴 수필

배일감정

초등학교 때였다. 당시 일본 총독부에서는 철저한 식민지 세뇌정책의 하나로 매년 전국적으로 초등학교 아동들을 뽑아 일본을 구경, 선전시키고 있었다. 나도 어떻게 도 대표 가운데 한 꼬마로서 이른바 성지참배단(聖地參拜團)에 뽑혀 일본을 구경한 적이 있었다.

벽촌에 가까웠던 시골에서 자란 나는 마치 왁자한 시장에 잡혀온 시골 닭 모양으로 얼떨떨한 기분었지만 아직도 그 당시에 받은 일본의 인상은 막연하나마 사라지지 않는다.

시모노세끼에서 연락선을 내려 처음으로 일본 땅에 발을 디뎠다. 잠깐 동안 그곳 바다가 내려다보이는 언덕진 공원에 올라갔다. 내가 자라나던 시골과는 다른 집들이 늘어섰지만 내가 방학 때면 들르곤 했던 서울의 종로 거리보다도 초라해 보였음에도 무엇인가 색다른 은근한 감을 주었다고 생각한다. 집들 자체보다도 같은 집, 같은 땅, 같은 나무, 같은 공원을 손질한 모습이 서로 다르다는 느낌이었다. 아니 모든 것에 더 많은 사람의 알뜰한 손이 갔다는 것, 가장 자연스러우면서도 가장 자연과는 먼 세계 같은 것을 느꼈다.

기차를 타고 혹은 버스에 실려 나라, 교토, 도쿄, 그 밖의 명소, 성지라는 곳을 한없이 정말 한없이 고달프도록 끌려다녔다. 일본인들의 '귀신', '허수아비'를 모셔둔 이른바 그들의 '신사(神社)'는 말할 나위도 없고 옛날 절, 미술관 등을 정신없이 돌아다녔다. 사찰 혹은 신사에서 그들이 섬기는 '신'들과 신을 위하는 태도와 괴상한 귀신 딱지 같은 느낌을 제외하고 말한다면, 전체적으로 녹음이 짙은 일본의 전원 풍경, 기차 창문으로 내다보이는 일본 고유의 시골 가옥들의 아름다움에 깊은 감명을 느꼈으며, 신사 혹은 사찰에서는 말할 수 없이 은은하고 조용하고 깊은 미적, 정신적, 아니 막연한 종교적 분위기를 느끼지 않을 수 없었다.

그렇지만 나는 내가 일본인이 아니라는 것을 모르고 있지 않았다. 나는 밤낮 '왜놈, 왜놈들' 되풀이 하는 갓 쓴 할아버지 슬하에서 자랐으며, 큰형이 학도병을 피하러 만주로 산골로 도망다니는 것을 목격했으며, 한국인을 철저히 멸시하는 초등학교의 악질적인 일본인 교장 밑에서 혹독한 근로동원을 당하면서 자랐기 때문이다. 오히려 일본에 다녀온 나는 더욱 내가 일본인이 아니라 바로 한국인임을 명백히 느낄 수 있었다. 일본인과 한국인이 같을 수 없다는 것을 깨달았다.

신국(神國) 일본의 신화가 무너지고, 1945년 8월 15일, 일본 황제의 울음 섞인 항복의 방송을 듣던 날부터 얼마 동안 나는 흥분과 감격 속에 들떠 있던 소년이었다. 바로 15일 오후 K중학교의 기숙사에서 책보따리를 싸서 데리러 온 형을 따라 거기서 집으로 가려고 효자동 골목으로 나왔을 때 "조선독립 만세", "일본 제국주의 타도", "해방 만세", "이승만, 김구 선생 만세" 등등 골목골목 벽마다 어느새 가득 붙어 있는 삐라에 정신이 얼떨떨하고 가슴이 울렁거렸다. 지금의 중앙청에 이르렀을 때는 사각 모자를 쓴 대학생들이 가득하게 대열을 짓고 찬란한 플래카드를 들고 시위를 하고 있었으며, 어느새 태극기를 단 전차에 콩나물처럼 매달려 달리는 사람들도 공연히 신명이 나서 만세, 만세하고 지나가곤 했다. 그때 새가슴 같은 내 가슴이 뛰고 있었음은 말할 필요도 없다.

그 당시 3천 만 한국인이 그러했듯이 나도 마음으로는 조국을 생각하고 애국자가 되고 싶었고 따라서 철저히 반일감정을 갖던 소년이었다. 나는 일본을 좋아해서는 안된다고 생각했다. 일본을 '미워해야 한다'고 믿고 있었다.

10년이 지난 후 나는 두 번 일본에 들를 기회가 있었다. '그깟 일본놈'하고 볼 곳도 또 보고 싶어도 고의적으로 보지 않으려고 했다. 여관비, 버스비를 빼놓고는 코 묻은 내 동전을 일본에서만은 떨어뜨리고 싶지 않았다. 몇 곱절 싸게 사서 한국에 오면 외국산이라고 뻐기며 철모르는 여학생들의 마음을 끌 수 있을 와이셔츠 하나 사고 싶지 않았다. 하네다(羽田) 비행장에서 서울로 오는 비행기를 타기 전, 서울의 어느 신문사 기자라고 하는 사람의 트렁크에 일본에서 산 옷들이 가득 든 것을 보고 나는 그 기자가 한없이 미웠고 그 얼굴에 침이라도 뱉고 싶었다.

나는 그 흔해빠진 대단한 애국자가 아님은 물론 개똥도 못 되는 지지리 못난 만년 학생에 불과했다. 그러나 나는 일본이 싫었다. 아니 일본이 미웠다. 아니 일본을 싫어하고 미워해야 한다고 생각했다.

나는 어떠한 사람과도 결코 동일시될 수는 없는 독립된 한 개인이다. 그러나 한편 이 개인은 결코 추상적인 개념이 될 수 없는 것이다. 그는 그가 자라난 사회적, 정치적, 지리적, 문화적 배경이라는 공동체 속에 싫건 좋건 뿌리 박혀 있고 또 뿌리 박아야 한다.

이런 의미에서 나는 어디를 가나 무엇을 하나 한국인이요 또 이러한 뜻에서 나는 한편 한국 역사와 뗄 수 없는 유기적 관계를 맺고 있다. 나는 한국을 쑥밭으로 만들었던 임진왜란이란 역사적 사실을 회피할 수 없고, 지워버릴 수 없으며, 36년간 일본인에 의한 노예 생활을 망각할 수도 없다. 한 인간으로서, 한 국민으로서 이 모욕을 잊을 수 없는 것이다.

이런 우리로서 불과 20년 전에 패망한 일본이 놀라운 경제적 나아가서는 정치적 패권의 싸움터에 접근하는 것을 관찰할 때 두렵고, 속상하고, 믿지 않을 수 없다. 세계 어디를 가나 일본이라면 대단한 환영을 받고 관심을 끌며, 매력을 주는 꼴을 볼 때마다 아니꼽기 그지없는 것이다.

한국인으로서 나는 개인적으로나마 일본의 매력, 일본의 문화를 무시하거나 혹은 낮게 평가하고 싶고, 결점을 캐내고 그 마력에서 해방되고자 애쓰려 함은 당연한 감정이다.

그러나 감정은 한계가 있다. 이성이 있는 한 감정은 마땅히 제재되고 공정하며 객관적인 눈을 가져야 함은 또한 마땅한 일이다. 내가 괴상스럽고 대수롭지 않게만 보려는 일본의 문화, 아니 일본이 오늘날 일본을 아는 대부분의 사람들에게서 크나큰 관심을 끌고 매력을 주는 사실에서 일본의 문화가 아무리 원숭이의 문화라고 멸시해보려 하지만, 그만한 객관적 가치가 있다는 것을 반증하는 것이리라.

습기가 많다는 결점을 빼놓고는 푸르다고 표현할 수 있는 일본의 강토는 아름답다. 불교, 예술, 과학 등이 모두 중국, 한국, 유럽에서 수입된 것이라고는 하지만 일본인들은 수입하고 모방한 원형을 자기들의 개성을 살려 원산지에서는 찾아볼 수 없는 독특한 것으로 만들었다.

일본 건축, 특히 시골 건축의 선과 색깔의 매력, 우끼에의 공간과 색깔의 고도로 발달된 예술성, 일본 꽃꽂이(生花)의 아기자기한 맛, 일본 정원의 우아하고 가라앉은 깊은 자연미, 종교적 감각, 산뜻한 하이구(俳句)의 창조, 뚜렷이 개성화된 불교, 『망오슈(萬葉集)』, 『겐지 모노가타리(源氏物語)』 등 우수한 일본 고유의 문학작품 등은 일본 인의 발달되고 또 독특한 예술성을 여실히 증명해준다.

하다못해 유도와 검도에서도 규율 잡힌 정신성과 마지막으로는 사무라이의 할복 자살에서 야만적이라고는 하지만 어떤 야만인도 함부로 해낼 수 없는 독특한 정신을 찾아볼 수 있다.

외국에서 만나본 대부분의 일본 여성들은 똑똑하고 명랑하면서 도 공손하다. 일본의 젊은 학생들은 확실히 제각기 큰 허영에 들뜨 지 않고, 장관이나 대통령이나 대뜸 거부가 될 생각을 하지 않고 제 각각 전문 분야의 공부를 열심히, 꾸준히 한다. 그들이 샤프한가 아 닌가는 둘째 문제로 하더라도 제 길에 온갖 정성을 다 쏟는 경향이 있다. 물론 엉터리와 되지 못한 놈들이 없는 것은 아니나, 대체로 착실하며 공손하고 사리를 따질 줄 안다. 이러한 사실은 그들에게 자존심이 없다는 말은 아니다. 그들은 자존심과 자신감에 차 있다. 그러나 만약 그들이 언뜻 보기에 병신같이 제 구멍만 파는 데 정성 을 기울이지 않았다면 그들에겐 이러한 자존심이 없었을 것이다. 못난 송아지가 일찍부터 엉덩이에 뿔이 난다는 말을 생각해야 할 것이고, 이삭은 익을수록 머리를 숙인다는 사실을 기억해야 할 것 이다.

바꾸어 말하면 일본인들은 성실하고 꾸준하다. 그들은 좋거나 필 요하다고 생각하면 민첩하게 받아들인다. 그러나 받아들이는 데만 끝나지 않는다. 그들은 그것을 뒤집어보고 엎어보면서 다 독특하게 그것을 통하여 '자기 스스로'를 표현하고자 한다. 어떻게 보면 미련 스럽고 궁상스럽고 답답할 지경으로 '파고들어' 간다. 바꾸어 말하면 안이하게 생각하지 않고 모든 것에 정성을 바친다. 결국 그들은 독특한 스타일을 만들었고 고요한 세계를 창조해내고야 말았다. 그들은 '일본적인 것'이라는 것을 확고히 만들었다. 그들은 긍정적이고 좋은 의미에서 뚜렷하고 확실한 아이덴티티(정체성)가 있다.

나는 일본인에 대한 증오에서 일본에 대한 찬미로 돌아온 셈이다. 그렇다면 어찌하여 나는 배일을 주장하는 것인가? 사무친 모욕의 역사를 생각할 때 우리는 일본을 증오하지 않을 수 없고 또한 인간으로서 일종의 복수심까지 느끼는 것은 솔직한 생각이다. 그러나 결코 감정에 좌우될 수는 없고, 그래서도 안된다. 우리는 모욕스러운 과거를 망각해서는 안되지만 복수심에 살거나 질투심에 흔들려서는 안된다. 이제는 어찌할 수 없는 과거가 된 모욕을 교훈 삼아 우리가 필요하다고 생각하는 한에서 그들과 다시 손을 잡아야 할 것이다.

한편 오늘날 우리들이 사로잡혀 있는 민족적 감정이란 따지고 보면 극히 원시적인 감정일지도 모른다. 먼 장래에 민족이란 개념이 한낱 고고학적 연구의 대상밖에 안될 말이 될 전망이 없지 않다.

그렇다면 무슨 근거로 우리는 배일을 주장해야 하는가?

첫째, 이상적 인류 사회는 아직도 요원하다. 이론적으로 민족적인 근거에 좌우될 이유가 서지 않는다고 하지만, 실제로 아직 아마도 영원히, 원시적인 혈연감정과 지역감정은 사라지지 않을 것이다. 미국에서 흑인의 대우가 나아졌다 하지만 흑인의 일생은 모욕과 원한의 일생에 가깝다는 사정은 우리가 그들의 입장에 서보면 다소 짐작이 갈 것이다. 듣기에는 일본에서 한국인에 대한 감정은 마치 미국에서의 니그로에 대한 감정에 다소 비교된다는 말을 들었다. 그래서 많은 재일 교포가 일본식으로 개명을 해서 완전히 한국에서 벗어나려 하며, 아예 일본에 동화되려고 스스로 애쓴다고 한다. 이러한 사실에 대해서는 일본인들을 욕해야 하겠지만, 우리로서는 먼저 그러한 한국인을 무시하고 증오해야 한다. 당장 난처하고 괴로운 그들의 사정을 모르는 바 아니지만, 그 어려운 고비를 이기고 나아가 더욱 개성을 발휘할 때 일본인들도 반성하고 우리를 무시하지 못할 것이다. 이러한 실정 속에서 우리는 다시금 헤헤거리며 일본인을 모실 필요가 없고 그래서는 안된다. 우리도 우리의 개성이 있다. 우리는 일본인이 아니라 어디까지나 한국인이요 우리도 뚜렷한 우리의 문화가 있다.

둘째, 다시금 일본인들이 게다짝을 끌고 서울 바닥을 돌아다니는 꼴이나, 일본이나 러시아 국기가 이곳저곳에 휘날리고, 한국의 쓸개 빠진 상인을 통해서 한국의 땅이 한 평 두 평 좀먹혀 들어가는 것을 차마 다시는 보고 견딜 수 없으며, 기생집에서 '나니와부시'나 일본 유행가가 들려오는 길바닥에서 일본어가 귀를 거슬리게 하는 상태를 참을 순 없다. 이것은 일본인 자체가 밉고, 그들의 문화가 싫어서가 아니다. 만약 이러한 상태가 생긴다면 우리의 경제는 물론 문화 자체가 희미해지고 나중에는 완전히 분해되어 사라져 없어질 가능성이 없지 않기 때문이다. 우리의 현실적인 정치적, 경제적 힘은 우리를 중간에 두고 있는 중국이나 일본에 비해 너무나 빈약하다.

한편 오랫동안 이런 역사 속에 살아온 우리의 문화도 솔직히 말해 그 성격이 아주 뚜렷하지 않다. 몽고, 중국, 일본의 영향이 뒤섞인 우리 문화는 확실히 개성이 있고 고유한 한국적인 것이 있으나 아직 그것이 완전히 확고하게 서서 자랄 수 있을 만큼 건전하게 성장하지 못했다고 생각한다. 말하자면 한국의 아이덴티티는 아직도 나약하다. 만약 이러한 현실 속에 일본이 들어오면 영영 자랄 기회를 잃고 완전히 일본 것에 흡수되고 말 가능성이 없지 않다. 말하자면 한국은 한국의 아이덴티티를 상실하고 한국의 문화란 겨우 역사 책의 몇 페이지만을 장식하게 될 고물이 되지 않으리라고 장담할 수 없다.

셋째, 가장 중요한 이유로서 친일적인 태도는 우리의 정신력, 모든 것의 밑바닥이 되는 우리의 민족적, 문화적 아니 인간으로서의 위신과 존엄성의 완전한 포기를 의미하기 때문이다. 20년 전 우리가 도적놈이라고 쫓아낸 그들을 과자 보따리나 트랜지스터 라디오 혹은 카메라를 밀수입해준다고 "헤헤" 하고 쫓아나가 "아저씨 어서 오세요, 안방에 들어오세요"라고 한다면 우리는 인간으로서의 위신이나 자존심은커녕 우리가 선천적으로 '노예'라는 것을 보여주는 것으로, 우리는 똥만도 못한 동물로 타락함을 의미하기 때문이다.

다시 요약해 말하자면, 우리는 일본과 일본인의 존경할 만한 점을 알고 배워야 한다. 그리고 그들과도 어느 한도 내에서 우호를 갖고 교역을 해야 할 것이다. 그러나 우리는 우리의 중심을 잃어서는 안되며, 우리의 마음을, 땅을 다시금 팔아서는 안된다. 우리는 우리의 것을 만들어나가기 위하여 그들과 대등한 혹은 그 이상의 문화를, 그 이상의 뚜렷한 한국의 아이덴티티를 창조해나가기 위하여 일시적인 유혹에 넘어가지 말고 악을 쓰고 허리띠를 졸라매고 싸워야 하고 일해야 한다. 오늘의 배일은 바로 한국의 독립수호란 입장에서이지 배타적이고 감정적인 입장에서가 아니다.

지성예찬

여자의 지성을 과소평가하려 드는 사람들이 많다. 설사 그것이 사실이라 하더라도 적어도 여자가 주는 인상만은 그것과 정반대가 아닌가 싶다. 살짝 터진 원피스의 겨드랑이에 드러나는 흰 살결이 보통 남자들의 정신을 아찔하게 하는 것도 사실이지만, 아름다운 여자의 눈은 남자 이상으로 훨씬 더 지성의 상징처럼 보인다. 아름다운 눈을 생각하지 않더라도 남자의 전체적 인상에 비해서 여자의 몸은 훨씬 날씬하지 않은가. 남자가 튼튼하긴 하지만 좀 미련스럽다. 여자는 약하지만 더 산뜻하고 맑다. 아무래도 여자는 남자가 가질 수 없는 동물적 매력과 지적 매혹을 겸비해서 타고난 피조물이라 해도 좋으리라.

오직 감각이 주는 입장에서 본다면 지성을 가장 잘 상징해주는 것은 역시 눈이 아닌가 싶다. 고양이 새끼같이 앙칼진 눈, 돼지 새끼처럼 가느다란 눈을 재미있고 귀엽다고 좋아하는 이가 있다. 장난감같이 야릇하게 생긴 눈에 각별한 매력을 느끼는 이도 있다. 그러나 내겐 역시 황소 같은 눈에 더 흥미가 간다. 두릿두릿하고 깜작깜작하며 윤곽이 확실한 눈은 역시 어떠한 눈보다도 시원하고 청명한 감각을 느끼게 하기 때문이다. 황소같이 생긴 눈이 반드시 지성적인 것은 아니다. 흔히 그러한 눈을 가진 사람 중에는 황소같이 미련하고 돼지같이 답답하고 돌처럼 막힌 친구들이 많고 맹물 같은 멍텅구리가 적지 않다. 이와는 달리 돼지 같은 눈, 고양이 같은 눈의 주인공들 중에는 칼날같이 날카롭고, 아이스크림처럼 시원한 지성의 소유자가 많다. 그러나 아무래도 황소 같은 눈은 돼지 같은 눈보다 훨씬 더 지적 감각을 준다고 하지 않을 수 없다.

얼굴의 거의 절반을 차지한 듯한 젊은 여성의 둥글둥글한 눈을 바라보라. 설사, 그녀가 각별한 매력을 갖게 하는 짙은 '아이브로 펜슬'로 송충이처럼 그리지 않았더라도 그녀의 눈은 그저 시원하고, 그저 신선하고, 그저 맑은 감각을 자아내리라. 그러한 여성의 눈을 마주할 때마다 나는 깨끗이 닦인 유리창을 생각하고, 맑은 호수를 연상하기 일쑤이다. 그 유리창을 활짝 열면 답답하고, 한없이 뒤얽히고 혼돈과 어둠에 쌓인 세계와 인생의 한없는 수수께끼가 처음부터 끝까지, 영원히 환해질 것 같은 느낌이요 그 호수에 덤벙 다이빙을 해서 뛰어들면 육체와 마음을 합한 내 전체가 오직 하나의 수정처럼 맑은 투명체로 될 것만 같다.

원래 거의 다 큼직한 눈을 갖고 태어난 서양 사람들 중에는 큰눈을 과히 좋아하지 않는 사람들이 적지 않다. 특히 젊은 여자들 가운데 그런 것 같다. 나는 어느 여자 친구에게 고백한 적이 있다.

"네 눈이 참 좋다. 난 말같이 생긴 눈을 좋아해."

나의 진심을 의심치 않아 기분이 나쁜 눈치는 아니었지만, 그 친구는 다소 얼굴이 빨개졌다. 옆에 있던 그의 친구가 덧붙였다. 프랑스에서는 말 같은 눈이라면 흉이요 욕이 된다는 것이다. 그들에게 말 같은 눈은 일종의 바보라는 이미지를 주는 성싶었다. 하지만 다행히 내 여자 친구는 이른바 수재에 속하는 친구였다. 아무래도 좋다. 아직까지도 말같이 생긴 여자의 눈이 내게는 맑고 시원한 지성을 상징한다. 적어도 감각적으로 그렇다. 그래서 나는 어느 친구의 아내에게 유리창이란 별명을 붙여줘 친구와 그의 아내를 웃기고 나서 언제까지나 그렇게 불러오고 있다.

아직도 나에게 세계나 인생은 깜깜하다. 한국이나 지중해의 맑은 하늘이 지금보다 열 배 백 배 더 맑아진다 하더라도 내가 빠진 어둠은 쉽사리 가실 것 같진 않다. 왜 내가 그리고 네가 생겨났고, 결혼하고, 아기를 낳고 죽어야 하는지 모른다. 그 아무도 이러한 의문을 풀어준 이가 있다곤 믿지 않는다. 하기야 이른바 많은 철인(哲人)들, 성인들이 해답을 주었다. 그러나 그것이 내 맹꽁이 같은 지성을 쉽사리 납득시키지 못함은 딱한 노릇이다. 지성의 한계가 있음을 누구나 알고 있다. 그러나 비록 한계가 있더라도 지성 아닌 그 무엇을 가지고 '안다'고 말할 수 있으랴. 신선하고 맑고 투명한 세계를 희구하는 마음이 강하면 강할수록 나의 세계는 회색빛이요 탁하기만 하다. 나의 세계가 어둡고 혼돈에 빠지면 빠질수록 나의 마음은 한없이 투명한 세계를 희구한다.

동양의 문화가 서양의 그것에 비해서 2,000년 가까이 앞섰던 것은 누구나 인정하고 있는 사실이다. 중국에 문자가 생기고, 농기구가 발명되고, 과학적이라고 할 수 있는 발견과 발명이 있었고 또 고도의 예술을 즐기고 있었을 때 오늘의 유럽은 거의 역사 없는 원시 세계로 잠자고 있었다. 그러나 오늘날 동양의 이른바 과학적 문화가 얼마만큼 뒤떨어졌는지는 말할 필요가 없더라도, 설사 하루하루 서양을 따라가고 또 서양을 넘어설 가능성이 전혀 없지 않다 가정하더라도, 우리는 그러한 발달이 동양적이지 않다는 사실을 잊어서는 안될 것이다.

오늘날 중국이 바락바락 악을 쓰며 모욕된 역사를 되살리고 중국의 동양 정신을 되살리려 하지만, 그 근원적인 힘의 바탕을 서양에 두고 있다는 것을 부정할 수는 없다. 정치 이념의 토대는 어느 중국인, 어느 동양인이 아닌 바로 마르크스요 레닌이 아닌가? 이른바 산업의 이념과 기술은 서양의 직수입품이 아닌가? 어떤 나라도 예외 없이, 서양 아닌 다른 나라 그리고 동양이 모두 악을 쓰고 이룩하자고 하는 것은 바로 서양의 사상적 그리고 과학적인 실천이요 그것의 발전이다.

어째서 동양이 정반대 입장에 처하게 되었는가? 동양인이 서양인과 선천적으로 다른 머리를 타고났다고는 말할 수 없다. 서양이 뒤늦게 동양에서 찾아볼 수 없는 문화를 세우는 데 성공했다면, 그 근본적인 이유는 아마 우연으로 돌릴 수밖에 없을 것이다. 서양인이 합리적 사고를 추구한 데 반하여 동양이 그러지 못했다면 그 궁극적 원인은 우연으로밖에 생각할 수 없다. 왜냐하면 동양인의 합리적 사고력이 나면서부터 없는 것이 아니기 때문이다.

일찍이 공자, 맹자가 나왔지만 플라톤이나 아리스토텔레스가 동양에는 없었다. 공자, 맹자 등의 이른바 성인, 현인들이 무수히 나왔지만 그들은 오직 '실천적', 윤리적 문제에 관심을 집중시켜 행동규율과 권위를 '확고부동'하게 세워 그것에 대해 무비판적인 복종을 요구했지만, 플라톤이나 아리스토텔레스가 그랬던 것처럼 합리적 설득을 무시했다.

산술과 기하학을 실용했지만 그것을 이론적 원리에 이르기까지 비실천적인 이론적 바탕을 확립시키지는 못했다. 말하자면 피타고라스가 없었고, 데까르뜨가 없었다. 언뜻 봐서 일상 생활과는 너무나 먼 순수 이론을 따지는 『순수이성비판』을 쓴 칸트가 없었다. 하나의 뉴턴이 없었고, 하나의 아인슈타인이 없었고 그리하여 오늘날 가난과 혼돈 속에서 허덕이는 것이 서양 아닌 다른 세계의 현실이라면, 그 근본적인 원인의 하나는 서양 밖의 세계에선 비판적이며 이론적인 지성이 잠자고 있었기 때문이다. 성인이, 선생이, 부모가 그렇다니깐 그저 '그런 것이겠지' 하는 무비판성과 지성의 포기가 그 원인이다. 비록 하나님이 그렇지 않다 해도 '비록 날 죽여도 지구는 돈다'고 따지고, 자기의 신념과 '지성'에 '입각한' 신념을 고집할 수 있는 갈릴레오가 동양에는 없었다.

이론적 관념이 강했어도 이론의 아름다움과 투명성에는 너무나, 정말 너무나 무감각했다. 달리 말하면 동양의 사상은 어떤 점에서 너무나 안이했다. 왜냐하면 무비판적이요, 따라서 모든 진리가 알려진 것으로, 모든 수수께끼와 모든 문제가 처음부터 해결된 것으로 생각해왔기 때문이다. 철저하며 지독하고 끈기있고 성실한 의심이 없었다. 철저히, 정말 철저히 의문을 풀어나가려는 노력과 탐구력을 가진 하나의 파우스트가 없었다. 감정의 따사로움, 기분의 신명, 덕의 숭고함은 알았지만, 지성의 아름다움, 지성의 깊이, 지성의 숭고성을 느끼지 못했다. "만인은 원래부터 앎을 찾는다"란 아리스토텔레스가 없었다. 덕(德)만 주장했지, 지(智)가 바로 덕임을, 지(智) 자체가 가치임을 부인하려 들었다.

나는 오로지 서양의 정신적 유산을 구가하고 동양의 그것을 부정하고자 하는 것은 아니다. 합리주의적 서양 문화가 오늘날 스스로 비판하고 자기 문화와는 다른 문화, 합리적이지 않은 다른 정신적 유산에 관심을 기울이고, 그런 곳에서 새로운 발견의 영감 혹은 자극과 교훈을 받으려 노력하고 있는 것도 사실이지만 그러나 그 자체가 자기를 스스로 비판할 수 있는 능력과 지성을 의미하는 것이지 합리적 사고를 포기함은 결코 아니라는 것을 우리는 명심해야 한다. 니체나 키에르케고르도 합리적이며 비판적인 정신 유산을 생각하지 않고는 상상할 수도 없다는 것을 알아야 할 것이요 이른바 실존주의자 싸르트르가 얼마나 칼날같이 날카로운 지성의 소유자였던가를 결코 잊어서는 안된다. 하이데거의 방대한 저서가 얼마나 '따지고' 들어가는 것인가를 알아야 할 것이며, 그저 '실존!' 하는 기분으로 이해하려 든다면 정말 망발임을 알자.

경우에 따라서는 범같이 아니 그 이상으로 차고 냉정하자. 아우성치기 전에, 욱적북적 거리에 뛰어나가 때리고 부수기 전에 우리는 항상 생각하고, 항상 따지고, 항상 배우고, 항상 알기에 노력하며 모든 행동을, 모든 것을 합리적 바탕 위에 세워야 할 것이다. 소처럼 덤비기 전에 세퍼드처럼 생각해야 할 것이다.

나는 생각해본다. 한국의 색과 선, 형체와 음, 한국의 마음과 문화가 어느 정도 지성에 가까운가, 어느 정도 맑고 깔끔한가를. 한국의 정치와 한국의 꿈이 얼마나 투명한 것인가를. 모든 면에서 지성의 청명성이 있다기보다는 (다만 청자와 한국의 하늘을 빼놓고) 좀 지나치게는 아직도 야성적이며 원시적이 아닌가 하는 느낌이 간다.

야성, 원시성은 피(血)와 통한다. 피 없는 생명을 생각할 순 없다. 피 없는 물체는 죽음이다. 나의 지성예찬은 죽음을 소원한다는 의미는 전혀 아니다. 나의 꿈은 투명체같이 맑고 청명한 생명이다. 한국의 예술이, 지성이, 마음이, 문화가 전기로 밝힌 에어컨과 같은 시원함과 밝음의 세계가 아니라 아침 창문을 열어 제치고 느낄 수 있는 한국의 그 청명한 아침의 하늘 같기를 꿈꿀 뿐이다.

황소만한 눈을 둥글둥글하고 있으면서도, 알맞게 가슴도 부풀고 품위있게 눈썹도 그릴 줄 아는 싱싱한 마음의 만년 젊은 여성이 한국일 수 있다면 하는 생각이 자주 든다.

빠리여, 안녕

위신(威信)

사랑하는 사람은 쭉정이 같거나 등신 같아도 이쁘고 잘나 보인다고 한다. 제 자식은 못나도 잘나 보인다는 말을 들었다. 한국의 많은 가정의 대화에서 해방 후 흔히 이런 말을 듣는다.

"요것은 대통령감, 조것은 장관감, 이놈은 장군감!"

별것도 아닌 자식들인데도 한국의 어린이들은 부모들의 이 같은 희망의 대상이 된다.

해방이 되자 아무나 대통령이 될 수 있을 것 같기도 하고, 아무나 장관이나 장군이 될 듯도 해서 그랬겠지만, 자식의 이상을 큰 감투에다 두고 그러한 관직을 인생의 가장 큰 가치로 생각하게 된 이유는 아마도 한국이 가난한 까닭에 대통령이 되어야 자동차도 타고 다니고, 장관이나 장군이 되어야 배를 제대로 채울 수 있다고 느끼게 되었기 때문인 듯도 하다. 그러나 또 하나 더 큰 이유는 한국인이 권력을 좋아하는 반면 한국 사회가 정신적인 생활에 거의 무감각하다는 것을 증명하는 것인지도 모른다.

감투, 의자, 훈장, 사회적 권력이 어떤 가치와 상반되는 것은 아니다. 그러나 그러한 것이 바로 가치와 일치하지도 않는다는 것을 잊어서는 안된다. 어려서부터 그릇된 가치관을 불어넣기 때문에 많은 한국인의 일생이 허구와 위선으로 종말짓는 허망한 것으로 끝나지나 않을까 여겨지는 때가 많다.

똘스또이가 만년에 쓴 한 작품 속에 다음과 같은 장면이 있다. 호화롭게 권세를 부리며 살던 어느 영주가 죽음을 맞는 자리에서 생각한다. 내 일생은 하나의 완전한 과오(過失)가 아니었던가. 그는 자신의 아내까지도 정말 사랑한 적이 없었다. 지금 그는 무한한 허무감을 느낀다. 고통과 불행을 느낀다. 그러나 그의 인생은 결코 되풀이될 수 없음을 그는 또한 안다. 죽음이 무서워서가 아니라 잘못 산, 그릇된 인생이 무서웠다. 그의 마음은 죽음을 하루 앞두고 완전히 달라진다. 그는 진정 처음으로 아내를 사랑하고 흐뭇한 마음으로 죽어간다.

몇 년 전 프랑스의 다작가로 이름난 씨무농이란 작가도 이와 비슷한 테마의 소설를 썼다. 사회적으로 성공한 그리고 가정적으로도 행복했던 어느 큰 사업가가 갑자기 입원하게 됐다. 그는 그 자리에서 자기의 지나온 생활을 회고하면서 자기 생의 의미가 무엇이었던가를 찾아내려고 고민하기 시작한다.

그저 대통령이 되기 위해서, 그저 장관이나 장군이 되기 위해서, 오로지 권력을 잡기 위해서 이른바 장래 그 높고 어마어마한 자리에 앉게 될, 부모들의 기대대로 이른바 성공하게 될, 많은 한국의 어린이들 중에 혹시 똘스또이와 씨무농의 소설 주인공처럼 마지막

순간에 가서 일생을 회의하고 후회하고 허무를 느끼게 되는 친구들이 없을 것이라고 장담할 수는 없지 않은가.

새삼스럽게 '위신(dignity)'을 생각해보게 된 까닭은 밤낮 부모형제들에게 등신 같고, 빙충맞다는 말만 들어오며 자라오다가 장년에 이르기까지도 말 그대로 등신같이 남의 나라, 남의 집 하숙방 구석에서 열등감을 느끼고 그래서 하나의 변명을 찾던 끝에 마련한 결과인지도 모르며, 내 나라가 남의 나라처럼 아직도 의젓하고 긍지로운 나라가 아님을 느끼게 된 나머지 찾아낸 자기 변명의 결과인지도 모른다. 정말 이것이 유일한 이유일까?

위신이란 개념과 연결되기 쉬운 것은 제왕들의 권력과 왕관이며, 명장이나 용장들의 찬란한 훈장이고, 돼지같이 살찐 거부들의 디룩거리는 모습이며, 신문, 잡지에 밤낮 사진과 이름이 나는 이른바 명사들이기 쉽다. 그러나 위신은 반드시 권세와 명예와 일치하진 않는다. 정신적으로 볼 때 많은 제왕들 가운데는 거지가 많았고, 등신이 많았으며, 비굴한 자가 많았고, 도적이 많았다. 많은 장군 가운데는 문자 그대로 적지 않은 똥장군이 있었고, 많은 명사들 속에 비굴하기 그지없는 노예들이 많았다는 것을 모르는 이가 없을 것이다. 왕관을 백 번 쓰고 신하들을 백 번 학대해보아라. 당신이 반드시 위신을 보일 것이라고 장담할 수는 없다. 훈장을 백 개 달고, 말 채찍을 흔들며 조무래기 애꿎은 졸병들을 앞에 세워놓고 고래고래 호령을 하고 기합을 주어보아라. 당신은 어쩌면 우스꽝스럽고 가련하게 보일지도 모른다. 백 만 달러의 수표를 떼어 마음에 없는 여인을 사서 동침을 해보아라. 당신의 부는 말할 수 없이 가난하고 불쌍하게만 보이게 될 것이다.

위신은 관명(官名)이 아니요, 마음 속에 자리잡은 자존심, 스스로의 인격을 존중할 수 있는 어려운 노력의 소산이다. 그것은 인생에 대한 존엄성이다. 그것은 아무 것에도, 그 어떤 것에도 팔리지 않는 용기이다. 바꿔 말하자면 그것은 노예가 그 어떤 일이 있더라도, 비록 죽더라도 노예가 되지 않으려는 신념이요 결의이다. 그리하여 그것은 자유를 의미한다.

비록 품팔이를 하는 노동자나, 걸레 같은 옷을 걸쳐입은 지게꾼 속에서도 더러는 이러한 인간의 위신을 발견할 수 없을까? 술집 작부 속에서, 하다못해 창녀 속에도 위신이 가득한 인간을 발견할 수는 없는가? 그럴 때마다 못난 자신에 부끄러움을 느끼고, 그 여인들을 존경하는 순간은 없을까? 물론 무지한 사람들 가운데는 흔히 남녀동등이네, 자유네, 인간평등이네 하는 말을 얻어듣고 동물 같은 고집을 부리며, 돼지같이 무례하게 되먹지 않은 건방을 떠는 친구들이 많다. 그러나 위신이 공연한 반항과 건방일 수는 결코 없다. 가난하거나 천박하거나 혹은 무식해야 반드시 위신이 있다는 것도 단연코 아니다.

어떠한 고문을 당해도, 비록 죽어도 동지를 배반하지 않고, 자기가 진정 옳다고 생각하는 것을 위해서 고독히 사라진 수많은 혁명가들, 학자들, 정치가들, 부모, 자식, 노동자, 자본가, 장군, 졸병들의 마음 속에서 우리는 위신을 찾고 인간의 가치를 찾을 수 있지 않을까.

집시의 요부, 악마와 같은 카르멘도 사랑이 사그라졌을 때 호세를 따라가기를 거부했다. 당장 칼을 꺼내서 자기를 죽일 줄 알면서도 카르멘은 끼고 있던 호세의 반지를 팽개치고 발을 구르며 '노! 노!' 하면서 죽음을 택했다. 나는 카르멘이 마지막에 가서 그의 존엄성을 알고 위신을 지킨 것으로 믿는다. 나는 프랑스의 정치가 옳은지 그른지를 전혀 모를 뿐 아니라, 정치 자체를 모른다. 그러나 많은 사람들이 드 골 장군을 싫어하고 미워하는 줄 알면서도 나는 그를 좋아한다. 그것은 그의 키와 코가 유난히 커서도 아니요 그가 프랑스의 대통령이기 때문도 아니다. 오직 그가 흔들리지 않는 신념 속에 살고, 특히 그가 위신을 위해 살고 있다는 것만으로도 그에 대한 경의를 갖는다는 것은 충분한 이유가 된다. 그가 프랑스의 위신을 지키려고 하면 결국 인간으로서의 위신을 지키려는 뜻이요 자기 나라의 위신을 찾는 만큼 남의 위신도 존중하게 될 것이기 때문이다.

한국은 아직도 가난하고 약하다. 한국인은 누구나가 다 한국이 아직도 후진국임을 알고 있다. 가난하고, 괴롭고 그리하여 지치면 남에게 의지하고 구걸하고 싶은 유혹을 느끼게 마련이다. 당장의 안이를 위해서 자기를 속이고, 끝내 자신을 스스로 팔아버리고 싶은 창부의 유혹을 느끼게 마련이다. 그러나 자기를 팔면서까지 얻은 영화는 오래가지 못할 뿐 아니라 하나의 신기루요 하나의 악몽에 지나지 않는다. 한국의 장래는 어떠한 곤란이 닥쳐오더라도 스스로 아끼고 존중하며, 그 어떠한 것에도 팔리지 않겠다는 위신을 가짐으로써 비로소 스스로의 자유가 생기고 자신이 생기며 창조적이며 자유로운 나라가 될 것이다. 한국이 위신을 지켜나가야 한다는 것은 터무니없는 민족주의적 정신을 고집하자는 것과는 전혀 다르다. 위신은 결코 광신일 수 없다.

내가 새삼 한국의, 아니 한국인의 위신을 생각하게 된 것은 오늘의 한국과 한국인은 아직도 외부로부터 그리고 내부로부터 자기 부정적이며 정신적 노예의 유혹을 많이 느끼게 되는 입장에 있는 것으로 알고 있기 때문이다.

기술 문명의 그늘

잿빛 자갈, 초콜릿빛 암석만으로 된 계곡이 뻗어 있는 사막에 갔을 때였다. 지질학 교수는 이곳이 바로 지구가 불덩어리에서 냉각되어 오늘의 모습대로 형성된 때의 모양을 그대로 나타내 보이는 고장의 하나라고 설명했다. 마치 지구가 형성되는 모습을 내 육안으로 보고, 내 손으로 만져보는 느낌이었다. 물론 헤아릴 수 없는, 정말 헤아릴 수 없이 아득히 지난날의 일이다. 그곳은 바로, 위성을 비롯하여 가장 고도로 발달된 온갖 과학적 기계를 발명하고 제조해 내는 로스앤젤레스에서 과히 멀지 않은 곳이다.

오늘날 인류는, 특히 미국에서는 진정 기술 문명이 눈부실 정도로 급속하게 발전하는 가운데서 산다. 그러나 나는 그 사막에 서서 한 손에 잿빛 자갈을 들고 생각해봤다. 하지만 무엇이 달라졌나?

모든 것이 달라졌다. 만 년 전이었더라면 나는 미국이라는 땅이 있는 줄 몰랐을 것이고, 백 년 전이었더라면 나는 로스앤젤레스에 올 꿈도 꾸지 못했을 것이다. 백 년 전만 해도 하나의 작은 동네에 불과했던 이 도시, 4백만 대의 자동차가 고속도로를 쉴새없이 엇갈리며, 거칠었던 서부 활극의 그림자조차 없이 윤택하고 안이한 생활을 할 수 있다. 아무 때고 내 방에 있는 전화만 들면 서울에 있는 친구와 농담을 할 수도 있다. 컴퓨터는 몇천 명의 일을 거의 절대적인 정확성을 갖고 몇백 배 몇천 배 빨리 처리한다. 과학의 힘은 산을 깎고, 바다의 모습을 바꾸어놓고 있다. 오늘의 중학생은 소크라테스보다 몇백 배 많은 것을 알고 있으며, 뉴턴보다 몇십 배 많은 것을 안다. 내일의 초등학생은 아인슈타인보다 더 많은 상식을 가질 것임에 틀림없는 일이다.

희랍인들은 국가의 흥망을 운명이라는 이름으로 해결했지만, 오늘 그것은 경제적, 정치적 등등의 이름으로 해석하고자 한다. 누가 죽거나 앓으면 귀신을 생각하던 한국인도 오늘날 같은 일을 당할 때 의사를 찾는다. 이젠 똑똑한 초등학교 학생이면 어떻게 해서 자기가 태어났고, 어떻게 하면 자기도 아들 혹은 딸을 낳는가를 알게 되었다. 물론 아직도 과학이 설명 못하는 사건, 물건, 현상이 얼마든지 있다. 그러나 장래 모든 것이, 정말 모든 물질적 현상이 과학적으로 설명될 가능성은 얼마든지 있다. 거의 확실하다 해도 과언이 아닐 것이다. 생각하고 발견, 발명하는 인간은 지식을 넓히면 넓힐수록 힘을 갖는다.

지식은 힘이다. 그는 자기의 환경을, 자연을, 주어진 여건을 자기의 의사대로 기분대로 주무르고 반죽하여 개조해나가고 있다. 그의 생존 조건은 나날이 편해지고, 윤택해지며 그에 따라 자연은 하루하루 자연 그대로의 모습을 바꾸고 모두가 인간적인 것으로 변해가고 있다. 몇천 년 후 지구상에 아니 달에까지 이른바 '자연'이라는 그림자가 사라지게 될 가능성이 없지 않다. 과학적인 인간은 자연뿐만 아니라 인간 자체도 개조한다. 동경과 서울에서 성형수술 의사가 잘 팔리는 사실이 그것을 증명하고 있다. 등불 혹은 촛불 대신 강한 전깃불은 밤도 낮처럼 밝힌다. 그만큼 어둡지 않고 명랑해졌다. 실상 앎은 힘이기 전에 빛이다. 그러나 정말 달라졌는가? 천 년 전보다, 백 년 전보다, 인간의 마음이 더 밝아졌는가?

투명한 유리로 된 빌딩, 한 아파트 속 밝은 전깃불 밑에서 창조되는 문학작품, 예술작품을 볼 때 물질적인 밝음과는 정반대로 어둡기만 하다. 아마 오늘의 예술작품처럼 어두운 작품들은 일찍이 세계 문학사와 예술사를 통해서 찾아보기 어려울 것이다. 행복하고 명랑해야 할 오늘, 고도의 기술 문명을 향유하는 인간은 지극히 비참하고 더럽고 거의 벌레같이 천한 것으로 타락하거나, 마치 녹슬고 부서진 고물자동차처럼 뒤틀려 있다. 카프카의 K는 벌레로 변신하지 않았을 때, 어떤 힘에 의하여 이유도 없이 개처럼 죽어간다. 베케트의 인물들은 마치 문둥병 환자같이 누더기가 되어 허우적거리다 죽어간다. 도스또예프스끼의 마지막 구원의 빛조차 찾아볼 수 없다. 모라비아, 쥬네, 아서 밀러 등 모든 작가도 어두운 테두리를 벗어나지 못한다. 피카소, 듀브체, 베르나르 부페 등의 인간도 찌그러지고 배배 꼬이고 방황하는 비극적인 것일 뿐이다. 자코메티의 인간들은 모두 해골같이 빼빼하고 앙상하다. 이른바 팝 아트(Pop Art)는 혼돈으로 뒤끓고 있다. 그처럼 많은 젊은이들을 미치게 만드는 비틀즈의 노래 속에는 애수와 구원의 하소연이 깃들어 있다.

　인류는 적어도 그가 의식을 갖기 시작했을 때부터, 삶과 세계와 존재의 의미를 찾으려 했다. 그는 어둠 속에서 허우적거리며 신이라는 이름 속에서 혹은 진리라는 이름 속에서 혹은 과학이라는 이름 속에서 가냘프게, 때로는 신념에 찬 광명을 찾은 줄 알았다. 인류는 이 의미를 찾기 위해서 고민했고 투쟁해왔다. 그것은 어느 사회, 어느 세대를 막론하고 마찬가지였다. 근대과학은 이 어둠 속에서 허덕이는 인류에게 완전한 빛을 줄 것도 같았으나, 오늘의 현실은 기대와는 정반대이다. 오늘 유난히 인간상이 어두운 것은 과학과 기술 문명 때문일까?

　과학과 기술 이른바 문명에 반기를 처음 든 대표적인 사상가는 루쏘였다. 그는 문명이 인간을, 도덕을, 행복을 타락시키고 빼앗는다고 주장했다. 그럼으로써 그는 자연에 귀환할 것을 주장했다. 한 세기 뒤 덴마크의 철학자 키에르케고르 역시 과학에 반기를 들었다. 그들은 과학이 전부를 해결한다고 믿었던 이른바 실증주의자들과 정반대로 과학이 행복과 진리를 방해한다고 믿었다. 과연 과학과 진리, 기술과 행복이 상반되는 것일까? 그것은 상반되는 것도 아니요, 동일한 것도 아니다. 과학과 기술 자체가 나쁘다는 것은 억지요 망발에 불과하다. 과학은 물질적 및 정신적 현상에 대하여 무한한 빛을 가져왔고 또 더욱 가져올 것이며, 인간의 생활에 무한하게 편리함을 제공해주고 있다. 인간은 원시적이며 동물적인 생활로 돌아가서는 안될 것이며, 원시인 혹은 동물처럼 무지 속에 살아서도 안 된다. 과학은 실질적 편리 외에 무한히 많은 진리를, 자연에 대한 진리를 가져왔고, 가져오고 있으며, 가져올 것이다.

루쏘나 키에르케고르의 잘못은 과학적 진리와 그 밖의 적을 혼동해서 생각한 데 있다. 문제의 초점은 과학의 기능과 성질 그리고 그것으로 해결할 수 없는 차원에 놓인 세계를 분명히 가려내는 데에 있을 것이다. 일찍이 빠스깔은 '기하학적 정신'과 '섬세한 정신'을 구별하여 두 개의 세계가 서로 혼동될 수 없는 전혀 다른 성질의 것임을 지적한 적이 있다.

과학적 정신은 '어떻게'라는 문제를 다루며 '어째서'라는 질문은 문제시하지 않는다. 어째서라는 의문은 과학의 입장에선 의미가 없는 넌센스 질문이다.

과학은 원인과 결과의 인과관계 아니 둘 혹은 그것 이상의 사건 혹은 현상간의 관계를 연결시키는 것으로 만족한다. 달리 말하면 모든 것을 평면화 즉 기하학적 입장에서 바라볼 뿐, 사건 혹은 현상의 '어째서' 즉 목적론적 입장과는 무관하다. 사람의 탄생, 죽음, 고민 등 모든 것도 생리학적, 더 나아가서는 물리학적 현상으로 설명한다. 과학은 어째서 사람이 나고 고민하고 죽어가느냐 하는 궁극적 목적에는 관여하지 않는다.

이른바 기술 문명과 그 혜택은 결국 과학적인 소산이다. 과학은 평면적 입장에서 볼 때 지구의 많은 모습을 인간의 생활방식 그리고 사고방식까지도 변화시켜놓고 말았다. 이런 점에서 모든 게 달라졌다. 그러나 과학은 자연에 먼지 하나 보태지도 않고 빼지도 않았다. 그것이 한 일은 다만 자연의 배열을 바꿔놓았을 뿐이다. 그러나 과학과 그 기술은 생의 근본적 의미, 세계의, 존재 자체의 근본적 의미를 손톱만큼도 밝혀주지 못했고 영원히 못할 것이다. 이런 점에서 기술 문명은 세계와 인생을 전혀 변화시키지 못했다. 천 년 전이나 오늘날이나 다른 점이 없다.

과학과 기술은 진리의 적이 결코 아니다. 그것은 더욱 발달할 것이고 또 그렇게 되어야 하리라. 그러나 과학의 지식과 빛은 무엇인지 알 수 없는 절대적 진리, 절대적 빛의 한 부분에 불과함을 잊어선 안된다.

'인생은 일장춘몽(一場春夢)'이란 생각은 만 년 전이나 현재나 달라지지 않았고 오늘도 모든 사람들의 마음 속에 그늘져올 것이다. 과학은 이런 종류의 생각에 아무런 대답도 할 수 없는 성질의 것이다.

과학과 기술은 인간이 누릴 행복의 적도 아니며 진리의 적도 아니다. 오히려 그것은 절대적 진리의 기초가 되고, 인간의 행복에 더욱 크나큰 기여도 할 수 있는 무한한 가능성을 지니고 있다. 그러나 만약 그 지식과 그 기술이 잘못되거나 악용될 때 그것은 진리의 적으로서 인간의 파괴를 초래할 것임은 틀림없는 사실이다. 그래서 오늘날 기술과 과학은 차원이 다른 정신적 아니 사상적으로 건전한 반석 위에 서고 그것에 뒷받침되어야 한다. 그렇다면 정신적이며 사상적인 발판, 다시 말하자면 인류가 지향하는 궁극적 가치는 무엇인가? 그 누구도 만인에게 납득이 될 만한 해답을 주지 못했다. 그러나 우리는 역사를 통해서 다소의 징후(徵候)만으로라도 우리가 나아갈 방향은 알아낼 수 있을 것 같다.

사람은 아무리 동물적이라고 해도 동물 이상의 존재이다. 얼핏

보아 누구나 자기 목숨, 동물적 목숨을 위해서 그리고 육체적 만족을 위해서 살고 있는 것 같지만, 그 누구나가 그 이상의 것, 무엇인지 모르나 그 이상의 것(그것을 절대적 진리와 가치라 해두자!)을 위해 노력하고 있다. 나도 중요하거니와 나의 이웃을 위해서 나의 종(人類)을 위해 나라는 개인은 언제나 스스로를 희생할 가능성이 있는 것이다. 그럼으로써 그는 영원을, 영원한 것을 계속 추구한다. 이러한 인류이며 정신적 존재인 나는 이미 물질적인 세계를 초월한다. 이러한 사실을 언제, 어디서나 볼 수 있다는 것은 인류가 모종의 우주적 기능, 아니 사명을 느끼고 있기 때문인지 모른다.

그러나 한편 인류는 한 개인과 마찬가지로 착오, 다시 고칠 수 없는 착오를 범할 위험성을 언제나 내포하고 있다. 이런 의미에서 인류의 미래, 아니 절대적 진리 자체도 인류에게 달려 있다. 기술 문명은 결코 진리의 적이 아니다. 그러나 그것은 항상 정신적 암반이라는 확고한 발판 위에 서야만 참다운 가치와 의미를 갖게 된다. 이러한 기반 없는 기술 문명은 인류를 파멸의 길로 몰아갈 뿐이다.

『사상계』에 글이 수록된 연도

<대화를 잃은 세대> : 1955년 3월호
<한국이 본 영웅-끌로드 바레스의 죽음> : 1960년 5월호
<문학비평은 가능한가?> : 1960년 12월호
<60년대 신진작가의 여건과 기질> : 1961년 2월호
<사조로서의 앙띠로망> : 1961년 3월호
<이것이냐, 저것이냐?-프랑스 지식인들의 '불복종 권리의 선언' 이
  제기하는 것> : 1961년 6월호
<시인은 아웃사이더인가?> : 1961년 7월호
<발레리의 예언-정신의 위기> : 1961년 9월호
<정력적인 작가-봐데프르를 외무부에서 만나다> : 1962년 8월호
<소박한 외모, 날카로운 두뇌-알베레스를 만나보고> : 1962년 12월호
<현대시의 기수-알랭 보스께와의 인터뷰> : 1962년 9월호
<영주와 같은 작가-앙드레 모로아를 방문하고> : 1963년 1월호
<신념에 찬 아방가르드 작가-앙띠로망의 대표 로브-그리예를 만나서>
  : 1963년 2월호
<누벨바그의 여류 작가-크리시안느 로슈포르를 찾아서> : 1963년 3월호
<『렉스프레스』의 경우> : 1963년 4월호
<전쟁의 계시-시인 뻬에르 엠마뉴엘과의 대화> : 1963년 8월호
<구조주의-현실에 대한 새로운 시각> : 1963년 9월호
<황색의 땅, 불멸의 혼-스페인 기행> : 1963년 10월호
<베일 쓴 여인의 나라 모로코> : 1963년 12월호
<의혹의 눈-대표적 여류 작가 나딸리 싸로뜨를 찾아서> : 1964년 4월호
<정착지 없는 기행> : 1964년 5월호
<폭군 네로의 폐허-이탈리아를 찾아> : 1964년 12월호
<프랑스의 한국인> : 1965년 10월호
<빠리여, 안녕-자유의 십자로에서 작별> : 1966년 1월호
<끝나지 않은 문화-북미의 인상> : 1966년 3월호
<고향을 버린 사람들> : 1966년 5월호
<에로스의 절규> : 1966년 8월호
<이국에서 쓴 수필> : 1967년 1월호

본명은 박인희(朴仁熙)로 1930년 2월 26일에 충청남도 아산에서 태어났다.
서울대 불문과에서 학사 및 석사(1957)를 받았으며 Sorbonne 대학에서 불문학 박사(1964), University of Southern California에서 철학 박사(1970)를 취득했다. 이화여대 불문과 조교수(1957~1961)를 시작으로 Rensselaer Polytechnic Institute 철학과 전임강사(1968~1970), Simmons College 철학과 조교수, 부교수, 정교수 (1970~1993), 이화여대 및 서울대학교 철학/미학과 Senior Fulbright Visiting Professor (1980~1982), Graduate School of Education, Harvard University, Philsophy Education Reserch Center, Senior Reserch Associate(1983~1991), Universität Mainz, Gast-professor (1985~1986), International Christian University, Tokyo, Visiting Professor(1989~1990)를 거쳐 지금은 Simmons College 명예교수 (1993년~평생) 및 포항공대 교양철학부 교수(1991년부터)로 재직하고 있다.

저서 및 논문

詩와 科學(일조각, 1975)
文學 속의 哲學(일조각, 1975)
哲學이란 무엇인가?(일조각, 1976)
現象學과 分析哲學(일조각, 1977)
巴里의 작가들(민음사, 1977)
하나만의 選擇(문학과지성, 1978)
老莊思想(문학과지성, 1980)
認識과 實存(문학과지성, 1982)
예술철학(문학과지성, 1983)
瞑想의 空間(일조각, 1984)
東西의 만남(일조각, 1985)
宗敎란 무엇인가?(일조각, 1985)
事物의 言語 – 실존적 자서전(민음사, 1988)
삶에의 태도(문학과지성. 1988)

慈悲의 윤리학(철학과 현실, 1990)

과학철학이란 무엇인가?(민음사, 1993)

철학전후(문학과지성, 1993)

우리시대의 얼굴(철학과 현실, 1994)

문학과 철학(민음사, 1995)

문명의 위기와 문화의 전환(민음사, 1996)

이성은 죽지 않았다(당대, 1996)

다시 찾은 빠리수첩(당대, 1997)

철학의 餘白(문학과지성, 1997)

상황과 선택(서울대출판부, 1997)

L'idée chez Mallarmé(Centre Documentation Universitaire, Paris, 1966)

Being and Meaning in Merleau-Ponty(Pan Korea, Seoul, 1981)

Reason and Tradition(International Christian University, Tokyo, 1990)

시집

눈에 덮인 찰스 江邊(홍성사, 1979)

나비의 꿈(일조각, 1981)

보이지 않는 것의 그림자(민음사, 1987)

空白의 울림(민음사, 1989)